비뢰도

飛雷刀

비뢰도 15

검류혼 新무협 판타지 소설

2판 1쇄 찍은 날 § 2005년 12월 9일
2판 2쇄 펴낸 날 § 2009년 10월 22일

지은이 § 검류혼
펴낸이 § 서경석

편집장 § 문혜영

펴낸곳 § 도서출판 청어람
등록번호 § 제1081-1-89호
등록일자 § 1999. 5. 31
어람번호 § 제2-0776호

주소 § 경기도 부천시 원미구 심곡2동 163-2 서경B/D 3F (우) 420-822
전화 § 032-656-4452   팩스 § 032-656-4453
http://www.chungeoram.com
E-mail § eoram99@chollian.net

ⓒ 검류혼, 2005

ISBN 89-5831-870-8 04810
ISBN 89-5831-855-4 (세트)

※ 파본은 본사나 구입하신 서점에서 교환하여 드립니다.
※ 저자와 협의하여 인지를 붙이지 않습니다.
※ 이 책은 도서출판 청어람과 저작자의 계약에 의해 출판된 것이므로,
무단 전재 및 유포 · 공유를 금합니다.

비뢰도

飛雷刀

FANTASTIC ORIENTAL HEROES

검류혼 장편 신무협 판타지 소설

15

독안봉 독고령의 왼쪽 눈

도서출판 청어람

절대로 포기할 수 없었다.
여기서 포기하면 모든 것이 끝장이다.
스스로 자신의 정의를 배반한 꼴이 된다.
스스로도 믿어주질 않는 자신을 누가 믿어준단 말인가?
자신을 포기하는 자는 가장 먼저 하늘에 버림받고 만다.

믿어라! 나를 믿어라!
그동안 쌓아왔던 땀과 길러왔던 힘을 믿어라.
난 할 수 있다. 난 할 수 있다. 난에게 불가능은 없다.

나는 바람보다 빠르다. 나는 빛보다 빠르다.
나의 몸은 빛보다 빠르게 시간을 가르고 공간을 뛰어넘어 저편에 '지금' 존재한다.
그것이 바로 '나'이다!

그 순간, 세계가 일그러지기 시작했다

목차

삼종삼금(三縱三擒) _9
봉황의 잃어버린 왼쪽 눈 _42
선전포고(宣戰布告) _161
오행(五行) 제1관 목요관(木曜關) _174
마지막의 마지막 _200
천무삼성(天武三聖) 편 _217

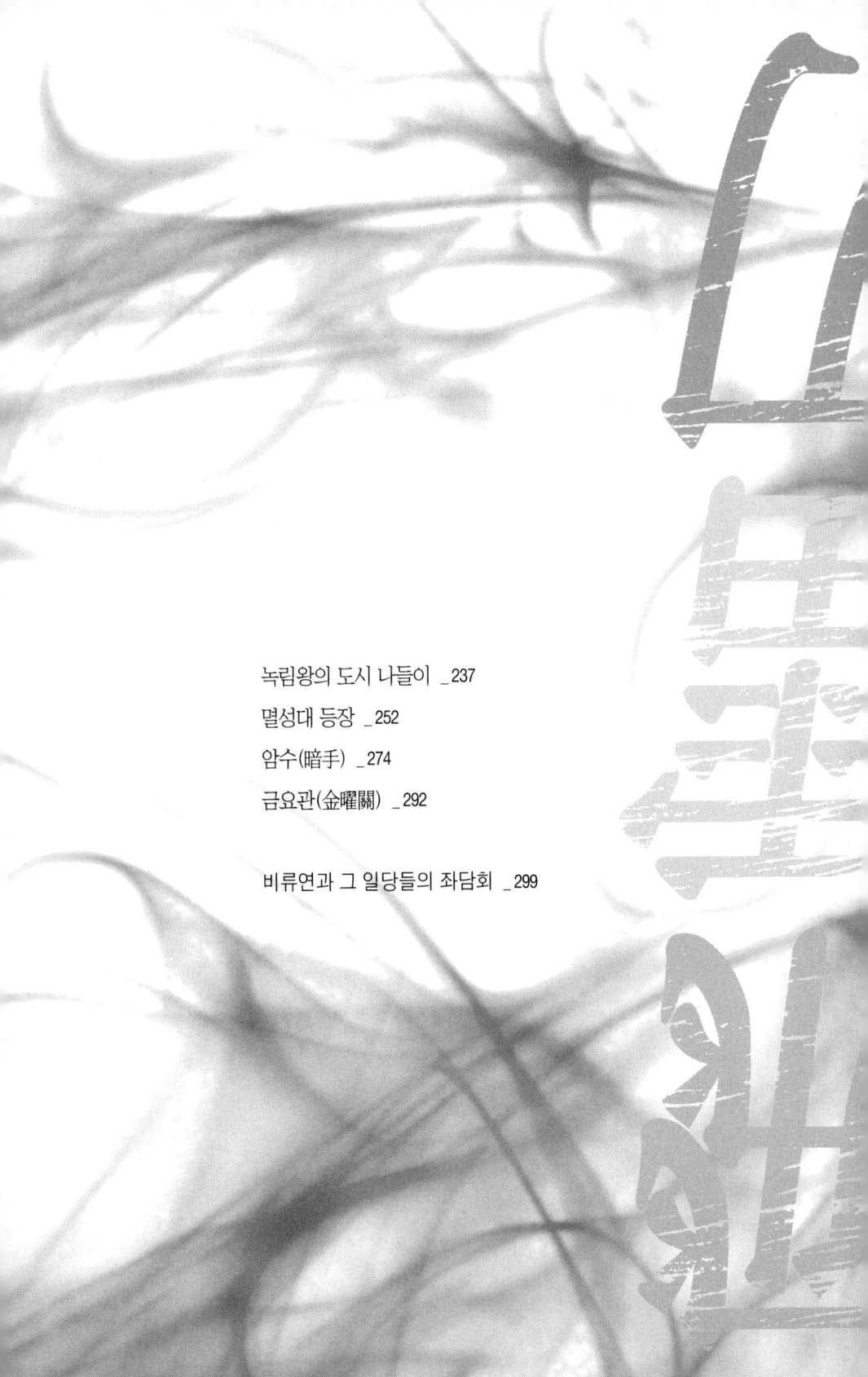

녹림왕의 도시 나들이 _237

멸성대 등장 _252

암수(暗手) _274

금요관(金曜關) _292

비류연과 그 일당들의 좌담회 _299

삼종삼금(三縱三擒)

칠종칠금(七縱七擒).
제갈량(諸葛亮)이 맹획(孟獲)을 일곱 번 놓아주었다가 일곱 번 다시 잡다.

"크아아아악!"
또 하나의 생명이 이 세상에서 영원히 사라졌음을 알리는 소리가 일풍(一風)의 고막을 때렸다. 단속적으로 울려퍼지던 단말마의 잔떨림이 채 가시기 전이었다.

귀를 틀어막고 싶었다. 눈물 때문에 뿌옇게 흐려진 시야조차도 공포로 점철된 이 절망적인 상황을 감춰주지는 못했다. 눈알을 뽑고 고막을 찢는 편이 차라리 행복할지도 몰랐다.

속수무책(束手無策)!
이보다 더 현 상황을 정확하게 표현해줄 수 있는 말이 있을까? 이것으로 도대체 몇 번째일까?

서른…? 마흔…? 아니면… 쉰?

세는 것은 이미 포기한 지 오래였다. 너무 많이, 너무 자주 세어야 했던 것이다.

하지만 더 이상 그런 걱정하지 않아도 될 듯했다. 이제는 백에서 하나만 빼주면 쉽게 해결되기 때문이다. 간단한 역산(逆算)이지만 그 안에 든 생명의 무게는 감당키 힘들 정도로 무거웠다.

전의(戰意)라는 사치스런 감정은 이미 티끌만큼도 남아 있지 않았다. 탁월한 효능으로 전의를 불태워주던 증오와 분노도 미증유의 공포 앞에서는 한 톨의 작은 먼지보다도 무의미했다. 검끝은 지면을 향하고, 시선은 하늘을 향한다.

저벅, 저벅!

사신의 발걸음에 낙엽이 짓이겨지는 소리가 울려퍼졌다. 일풍의 귀에는 마치 영혼의 잎새가 단말마의 비명을 내지르는 것처럼 들렸다.

시시각각 죽음의 신이 다가오는데도 그는 줄이 끊어진 꼭두각시 인형처럼 가만히 서 있었다. 아흔아홉 명의 희생을 대가로 그는 마침내 저항의 무의미함을 깨달았던 것이다.

'눈이 마주쳤다?'

스걱!

무릎 아래쪽이 불로 지진 듯 화끈해졌다.

"컥!"

비명마저 끊고 신음마저 삼켜버리게 만드는 미증유의 고통이 무릎을 기점으로 사지(四肢)와 전신을 향해 내달렸다.

'아무것도…, 아무것도 보이지 않았다……'

육신의 본능적인 방어 기제는 작동하지 않았다. 작동은커녕 무슨 일이 벌어졌는지조차 파악하지 못했다.
　스르륵.
　일풍의 몸이 대지 위로 무너졌다.
　철퍽.
　남자는 자신의 피 위에 몸을 뉘였다.
　사내가 마지막이었다. 그는 최후의 대적자였다. 이 남자를 끝으로 이제 대지 위에 두 발로 선 이는 아무도 없었다. 오직 한 사람! 이곳에 지옥의 풍경을 조성한 조경사, 은빛 가면의 사신을 제외하고는…….
　'그'가 고개를 돌려 천천히 주위를 둘러본다.
　수십 구의 시체가 대지 여기저기에 볼썽사납게 널브러져 있다. 사지가 성하게 붙어 있는 시체는 손에 꼽을 정도였다. 떨어져나간 육체의 절단면에서 꾸역꾸역 흘러나오는 붉은 피가 한데 모여 수십 개의 지류를 거느린 거대한 강이 되었다.
　후각을 마비시키는 농밀한 피비린내, 보는 것만으로도 구역질이 치밀어오르게 하는 널브러진 내장 조각들. 마치 지옥을 현세에 옮겨놓은 듯 처참하고 참혹한 광경이었다. 그러나 은가면 뒤에 감추어진 그의 두 눈에서는 어떠한 감정의 파편도 느껴지지 않는다. 이미 수없이 보아왔고, 수없이 만들어왔던 광경이었다. 새삼 하나가 더 추가된다 해서 특별할 것이 있을 리 없었다.
　눈앞에 펼쳐진 이 수라도, 지금 밟고 서 있는 이 지옥의 풍경도 그에게는 그저 무의미하고 따분한 일상일 뿐이었다.

"인간…, 인간이… 아냐……! 인간이…….."

널브러진 시체더미 사이에서 한 남자가 고개를 치켜들며 신음을 토해낸다. 피웅덩이에 머리를 처박았지만, 피가 엉겨붙은 머리가 눈을 찔렀지만 아직 숨은 붙어 있었다. 두 개의 다리 무릎 아래는 완전히 휑하게 비어 있다. 일풍이었다.

"저자는…, 저자는… 진정 악마의 화신이란 말인가…….."

보이지 않는 신기루라도 쫓는 듯, 허공이라도 움켜쥐려는 듯 남자는 그자, 곧 이 사태의 주범인 자를 향해 힘겹게 오른손을 뻗어본다.

"쿨럭!"

한 바가지의 선혈이 일풍의 입을 통해 외부로 쏟아져나왔다. 퀭한 두 눈은 이미 혈관이 파열되지 않았을까 싶을 정도로 새빨갛게 충혈된 상태다. 귀신의 눈도 이보다 더 처절할 수는 없으리라.

"부인…, 취야……."

오른쪽 손목에 감겨 있는 부적 주머니가 문득 눈에 들어왔다.

십 년 전, 대를 이어 사문에 입문한 아들이 자랑스럽게 활짝 웃으며 건네준 선물이었다. 그러면서 아들은 실없는 소리도 한마디 잊지 않았다.

"아버님께서도 익히 아시다시피 우리 무당파의 부적은 효력이 끝내줍니다. 태상노군과 '장삼봉(張三峰) 태시조님'의 영험이 반드시 아버님의 생명을 지켜줄 겁니다."

지금은 장성해 젊은 인재들 사이에서도 검재로 두각을 나타내고 있는 아들이었지만 그에게는 언제나 10살배기 귀염둥이일 뿐이었다.

"취야……."

그로부터 십 년…, 그동안 수많은 위기에서 자신을 구해주며 그 영험함을 자랑했건만……. 아무래도 이 부적의 효력에는 유통 기한이 있었던 모양이다.

'기한에 한정이 있는 줄 알았으면 여분으로 하나 더 사달라고 조를 걸 그랬나…….'

씁쓸한 미소가 입가에 맺히고, 넘쳐흐른 눈물이 볼을 타고 떨어진다.

파르르르르!

비통한 울분에 뻗고 있던 오른손이 사시나무 떨리듯 떨린다. 그 손은 여기저기가 상처투성이에 흙범벅, 피범벅이 되어 엉망진창이었다.

"이… 괴물 같은 놈……."

과도한 출혈 탓에 눈앞이 흐려지고 있었다. 눈에 비친 상이 돌 던진 호수면처럼 흔들렸다.

스스로 정의롭다면, 스스로가 바르고 올곧다면 모든 것이 만사형통이라 생각했다. '그만'이라 생각했다. 하지만 그 생각은 너무나 안일했다.

정의가 없는 힘의 행사는 폭력이다. 하지만 힘이 없는 정의 또한 공허한 울림에 불과할 뿐이었다.

역부족(力不足)!

그 말이, 그 사실이 지금 그렇게 원통할 수가 없었다.

"이 앞은… 이 앞으로는… 절대 보내줄 수……."

저 멀리 보이는, 영원히 뒤를 쫓아도 움켜쥘 수 없는 신기루 같은 그자의 얼굴이 잠시 이쪽을 향했다. 강대한 힘의 주인……. 한순간 눈이 마주쳤다고 생각한 것은 착각이었을까? 순간 '그'의 손이 잠시 흔들렸다. '그'의 손끝에서 작은 빛이 점멸했다.

팟!

미간에 느껴지는 화끈한 감촉과 동시에 칠흑 같은 어둠이 그를 덮쳤다.

'취야…, 부디 검의 지존(至尊)이 되어라…….'

아득해지는 의식 속에서 그는 마지막 염원을 불어넣어 하늘로 올려보냈다.

툭!

둔탁한 울림과 동시에 상처투성이의 고깃덩이 하나가 맥없이 바닥으로 떨어졌다. 이미 그 안에 생명은 남아 있지 않았다.

쩌억!

비단 주머니가 갈라지며 산산조각 난 노란 종잇조각이 무정한 바람에 날려 허공중에 흩어졌다.

백인대를 결성해 철궤를 지키던 낙안봉(落雁峯) 최후의 저지선, 무당검객 무적검 공손일풍의 최후였다.

"오는가!"

낙안봉 봉우리 한곳에 불쑥 돋아난 암석 위에 걸터앉아 산 아래를 주시하고 있던 미청년이 나직이 뇌까렸다. 조용한, 하지만 각오가 느껴지는 목소리였다.

여자인가, 아니면 남자인가?

백옥을 깎아놓은 듯한 가녀린 얼굴선, 깊이를 가늠할 수 없는 우수에 잠긴 검은 눈동자, 가느다란 허리, 길고 얄따란 팔과 섬세한 손가락……. 날렵하다기보다는 연약하다는 표현이 더 어울릴 법한 호리호리한 몸매였다. 언뜻 훑어봐서는 열이면 열, 여자로 착각하기 십상이다. 파리 한 마리나 제대로 죽일 수 있을지 걱정이 될 정도로 무척이나 약해 보이는 인상인지라 그의 허리에 매인 한 자루의 청색 검과 적색 도가 무척이나 어색했다. 그러나 장식품이라고 치부하기에는 갈무리된 그 신기(神氣)가 범상치 않았다.

 이 수려한 용모의 청년은 적홍색 불꽃과 청백색의 얼음이 한데 뒤섞인 듯한 특이한 색상의 무복을 걸치고 있었는데, 그의 어깨 위에 드리워진 머리카락은 청옥(靑玉)을 갈아 얼음 위에 뿌린 것처럼 신비스런 은청색이었다.

 미청년의 등뒤에는 당당한 풍채를 지닌 또 한 명의 젊은이가 서 있었는데 흑사자의 갈기를 연상케 하는 머리칼을 지닌 그의 눈에는 사자의 용맹함이, 전신에는 들끓는 투기가 끊임없이 샘솟고 있었다.

 무척이나 대조적인 두 사람이었다.

 "마침내 그때가 왔군!"

 흑사자를 연상시키는 청년의 말에는 강한 의지와 과거의 맹세가 새겨져 있었다.

 그의 눈이 다시 산 아래를 주시하고 있는 미청년의 가녀린 어깨를 향했다. 건드리면 부서질 듯 약해 보이는 등. 하지만 저 연약하기 짝이 없어 보이는 겉모습에 속아서는 안 된다. 그것은 무모하기 그지없는 만행이리니……. 저 약해빠진 겉모습에 속아 까불대다 큰 대가를 치른 이들이 얼마나 되던가? 계산 불가능이 된 건 이미 오래전, 강가의 모래알을 세는 게 더 빠를지도 모른다.

아마 구대문파의 장문인 아홉 명이 한꺼번에 덤벼도 결코 그를 이길 수 없을 것이다. 하지만 맹의 바보들은 그걸 모른다. 아마 안다 해도 눈과 귀를 틀어막고 인정하려 들지 않으리라.

'우물 안 개구리 같은 놈들. 손바닥으로 하늘을 가릴 수 있다고 생각하다니……! 뭐? 자신들은 항상 강호의 미래를 위해 노력하고 있다고? 말과 행동이 전혀 다른데 그런 궤변 믿을 수 있을까보냐! 손바닥으로 하늘을 가리려 하다니…….'

노력은 말로 하는 게 아니라 행동으로 하는 것이다. 그런데도 그놈들은 안전한 곳에 앉아 몇몇 추종자들이 보내주는 광기에 안주하며 입과 혀로만 강호의 미래를 떠든다.

그 바보들 때문에 강호가 지금 요 모양 요 꼴이 된 것이다. 확실히 말해줄 수 있다. 저 연약해 보이는 등의 주인에 비하면 그놈들은 쓰레기다. 구더기보다 못한 존재인 것이다.

"괴롭군!"

씁쓸한 고소를 감추지 않은 얼굴로 린이 뇌까렸다. 그의 시선은 여전히 산 아래에 고정된 채였다.

"괴로워? 뭐가 말인가?"

입에 풀잎 하나를 잘근잘근 문 채 흑사자 혁이 되물었다.

린의 입가에 자조 섞인 웃음이 떠올랐다.

"자신을 똑바로 바라보는 것 말일세! 자신을 과대포장할 수 없다는 게 이번만큼은 무척이나 아쉽다는 생각이 드는군!"

자신을 직시한다는 것은 그런 것이었다. 그러나 이런 유약한 태도는 검은 갈기를 휘날리는 사나운 맹수의 눈을 지닌 청년에게는 눈엣가시였다.

"흥, 현실도피 능력 따위 가지고 있어봤자 '어따' 쓰겠나! 미몽의 안개에 휩싸인 채 착각 속에 살아봤자 냉엄한 현실은 변하지 않아!"

싸늘할 정도로 가차없는 독설. 그러나 그것은 사실이었다.

"후후, 미안하군. 내 사과함세!"

린은 순순히 자신의 잘못을 시인했다. 그러나 그 어디에도 비굴한 기색은 없었다.

혁 또한 애초부터 그것이 빈말이라는 것은 알고 있었다. 하지만 그 자조가 너무나 진실에 가깝다는 사실이 오히려 그의 화를 부추긴 것이다.

"자신을 똑바로 직시하기 위해서는 많은 용기가 필요하지. 용기 있는 자만이 자신의 눈앞에 있는 벽을 인식하고 그것을 뛰어넘을 수 있는 거라네."

이 세상에는 벽의 존재조차 모르는 이가 수두룩 빽빽하다는 것을 이 미장부도 잘 알고 있었다. 그가 과장되게 어깨를 툭툭 두드렸다.

"에구, 에구… 무림의 미래라……. 그 무게가 어지간해야지 말일세. 신경통, 요통, 어깨 관절염이 동시에 찾아올까 저어되는군!"

그 너스레에 혁도 고개를 꾸벅 끄덕였다.

"동감일세! 정사가 힘을 모아 만든 세 관문을 이렇게 빠른 시간 안에 통과하다니……. 역시 괴물은 괴물인가……."

혁은 잠시 말을 끊었다가 다시 이었다.

"쳇, 우리 차례가 오지 않기를 그토록 바랐건만… 부질없는 기원이 었던 모양이야. 젠장!"
 아직 수백 장은 족히 떨어져 있을 '그'의 존재감을 온몸의 피부가 들썩이고 일어날 정도로 확연히 감응(感應)할 수 있었다.
 "확실히 자기 자신의 능력을 안다는 것은 생각보다 괴롭군. 특히 그 능력이 상대에 미치지 못함을 알아버릴 때는 말이야!"
 혁도 그것이 비하가 아닌 객관적 사실이라는 것을 잘 알고 있었다.
 "하지만 그것을 알면서도 진실 앞에 대항할 수 있는 것이 진정한 용기일세! 자신의 분수를 알고 그것을 뛰어넘기 위해 '신념을 걸고' 싸우는 것, 그것이 진정한 용기일세! 그전에는 용기가 아니라 '무모' 이자 '만용'일 따름이지."
 그 만용이란 것을 부리지 않기 위해, 그날의 실패를 되풀이하지 않기 위해 절치부심한 지난 일 년. 마침내 그 비장의 성과를 선보일 때가 다가오고 있었다.
 "일 년이라…, 길었지……."
 길다면 길고, 짧다면 짧을 수도 있는 그런 시간이었다. 하지만 그들에게는 영겁처럼 기나긴 시간이었다.
 잠시 침묵이 이어졌다.
 "자네… 잊지 않았군."
 한참을 침묵하던 혁의 입이 다시 열렸다. 린의 검은 눈동자에 칼날같은 기광이 번뜩였다.
 "물론! 그 치욕스런 기억을 어찌 잊을 수 있겠나! 뇌를 도려내 차가운 얼음물 속에 헹구는 것만으로 그 기억을 지울 수가 있다면 지금 당장이라도 일말의 망설임 없이 그리하고 싶을 정도라네! 그 기억을, 그 치욕을 지울 수만 있다면 말일세!"

둘도 없는 호적수이자 생명을 나눈 전우이기도 한 두 사람의 눈이 한 지점에서 마주쳤다. 아직도 그들은 가슴속에 불꽃의 낙인처럼 선명하게 찍힌 그때의 치욕을 어제 일처럼 생생하게 기억하고 있었다.

이 년 전.
삼백 명의 적들에게 포위당했던 그때의 기억이, 아직도 잔향처럼 남아 있는 그때의 공포가 생생한 현장감과 함께 되살아났다.

이 년 전······.
제멋대로 헝클어진 머리, 입가에 흐르는 선혈, 여기저기 찢어진 옷, 그 밑에 보이는 푸르고 붉은 상처. 거짓말로라도 멀쩡하다 할 수 없는 두 청년을 '그'는 지긋한 눈빛으로 조용히 바라보고 있었다. 현재 '그'의 상의 가슴팍은 대각선으로 길게 갈라져 있었는데 그 안으로 언뜻 얇고 가느다란 붉은 선이 보였다.

'그'의 오른손 손가락 하나가 붉은 선 위를 감별이라도 하듯 부드럽게 훑고 지나간다. 은가면 밑으로 드러난 그의 입꼬리 한쪽이 천천히 위로 말려올라갔다.

"믿겨지지 않는군! 이 나에게 상처를 입히다니······. 침몰 직전의 폐선이나 다름없는 강호에 아직도 그만한 인재가 남아 있었나?"

'그'는 분노하기보다 유쾌해 하고 있는 듯했다. 깊디깊은 무저갱에서 발원하여 무수한 반향을 일으키며 올라온 듯한 독특한 목소리였다.

"자신의 피를 보는 것도 오랜만이군. 어디에서 갑자기 뛰어나왔는지, 또 누구에게 배웠는지 모르겠지만 잘 배웠군, 잘 배웠어! 너희들의 실력과 잠재력은 지금까지 내가 만나왔던 어떤 무인들보다도 뛰어나다!"

'그'로서는 최대의 찬사라 할 수 있었다. 그러나 두 사람은 하나도 기쁘지 않았다. '그'가 만나왔다는 무인 중 아직 생존해 있는 사람은 그의 휘하에 들어간 이를 제외하고는 전무하다 해도 과언이 아니라는 사실을 잘 알고 있었던 탓이다. 곧 자신들의 목숨을 앗아갈 상대에게 칭찬 따위를 들어봤자 조롱 이상으로 인식되지도 않는다. '아이구, 고맙습니다! 금생의 다시없는 영광입니다! 이 기쁨, 자손 대대로 전하도록 하겠습니다!' 하고 기뻐할 수는 없는 노릇인 것이다.

"빌어먹을!"

철그렁!

철쇄가 부딪히는 둔탁한 소리가 울림과 동시에…….

"죽여라!"

사자 같은 눈을 부라리며 혁이 씹어뱉는 듯한 목소리로 외쳤다. 늘 어뜨린 그의 두 손에 들린, 핏빛 도신을 지닌 쌍도는 수많은 피를 부르던 마도(魔刀) 굉천도(轟天刀)였지만 지금은 그 흉포함을 잃고 그저 침묵하고 있을 뿐이었다.

움직일 수 있을 리가 없었다. 지금 두 사람의 몸은 지옥의 야수처럼 두꺼운 묵빛 쇠사슬로 팔방 여덟 가닥으로 칭칭 휘감겨 있었던 것이다.

"미안하군. 포승(捕繩)만으로는 자네들의 움직임을 봉할 자신이 없어서 말일세! 굳이 이런 번거로운 방법을 썼네. 좀 무겁고 불편하더라도 참아주기 바라네!"

'그'가 친절하게도 양해를 구했다. 가지고 노는 건가……. 혁은 어금니를 으드득 씹었다. 그와 동시에 자신과 함께 사로잡히고 만 친구에게 미안한 마음이 들었다.

"미안하네, 린! 자네가 만들어준 기회를 살리지 못했네! 실패야!"

깊은 후회가 느껴지는 그 목소리에 린은 고개를 가로저었다.

"아닐세! 저자의 몸에 상처를 입힌 것만으로도 충분히 가치는 있네! 게다가 잘못은 나의 미숙함에 있네. 내가 좀더 제대로 된 기회를 만들어주었다면……. 생명을 걸지 못했던 나의 못남이야!"

린도 혁보다 나은 점은 없었다. 신비로울 정도로 독특했던 적청 혼성의 무복도 지금은 너덜너덜해져 거적때기보다 더 나을 게 없었다. 하지만 낭패한 그 모습도 그의 수려함을 완전히 가리기에는 역부족이었다.

이 미청년의 눈은 아직도 격렬한 투쟁 의지로 끝없이 타오르고 있었다. 그 의지를 반영하기라도 하듯 쇠사슬에 전신이 속박된 작금에도 그는 좌검 빙루(氷淚)와 우도 홍염(紅焰)만은 꽉 움켜쥔 채 내려놓지 않고 있었다. 그것은 그의 마지막 의지 표현인지도 모른다.

'분하다! 다시 한번 기회가 주어진다면……'

그러나 다음번이란 이미 존재하지 않는 기회였다. 너무 자만했던 것인지도 모른다. 그리고 최선을 다하지도 못했다. 린은 자신의 입술을 짓씹으며 분루를 삼켰다.

'그때 복부를 향해 날아오는 일격을 피하지 않고 두려움 없이 받아냈더라면… 그랬다면 그 일격이 내 내장을 헤집는 동안 혁이 좀더 확실한 기회를 잡았을지도 모르는데…….'

그러나 가정만으로는 현재를 바꿀 수 없다. 지나간 시간은 신의 입김으로도 되돌릴 수 없는 것이다.

졌다. 완패였다.

패자를 기다리는 것은 오직 죽음뿐. 하지만 죽음은 두렵지 않았다. 다만 자신들의 어깨에 걸린 희망이 자신들의 죽음과 함께 사그라진다는 것이 안타까울 뿐이었다. 그러나 이미 발버둥칠 힘은 남아 있지 않았다.

함께 왔던 정예 기습 별동대 백 명이 모두 죽고, 지금 남은 것은 그들 두 사람뿐이었다. 게다가 지금 그들은 전우들의 시체를 밟고, 삼백 자루의 도산검림에 포위당한 채 그 삼백 명을 합친 것보다 무서운 존재와 맞닥뜨리고 있는 중이었다. 여기서 생로를 찾는 것은 구차하고 무의미할 뿐이었다.

스윽!

그때 '그'가 다시 시선을 돌려 린의 얼굴을 물끄러미 바라보았다. 이 죽음과 피를 주관하는 사신에게도 가끔 호기심이란 생소한 감정이 드문드문 나타나곤 하는 모양이다.

"너……."

그가 궁금한 것은 딱 하나였다.

"여자냐?"

혁은 두 눈을 질끈 감았다. 귀도 틀어막고 싶었지만 손이 요 모양인지라 아쉽게도 포기할 수밖에 없었다. 예상대로 곧 천붕지열(天崩地裂)할 듯한 소리가 터져나왔다.

맹수의 포효보다도 더 사나운 외침이었다.

"갈(曷)! 여, 여자라니! 난 남자요! 보고도 모르시오? 당신의 눈은 장식품이오? 내가 어딜 봐서 여자로 보인단 말이오?"

새빨갛게 달아오른 얼굴로 린이 고함쳤다. 혁은 고막이 얼얼했다.

'쩝, 이럴 줄 알고 귀를 틀어막고 싶었던 건데……'

그러나 그는 그렇게 아쉬워할 찰나의 시간조차도 누릴 수 없었다. 사지가 속박된 것도 잊은 채 린은 '그'를 향해 달려들었던 것이다.

"어어어!"

철그렁! 철그렁! 촤라라락!

린을 봉쇄하는 여섯 가닥의 쇠사슬을 들고 있던 수하 여섯 명이 그 힘을 감당하지 못하고 끌려갔다.

지이이익!

제동하기 위해 저항한 발이 지면을 파고들어가 깊은 고랑이 패였다. 저 연약해 보이는 몸에서 뿜어져나온다고는 상상할 수 없는 엄청난 힘이었다.

"역시 남자였나? 그건… 좀 아깝군!"

혁이 화들짝 놀라 몸을 굳혔다. 하마터면 처한 처지도 잊고 그에 동조해 고개를 끄덕일 뻔했던 것이다.

그런 생각은 매우 위험하고 불길한 것이었다. 만일 동의했다가는 저승길이 꽤나 고달플 것이 분명했다. 하지만 어쩌겠는가. 사실 시력이 멀쩡한 사람 눈에도 모든 면에 걸쳐 그렇게 보이는 게 당연했다.

잠시 자신의 처지도 잊고 혁은 그렇게 생각했다.

"내가 남자면 어떻고 여자면 또 어떻단 말이오? 내가 들은 바에 의하면 당신은 여자라 해서 사정 봐주는 법이 없다고 알고 있소. 빨리 죽이시오."

그러나 '그'는 고개를 가로저었다.

"쯧쯧, 겨우 그 정도 도발에 마음의 평정을 잃다니……. 그러고도 무인이라 할 수 있겠나? 검을 익히는 가장 기본적인 요결이 무엇인지 모르진 않을 텐데?"

"그… 그건……."

린의 얼굴이 부끄러움으로 새빨갛게 변했다.

부동심(不動心)!

검을 수련하는 사람 중 이 요결을 모르는 이는 전무하다 해도 과언이 아니지만, 이를 실천할 수 있는 사람은 손가락에 꼽을 정도로 적다. 아는 것과 실천하는 것, 이 사이에 존재하는 천지지간(天地之間)의 차이를 메꿀 수 있는 능력을 지닌 이는 극히 한정되어 있기 때문이다.

"너희들 정도를 키워내느라고 무림도 많이 고생했겠군. 마지막 비장의 한수로 너희들을 내보낸 것 같은데 실패했으니 어쩌지?"

그들의 가치를 제대로 알아주는 이가 맹의 늙은 너구리들이 아닌 최대의 난적인 '그'라는 것은 얄궂은 일이 아닐 수 없었다.

"흠…, 이 일을 어쩌면 좋다지?"

'그'가 매우 곤란하다는 투로 중얼거렸다.

여전히 죽음의 선고는 내려지지 않았다. 그들의 명줄을 쥐고 있는 자는 아직 그 둘에 대한 흥미를 잃지 않고 있는 모양이었다.

혁이 발끈했다.

"빌어먹을! 모욕은 받지 않겠다. 빨리 죽여라. 뭐가 그리 쏼라쏼라 말이 많으냐!"

죽음은 감내할 수 있어도 모욕은 참을 수 없었다. 희롱당하느니 깨끗이 죽는 게 나았다.

"성질 한번 급하구나. 그러니 채 다 익지도 않은 반숙(半熟) 무인인 채로 무모하게 덤벼들지. 그렇게 죽음을 재촉할 필요는 없다. 어차피 인간은 죽는다. 다만 빠르고 느림만이 그 사이에 존재할 뿐⋯⋯. 현재 너희들의 생과 사를 결정하는 심판관은 나다. 내가 생존을 택하면 죽으려 해도 살 것이요, 말살을 택한다면 살려 해도 죽을 것이다."

이게 정말 그 피의 악명을 떨치는 그 혈신(血神)의 모습이란 말인가? 직접 대면하고 보니 쉽게 믿어지지 않았다. 좀더 우락부락하고 온몸이 상처로 덮여 있는, 전신에서 피가 뚝뚝 떨어질 것만 같은, 피에 굶주린 야수와 같은 그런 모습을 연상했던 것이다. 그것이 혁이 지닌 상상력의 한계였다. 하지만 실제로 '그'는 전혀 다른 모습으로 그 앞에 서 있었다. 눈에 띄는 것은 얼굴의 반을 가리고 있는 백은(白銀)의 가면(假面)과 그 안에서 빛나는 무시무시하게 소용돌이치는 두 개의 눈동자뿐.

"그렇게 죽고 싶은가?"

'그'가 오른손을 들자 그 손끝으로부터 눈부신 백광이 뿜어져나왔다. 수강의 일종인 듯했다.

"죽여라!"

더 이상 구차해지기는 싫었다. 혁과 린은 조용히 눈을 감은 채 자신에게 다가올 운명을 기다렸다.

휘익!

백은의 가면 밑에 자리한 입이 미소를 그림과 동시에 그의 손이 가볍게 휘둘러졌다. 그러자 놀라운 일이 일어났다.

화라라라락!

혁과 린, 두 사람의 머리가 질풍을 맞은 것처럼 파르르 떨렸다. 동시에 그들의 몸을 봉쇄하고 있던 철쇄가 썩은 새끼줄처럼 토막토막 잘려 후드득 바닥에 떨어졌다.

잠시 후 혁과 린이 감았던 눈을 살며시 떴다. 한순간 어리둥절해하던 그 둘은 이윽고 자신의 몸상태를 점검하기 시작했다. 어디에도 상처는 없었다. 그제야 바닥 여기저기에 흩어져 있는 철쇄 조각이 눈에 들어왔다. 두 사람이 아무리 발버둥쳐도 벗어날 수 없었던 악몽 같은 쇠사슬도 그의 손 아래에서는 수수깡보다도 못한 듯했다.

'이 얼마나 놀라운 힘인가······.'

은은한 묵빛이 도는 저 광택으로 미루어보아 이 철쇄들이 범상치 않은 물건임은 쉽게 짐작할 수 있었다. 아마 묵강(墨鋼)으로 만든 것이리라. 어린애 손사래 같은 동작으로 이런 일이 가능하다니······. 과연 '하늘의 겁난'이라 불리며 살아 있는 육신의 몸으로 공포와 죽음의 대명사가 된 존재다웠다.

"이건 또 무슨 장난이오?"

혁은 다시 찾은, 아니 다시 돌려받은 자유가 어리둥절할 뿐이었다.

"그저 약간의 변덕일 뿐이다. 이번 기습은 안타까웠다. 기습의 생명은 속도, 그리고 은밀함에 있다. 이 두 가지가 갖추어진 다음에야 비로소 개개인의 무력을 발휘할 수 있는 것이다. 다음에는 좀더 안개처럼 은밀한 가운데 전광석화처럼 움직이도록 해라. 이번처럼 쉽게 발각돼서야 흥이 깨지고 말지! 어렵사리 얻은 장난감인데 쉽게 부술 수야 없지 않겠나?"

그는 웃고 있었다. 소름끼치는 웃음. 악마가 미소를 짓는다면 저런 웃음이리라. 혁과 린은 오한이 드는 것을 피할 수 없었다.

'그'가 다시 말했다.

"술래잡기를 하자. 칠종칠금이라 했던가? 아마 제갈공명의 고사였지? 앞으로 나는 너희들을 세 번 놓아줄 것이다. 싫어도 할 수 없다. 나는 승자고 너희는 패자다. 고금을 막론하고 규칙은 승자의 손에 의해 만들어진다. 따라서 규칙을 정하는 것은 나다. 패자는 승자가 정한 규칙에 반할 수 없다. 세 번 놓아주는 동안 발버둥치고 또 발버둥쳐봐라. 세 번 놓아줬는데 세 번 다 잡히면 그때 너희들은 그 자리에서 죽는다."

"주군! 주군의 생명을 노린 자들입니다. 그냥 보내셔서는 안 됩니다."

포위망을 유지하던 무사 중 한 명이 소리쳤다. 이 삼백 포위망을 지휘하고 있던 암뢰대 대장 암뢰(暗雷)였다. 혁과 린, 두 사람을 쏘아보는 그의 눈에는 원독의 빛이 가득하다. 길게 사선으로 새겨진 도흔. 아직도 타는 듯한 고통이 그의 전신을 엄습하고 있었다. 마치 불에 지져진 듯한 참격(斬擊)의 흔적. 바로 린의 우도 홍염이 남긴 작품이었다.

"항명은 듣지 않겠다, 암뢰! 내가 누구냐?"

그 위엄서린 눈빛을 받은 암뢰는 즉시 그 자리에 오체복지했다.
"강호의 법이자 신이십니다."
'그'가 고개를 끄덕였다.
"너는 그 법을 거역하고자 하느냐?"
"주… 죽을죄를 지었습니다. 죄송합니다, 주군!"
 장내가 싸늘해지면서 침묵에 휩싸였다. 더 이상의 항명 역시 나오지 않았다. 이들은 타산지석(他山之石)이 뭔지를 잘 알았다.
"가라! 발버둥치는 자여! 다음에 만났을 때는 좀더 나를 즐겁게 해주기를 기대하겠다."
 자결하고 싶을 만큼 수치스러웠지만 두 사람은 어금니를 꽉 깨물었다. 아직은… 아직은 죽을 수 없었다. 그들에게는 아직 짊어진 책무가 남아 있었다.
"우릴 놓아준 것을 후회하게 될 것이오!"
"기대하지!"
 여전히 담담한 목소리로 '그'가 대답했다.
 이 마지막 목소리를 두 사람은 마음속에 새기고 결코 잊지 않을 것을 다짐했다.
'내 영혼과 생명을 불사르는 한이 있더라도 반드시 저 입에서 이 일에 대해 후회하는 말이 나오게 만들고 말리라!'
 두 사람은 하늘에 두고 그렇게 맹세했다.

 어처구니없는 우스개 농지거리일지도 모르지만 자신들을 단련시키는 데 가장 큰 역할을 한 사람은 다른 누구도 아닌 바로 그 천겁혈신이라 할 수 있었다.

 그의 존재가 없었다면, 그리고 그 술래잡기가 없었다면 그들은 이렇게까지 강해지지 못했을 것이다. 아니, 그러기는커녕 지금 이 자리에 서 있지도 못했으리라. 왜냐하면 그들은 이미 이 년 전에 한번 죽은 목숨이었기에.

 적의 값싼 동정으로 연명한 목숨이었다. 덤으로 사는 인생이었다. 아까울 것은 없었다. 두려울 것도 없었다.

 이를 악물었다. 살이 짓물러지고 뼈가 깎이는 고통도 마다하지 않았다. 절치부심하는 마음으로 고진감래하며 수행을 쌓았다. 비가 와도 눈이 와도, 날씨가 더워도 추워도, 맑아도 흐려도 쉬어야겠다는 생각은 들지 않았다. 그들에게는 반드시 도달해야 하는 목표가 있었다. 반드시 쓰러뜨려야 할 적이 있었다.

 강하게, 더욱 더 강하게!

 눈앞에 거대한 벽이 하나 놓여 있었다. 그 벽을 넘지 못하면 치욕 속에서 죽을 뿐이었다. 다른 도리? 제2의 선택? 그런 건 존재하지 않았다. 때문에 그들은 그 벽만을 넘기 위해 모든 것을 걸었다. 그리고 생명을 건 대가로 마침내 한 가지 성과를 올릴 수 있었다.

"이보게, 린(璘)!"

 낙안봉 정상, 과거의 상념에서 깨어난 혁이 친우의 이름을 불렀다.

 태극신협(太極神俠) 혁월린, 통칭 린.

 훤칠한 키에 눈부시게 빛나는 은청색 머리카락이 눈에 확 띄는 미장부. 그러나 그의 어깨와 등뒤에서 뿜어져오는 기백과 풍채는 미숙한 자에게서나 심심찮게 발견되곤 하는 얄팍한 '겉멋' 이 결코 아니었다.
"응? 왜 그러나?"
린은 대답하지만 뒤돌아보지는 않는다.
그는 여자라고 착각할 정도의 그 미모로 인해 많은 오해와 사건을 불러일으켰던 전적도 지니고 있다. 때문에 그 앞에서는 어떤 특정 단어를 매우 조심하지 않으면 안 된다(지금은 그래도 많이 누그러진 편이다).
"그건… 완성했나?"
흑사자의 조심스런 물음에 린이라 불린 청년이 조용히 고개를 끄덕였다. 하지만 산 아래를 주시하고 있는 두 눈은 허공에 못박히기라도 한 듯 단단히 한 지점을 향해 고정되어 있었다. 그곳에는 거대한 힘이 존재했다. 잠시 저항에 부딪쳤던 그 힘은 마지막 방해물을 가볍게 제거하고 유유자적하게 이쪽을 향해 올라오고 있었다. 다급한 기색은 전혀 느껴지지 않았다.
"간신히! 아슬아슬했지. 혁, 자네는?"
여전히 고개를 돌리지 않은 채 되묻는다. 흑사자를 연상케 하는 청년 혁도 고개를 끄덕였다.
"마찬가지일세. 그걸 완성하지 못하면 승산이란 있을 수 없고, 여기서 있지도 않았을걸? 이미 죽은 목숨 아닌가? 개죽음이지. 살려고 발버둥쳤더니 불가능해 보이던 것들도 가능해지더군. 흐흐흐, 지렁이처럼 꿈틀거리며 죽음의 늪에서 빠져나가려 발버둥치는 어리석은 벌레들…인가……."

혁이라 불린 청년의 목소리에는 자조의 빛이 가득했다.

"그런 말 하지 말게! 그걸 완성함으로써 우린 겨우 일 할의 승률을 손에 넣은 것일세!"

이 일 할에 무림의 미래가 걸려 있는 것이다.

"일 할이라……. 전무보다는 대략 희망적인 관측이로구먼. 전 무림의 운명을 등에 지고 싸워야 하다니……. 허리에 너무 부담 가서 못 쓰겠어. 두 번 다시 하고 싶지 않은 싸움이야. 게다가 맹의 바보들은 우리의 이런 노고를 전혀 몰라주겠지!"

"전적으로 동감일세! 하지만 그 바보님들이 몰라준다 해도 누군가는 해야만 하는 일 아닌가! 그 사람들을 믿을 수도 없는 노릇이고…"

이 세상에는 신뢰할 만한 가치도 있지만 절대 맹신해서는 안 되는 무가치한 것도 있다.

"건곤일월합벽……!"

린이 조용한 목소리로 내뱉었다.

"드디어 해냈군, 린!"

혁의 목소리는 채 가시지 않은 흥분으로 가늘게 떨리고 있었다.

"간당간당했지!"

"드디어 '미몽(迷夢)의 벽(壁)'을 뛰어넘은 건가? 축하하네! 이런 때라서 미안하지만 말이야."

사신의 음험흉악한 손짓에 생명이 먼지처럼 흩어지고 있었다. 피를 머금은 대지가 오열하고, 대기가 비명을 지른다. 짙은 혈향이 산에 부는 바람을 좀먹고 있었다. 확실히 좋은 때라고 말하기는 힘들었다.

"혁, 자네에게 한 가지 부탁이 있네!"

린이 말했다.

"뭔가?"

이 친구가 부탁이란 말을 입에 담는 것은 극히 이례적인 일이었다.

"만일 오늘 이 자리에서 내가 죽고 자네가 살아남는다면 나의 깨달음과 '나의 마지막 오의'가 끊기지 않도록 해주게! 오늘 이 자리에서 패한다면 '그것' 조차도 그에게는 통하지 않았다는 것을 증명하는 것이긴 하네만 내 마지막 심득을 소실시키고 싶지는 않네."

혁이 발끈해서 소리쳤다.

"시끄러워! 재수없는 소리 '하덜덜' 말게! 적을 말살하고 내가 살아남을 때야말로 진정한 승리야. 그 외에는 무참한 패배, 그 이상도 그 이하도 아니라고!"

말은 그렇게 사납게 내뱉었지만 속으로는 혁도 그 생각에 동의하고 있었다. 반대의 경우 역시 염두에 두어야 했던 것이다. 자신이 죽고 린이 살아남았을 경우, 자신의 '최종오의(最終奧義)'를 후대에 전해줄 수 있는 사람은 바로 눈앞에 있는 이 친구뿐이라는 것을 그도 잘 알고 있었다.

벽을 뛰어넘은 자만이 벽 너머의 세계를 볼 수 있다. 벽을 넘지 못한 자는 죽어도 이해할 수 없는 세계. 우물 안의 개구리에게 우물 밖을 이야기해도 이해시킬 수 있을 리가 만무했다.

그 사실을 누구보다도 잘 알고 있는 두 사람이었다. 때문에 두 사람 모두 '비전(秘傳)'의 단절을 막기 위해서는 함께 장벽 너머의 세계를 본, 서로가 서로를 동등하다고 인정하고 있는 눈앞의 친구가 필요했다.

"처음에 봤을 때는 엄청 재수없는 놈인 줄 알았는데 말일세……. 남자 주제에 여자처럼 예쁘장하게 생겨가지고 말도 없이 수줍음 타기에 알기만 하고 절대 가까이 지내진 말아야지 하고 결심했는데 말이야……. 뭐, 지금도 그때보다 더 재수 있어진 건 아니지만……."

과거에 대한 혁의 고백은 신랄 그 자체였다. 하지만 린도 지지 않았다. 경쟁심에라도 불탄 걸까?

"누가 할 소리! 후후, 그건 나도 마찬가지야! 머리카락은 꼭 닭피 뒤집어쓴 것처럼 검붉은 데다가 인상은 산도적처럼 우락부락한 게 머릿속에 근육만 꽉 찬 열혈 바보로만 보였지."

훗, 하고 웃으며 린이 말했다. 조금 전의 진지함이라고는 눈곱만큼도 찾아볼 수 없는 능글능글한 목소리였다.

"뭐라고? 감히 본좌에게 그런 발칙한 생각을 품었단 말인가? 어허, 시건방지구나."

"사돈 남 말 하기는! 수줍다니? 자넨 눈이 삐었나?"

그때의 일이 마치 어제 일처럼 선명하게 머릿속에 떠올랐다.

물과 기름처럼 절대 섞이지 않을 것 같던 그 두 사람이 지금은 서로에게 생명을 의탁한 둘도 없는 전우가 되어 있었다. 금방이라도 주먹다짐을 할 것처럼 인상을 일그러뜨렸던 두 사람의 얼굴은 '픽' 하는 소리와 함께 한순간에 풀려버렸다.

"하하하하하하!"

두 사람은 서로를 마주보고 크게 웃었다. 과거가 어찌 되었든 지금은 이 세상에서 가장 의지할 만한, 그리고 가장 신뢰할 수 있는 생명과 명예와 긍지를 맡긴 전우였다.
"맹세하세. 우리 두 사람 중 한 사람이 남는다 해도 절대 두 비전의 맥이 끊기지 않게 하겠다고! 그리고 나머지 사람의 몫까지 강호의 미래를 위해 힘쓰겠다고! 개인이나 조직의 이익이 아니라 전 무림을 위해! 그리고 미래를 위해!"
혁월린, 그는 일신의 안위보다도 전 무림의 안녕을 먼저 걱정하는 사람이었다. 그 드높은 의기 앞에는 거칠기만 한 갈중혁도 숙연해지지 않을 수 없었다.
"좋아! 나의 애도 굉천도와 내 몸에 흐르는 붉은 피에 걸고 맹세하지!"
혁이 호기롭게 외치며 이에 호응했다.
두 사람은 맹약의 증표로 서로의 오의(奧義)가 적힌 두루마리 형태의 비급을 교환했다. 자신의 긍지이자 생명이나 다름없는 무공비급을 교환했다는 것은 친구에게 자신의 영혼을 의탁하는 거나 다름없는 행위였다.
이윽고 혁이 맹세했다.
"하늘이 무너지고 땅이 갈라져도, 바다가 넘치고 강물이 말라도 내 생명의 불꽃이 꺼지지 않고 남아 있는 한 이 약속은 지켜질 것이네! 명왕(冥王)의 권세도 이 맹세를 깨뜨리지는 못할 것일세!"
"고맙네, 친구!"
둘은 진정한 친구였다.

쓸쓸한 눈으로 달을 바라보며 노인은 한숨을 지었다. 허름한 회의를 걸친 그 사람은 바로 혁 노야였다. 흑사자의 갈기 같던 머리카락도 지금은 잿빛으로 바뀌었고, 하나뿐인 영혼의 친우는 지금 이 세상 어디에도 없었다.

"치사한 친구 같으니라고. 남한테 무거운 짐을 떠넘기고 자기 혼자 도망가다니……."

노인의 목소리에는 깊은 애수(哀愁)가 어려 있었다.

"혼자 짊어질 만한 게 아녀."

무림의 미래. 그것은 감히 양(量)으로 잴 수 없을 만큼 무거운 것이었다.

"망할 친구 같으니라고……."

그 짐을 나눠 질 수 있었던 유일한 지기가 지금 이 자리에 없었다. 그 사실이 그의 공백을 더 크게 만들어주고 있었다.

"게다가 골칫덩어리 유품도 두 개씩이나! 크으으, 귀찮은 유언 하나에 골 썩이는 유품이 둘이라……. 정말 밑지는 장사가 아닐 수 없구먼!"

입으로는 연신 투덜투덜거리고 있지만 그래도 그리 싫지는 않은 모양이다.

노인은 다시 기운을 내서 자리를 털고 일어났다. 달빛이 머리 위로 쏟아져내려온다.

밝은 밤이다.

아직 할일은 잔뜩 남아 있었다. 하나하나 차근차근 해나갈 수밖에 없다.

"자! 그럼 친구 녀석과의 약속을 지키러 가볼까! 분명… 저쪽이었지?"
 한곳으로 방향을 잡은 노인은 망설이지 않고 그쪽을 향해 걸어가기 시작했다.
 "음…, 그 빨강 파랑 두 녀석도 어떻게 하지 않으면 안 되는데 말이야……."
 이놈도 저놈도 난감무쌍한 녀석들뿐이다. 정말 곤란한 사질(師姪)들이 아닐 수 없었다.

 모용휘도 가을 밤하늘에 걸린 만월을 하염없이 바라보고 있었다.
 칠흑의 호수 위에서 일렁이는 창백한 둥근 달의 형상은 때때로 사람의 어두운 심연을 비추는 거울처럼 느껴질 때가 있다.
 이런 감정은 단지 마음의 약함이 만들어낸 환상에 불과할 뿐일까?
 숨기고 싶은, 잊어버리고 싶은, 그러나 잊을 수 없는 치욕의 순간이 월광의 거울을 통해 투영된다.
 어둠 너머의 존재를 확신도 채 갖지 못한 상태에서 친구에게 맡기고 등을 돌리다니……. 아무리 은설란을 구한다는 명목이 있었다 해도 그는 아직 자신을 완전히 용서할 수 없었다.
 물론 전혀 승산이 없다고는 생각하지 않았다. 자신조차도 파악하지 못하고 있는, 비류연의 몸 안에 실체를 알 수 없는 미지의 무엇인가가 존재한다는 것은 알고 있었다. 하지만 아무리 그렇기로서니 그 어둠 너머의 존재는 너무나 강대했다. 비류연에게 뒤를 맡긴 그것이 도박이었음에는 변명의 여지가 없다. 만일 그가 살아 돌아오지 않았다면? 모용휘는 아마 자신을 평생 용서하지 못했을 것이다.

그때 이후로 그는 이처럼 혼자 있는 시간이 많아졌다. 그것은 태어나서 처음 느끼는 감정이었다. 얼굴을 붉게 달아오르게 하고 심장을 찢어발기는 듯한 수치심.

만일 비류연이 도와주지 않았다면 자신도 은설란도 그날 그들을 덮은 달빛이 생애 마지막 달빛이었을 것이다. 그리고 두 번 다시 그들의 두 눈동자에 여명(黎明)이 담겨지는 일은 없을 것이다. 석양은 물론이고……

은설란을 지킬 수 없었다. 친구를 위험으로 몰아넣었다.

"그러고도 무슨 백도 제일의 검재인가?"

비참했다. 허탈했다.

'이대로는 안 돼! 더욱 강해져야만 해!'

달빛의 거울이 과거의 그때로 자신을 끌고 간다. 그때 자신의 품에 안겨 있던 은설란의 얼굴이 떠오른다. 당시 달빛이 미끄러지는 그녀의 얼굴은 뽀얀 백진주처럼 빛을 발하고 있었다. 그 모습을 보자 아련한 마음에 숨이 막혀왔었다. 그때의 그 느낌을 모용휘는 생생하게 기억하고 있었다.

모용휘는 자신이 바라보는 하늘과 자신이 밟고 있는 땅에 두고 맹세했다.

"난 강해진다!"

그녀를 지키기 위해서라도 더욱더!

모용휘는 달을 향해 힘차게 소리쳤다.

짝짝짝짝!

그때 아무도 없어야 옳을 그의 등뒤에서 박수소리가 울려퍼졌다.

하늘에서 뚝 떨어진 것처럼 그것은 느닷없이 나타났다.
"누구십니까?"
'누구냐?'라고 외쳐도 하등 이상할 게 없는 상황이었지만 예의가 깍듯한 이 청년은 그런 무례를 저지르지 않았다.
관목들의 그림자 사이로 한 사람의 인영이 걸어나왔다. 안력을 돋우자 그 형체가 점점 더 선명해졌다. 그 인영은 놀랍게도 노인이었다. 게다가 보통 노인이 아니었다.
"훌륭해! 아주 훌륭해! 정천이 손자 하나는 잘 두었군. 사내라면 응당 그 정도 의기는 있어야지!"
유쾌한 목소리로 모용휘를 격찬한 불청객은 놀랍게도 아는 얼굴이었다. 자신을 혁 노야라고 소개했던 정체불명의 노인. 이 노인을 상대할 때면 얼음 같은 빙검도, 불같은 염도도 깍듯한 공경의 자세로 조심하는 기색이 역력했다.
강호에는 기인이사가 모래알처럼 많다고 했으니 필시 내력이 있는 고인이 분명했다.
"아, 노 선배님이셨군요."
언제나 예의바른 모용휘가 서둘러 포권하며 예를 표했다. 그러나 한편으로는 궁금증이 치밀어올랐다.
이 노인이 이 야심한 시각에 이 한적한 곳까지 웬일이란 말인가? 게다가 정천이라니? 이 부분에서는 아무리 예의바른 모용휘라도 약간의 불쾌감과 황당함을 동시에 느낄 수밖에 없었다.
문맥상으로 미루어볼 때 그것은 하늘처럼 존경해 마지않는 조부 모용정천을 가리키는 말이 분명했다. 천무삼성의 한 명인 검성을 어린애 부르듯 하다니? 그런데도 노인은 그 사실에 대해 아무런 거리낌도 없는 모양이었다.

이 노인의 정체는 도대체 뭐란 말인가?

"그런데 이런 곳까지 어인 일로……?"

모용휘가 물었다. 그러나 그가 확인할 수 있었던 것은 모든 질문에 다 대답이 따르는 것은 아니라는 사실뿐이었다.

"자네는 한 인간의 몸으로 음양이기를 동시에 다루는 게 가능하다고 생각하나?"

질문에 대한 질문. 그러나 둘 사이의 상관관계는 전혀 없었다.

모용휘는 망설이지 않고 대답했다.

"가능하겠지요, 일단은!"

"'일단은' 이라……. 호오? 이유는?"

흥미진진한 얼굴로 노인이 되물었다.

"그것이 가능하다는 것을 몸으로 보여준 분이 계셨으니까요!"

백 년 전, 인간의 육신을 입고도 음양이기를 자유자재로 다루어 그 힘으로 무림을 위기에서 구한 구성(救星) 무신(武神) 태극신군(太極神君) 혁월린.

그러나 이후 그것을 체현하는 데 성공한 이는 아무도 없었다.

하지만 존재는 본질에 선행하는 법. 고금을 통틀어 무신 혁월린이 유일하다 해도 그 역시 인간의 몸인 이상 음양이기의 합일이 가능함을 직접 증명해준 것이나 다름없었다.

"자네의 말도 어느 관점에서는 정답이로군. 하지만 노부가 원하는 답은 아닐세!"

"그럼?"

"자네 혹시 물극필반(物極必反)이라는 말 들어봤나?"

"어디 다녀오십니까, 노야?"

어슬렁어슬렁 숙소를 향해 걸어오고 있는 혁중을 향해 염도가 물었다. 그도 아직 잠들지 않았던 모양이다.

"어라, 빨강 머리? 자네 아직 안 자고 있었나?"

그 별명을 입에 담은 사람이 다른 사람이었다면 불같이 날뛰었겠지만 이 노인에게만은 아무리 불타는 개차반 염도라도 그렇게 할 수 없었다.

"예, 잠이 안 와서 잠시 달구경을 하고 있었습니다."

"자네에게 그런 풍류가 있었나? 좀 믿겨지지 않는구먼."

노인이 너무나 솔직하게 말했다. 염도는 조금 쓴웃음을 머금었다.

"그런데 무슨 일로 이 야심한 밤에 외출을……?"

"잠시 산책 좀 다녀왔네. 구애(求愛)를 할 일이 있었거든."

"구애…라뇨?"

염도는 표정을 기괴하게 일그러뜨리며 되물었다.

"그래, 구애! 근데… 차였네!"

염도의 눈이 휘둥그레졌다.

"퇴짜 맞은 겁니까?"

노인이 아주 힘차게 고개를 끄덕였다. 차인 사람치고는 무척이나 즐거워 죽겠다는 그런 표정이었다.

"바로 그렇다네. 자신 있었는데 말이야, 보기 좋게 퇴짜 맞아버렸다네. 으하하하하."

 달빛에 물든 홍매곡에 한 노인의 유쾌한 홍소가 울려퍼졌다.

 '왜 웃는 거지?'

 퇴짜 맞았다고 말하는 노인이 왜 저렇게 유쾌해 하는 건지 염도로서는 수수께끼 그 자체였다. 염도는 영문을 알 수 없다는 얼굴로 한동안 그 옆에 서 있었다.

봉황의 잃어버린 왼쪽 눈
-독안봉 독고령 편

1막 1장
적시(適時)

이진설은 좋아서 입이 귀에 걸릴 지경이었다. 뭇 소녀 검객들의 우상이자 칠봉의 일인이며 자신이 존경하는 큰언니인 독고령이 이른 아침부터 검술지도를 자청하고 나섰던 것이다.

독고령과의 일대일 특강.

평상시라면 꿈도 꿔보지 못할 특혜였다. 독고령은 칠봉 중에서도 아주 차갑고 사납기로 유명했지만 이 소녀의 생각은 틀렸다. 겉으로는 무척이나 사납고 냉혹해 보였지만 그 내면은 아주 따뜻하고 상냥한 사람이었다. 그녀를 아는 사람들은 잘 믿으려 들지 않겠지만 이진설은 그렇게 굳게 믿고 있었다. 단, 때때로 너무 엄격한 것만 빼고…….

감출 수 없는 좌안의 검은 안대. 그 내력을 아는 자는 아무도 없다.

사람들은 그런 그녀를 외눈의 봉황, 독안봉(獨眼鳳) 독고령이라 부르며 경외했다.
"알겠니? 장검이든 단검이든 쌍검이든 그런 건 중요하지 않아. 절정의 고수라면 자신의 손에 들려 있는 것이라면 무엇이든 검으로 만들 수 있지. 그런 사람들 앞에서 검의 길고 짧음, 날카로움이나 단단함, 그리고 개수를 따져봤자 무의미할 뿐이야. 요는 어떻게 상대의 움직임을 읽고 자신에게 가장 유리한 때, 즉 '적시(適時)'를 간파해내느냐 하는 것이다. 그것을 읽어낼 만한 '시야(視野)'를 지니지 못하면 백전백패할 뿐이다. 이것이 선행된 연후에야 자신의 실력을 변수로 한 상대의 '허점'을 논하는 것이 가능해진다."

그러면서 말이 채 끝나기도 전에 느닷없이 검을 찔러온다. 가벼운 한수처럼 보이는 찌르기였으나 그 속도나 방향이 실로 시기적절해 무척이나 위협적이었다. 이진설은 잠시 당황했지만 침착하게 우검을 이용해 그 일격을 받아넘겼다. 그러고는 비어 있는 좌검을 이용해 반격을 기도했다.

독고령은 자신을 무시하기라도 하듯 빈틈투성이였다. 방심하고 있는 것이리라.

이진설은 결심했다.

저 완벽주의자에게 한방 먹여줄 기회란 흔치 않았다. 저 방심상태야말로 틀림없는 절호의 호기. 분명 놀라며 칭찬해줄 것이다. 자신을 보는 눈도 달라지리라.

'좋았어!'

한 마리 나비처럼 우아하게 몸을 돌린 그녀의 손에서 절기인 쌍접

난무(雙蝶亂舞)가 펼쳐지려는 찰나!
"헉!"
 정지한 시간에 사로잡힌 것처럼 그녀는 돌연 움직임을 멈췄다.
 기도는 시도조차 해보지 못하고 폐기되었다.
"꺅! 어… 어느새!"
 보이기는커녕 낌새조차 감지할 수 없었다. 하지만 자신의 왼쪽 어깻죽지 아래에서 어느 틈엔가 다가온 검극이 날카로운 예기를 뿜고 있다는 사실 또한 변치 않는 현실이었다. 그것이 점하고 있는 위치와 '시점(時點)'이 실로 시기적절하고 절묘해 이진설은 거미줄에 걸린 나비처럼 꿈쩍도 할 수 없었다. 그 검의 주인인 독고령의 얼굴은 무표정하기만 했다.
"너도 알다시피 허점을 간파하느냐 못하느냐는 고수들 간의 싸움에서 승패를 가르는 가장 중요한 관건이다. 하지만 '적시'를 읽어내는 '수읽기'가 선행되지 않으면 허점도 간파할 수 없다. 그리고 자신에게 유효한 허점의 발견은 자신의 실력에 비례한다. 상대의 허점이라는 것은 절대적인 것이 아니라 상대적인 것이기 때문이다. 상대의 품안으로 뛰어들 용기, 대담성, 순간적으로 나타났다 사라지는 틈새를 파고들기 위한 속도, 상대의 검력을 견뎌낼 수 있는 완력과 흘려낼 수 있는 기술! 자신이 얼마만한 힘과 기술을 지니고 있는지, 그리고 그것을 얼마나 정확하게 파악하고 있는지가 승과 패, 생과 사를 가리는 중요한 요인이 된다. 그렇기 때문에 자신의 시야를 가장 먼저 부단히 단련하지 않으면 안 되는 것이다. 자신의 실력을 파악하는 것 역시 자신의 눈이기 때문에. 주제를 모르고 무작정 검을 휘두르며 힘만으로 해결하려는 것은 뇌가 근육으로 꽉 찬 바보들이나 하는 짓이다."

면면부절(綿綿不絶) 이어지는 독고령의 금과옥조 같은 조언에 이진설은 연신 고개를 끄덕였다. 경청하는 그녀의 눈은 매우 진지했다. 검후(劍后)의 수제자에게 검리를 배울 수 있다니! 보통 때라면 맛볼 수 없는 행운이었다.

이진설도 잘 알고 있었다. 자신이 걱정되었기에 독고령이 가르침을 자청하고 나섰다는 것을……. 조금이라도 더 단련시켜놔야 안심이 되는 것이다. 이 사람은!

단 한 자도 놓치지 않겠다는 의지로 이진설은 배움에 임했다. 그녀도 이제 조금은 어른이 된 건지도 모른다. 얼마나 오래 갈지 보장할 수는 없는 일이지만 말이다.

독고령의 말이 계속해서 이어졌다.

"고수를 상대할 때는 검이 하나든 둘이든 상관없어. 쌍검이라 해서, 검을 남들보다 하나 많이 들고 있다 해서 방심하다가는 큰코 다치기 십상이다. 양쪽에 하나씩 들고 있는 만큼 서로 각자의 움직임에 방해되지 않게 하기 위해 궤도가 제한되고, 양손보다 힘도 떨어진다. 때문에 항상 자신의 무기가 지닌 단점을 숙지하고 있어야 함은 물론이다. 자신의 단점을 감추고 장점으로 승부를 내야 한다. 즉 단점보다는 장점이 커질 수 있는 유리한 위치를 선점하는 것이 중요하지. 그 점, 잊지 말고 명심하도록 해라."

그러고는 다시 검을 찔러들어간다. 말보다는 몸으로 익히는 게 훨씬 빠르기 때문이다. 쉴새없이 요혈을 찔러들어가는 그녀의 검은 모든 변화를 배제한, 무척이나 단조로운 공격이었다. 이진설은 쌍검을 휘두르며 화려한 검기로 단조로운 찌르기 공격을 상대해나갔지만 역부족인지 계속 뒤로 밀리기만 했다.

그러기를 이십여 합!

물러나는 이진설의 얼굴은 점점 더 찡그려지고 이마에는 식은땀이 맺히는 반면, 무찔러 나아가는 독고령의 얼굴은 산보라도 하는 사람처럼 편안했다.

"너의 쌍검은 그 움직임이 화려함에 너무 중점을 두고 있다. 현란함은 상대의 눈을 속이는 데 도움이 될지 몰라도 진정한 고수를 만나면 아무 짝에도 쓸모없는 장식일 뿐이란다. 그들은 현란한 겉모습에 속지 않고 한눈에 허와 실을 간파해내기 때문이지. 게다가 움직임에 낭비도 많아진다. 그래서 지금 내가 펼치는 단순한 찌르기조차 제대로 받아넘기지 못하고 있는 거다."

발랄하고 귀여운 외모와 달리 원래부터 무공에 대한 애정과 탐구욕이 남다른 이진설이었다. 여기까지 들으면 오기가 생기지 않으려야 않을 수 없었다. 그래서 그녀는 그녀가 펼칠 수 있는 최선의 한 수를 펼치기로 결심했다. 그녀의 눈이 빛남과 동시에 그녀의 신형이 두 개로 갈라졌다.

쌍검이연십이참격(雙劍二連十二斬擊)!

운신 가속을 이용한 이 분신의 이십사 수 연환 검기 공격. 생사가 갈리는 전장이나 명예와 긍지를 건 비무대회에서나 쓸 필살의 기술이었다.

"멍청한!"

이제껏 평정을 유지하던 독고령도 이번만큼은 다급해졌다. 지금까지처럼 가볍게 상대해서는 막아낼 수 없는 기술! 하지만 파훼(破毁)하지 못할 것도 없었다.

이진설의 몸이 희끗 흔들리는가 싶더니 신형이 두 개로 갈라졌다. 도합 네 개의 검에서 검기가 휘둘러져 나온다.

"아직 무르다!"

슈욱!

독고령은 가볍게 손목을 퉁기며 한 점을 향해 재빨리 검을 찔러넣었다.

이진설의 고왔던 얼굴은 울상이 되어 있었다. 울먹울먹 사슴 같은 두 눈에서는 금세라도 진주 같은 눈물이 방울져 떨어질 것만 같다.

분한 것이다.

혼신의 힘을 다한 일격. 하지만 그것조차도 이 여걸에게는 무용지물이었다.

십이와 십이, 도합 이십사 수의 연환공격이 채 다 펼쳐지기도 전에 독고령의 검끝은 보란 듯 이진설의 움직임을 봉쇄했다. 이번에는 목젖이었다. 어떤 경로를 통해 검식이 파훼되었는지는 짐작조차 불가능했다.

독고령은 한차례 어깨를 부르르 떨더니 화가 난 목소리로 힐난했다.

"바보 녀석! 방금 설명해줬는데도 벌써 잊었느냐! 현란함에 너무 중점을 두면 동작이 커지고 그만큼 허실이 많이 생겨난다 하지 않았더냐. 그 허실이 상대에게 간파당하면 공격이 실패하거나 역습당할 확률도 크다. 게다가 힘이 분산되면 결착을 내기도 힘들어."

불을 토하는 듯한 독고령의 매서운 힐책에 주눅이 든 이진설은 고개를 푹 수그렸다. 추위에 떠는 작은 새처럼 가녀린 어깨가 미세하게 경련한다. 그렁그렁 맺힌 무언가가 당장이라도 점점이 방울져 떨어질 것만 같았다.

저런 모습을 보이면 아무리 철석간담을 지녔다고 하는 이 여인이라도 마음이 약해지지 않을 수 없다.

"설아, 넌 언제나 날 곤란하게 만드는구나! 울지 마라!"

떨리는 작은 어깨에 손을 올려놓으며 독고령이 말했다. 사납게 몰아치는 폭풍 같던 호통이 아닌, 봄날의 훈풍 같은 부드럽고 따뜻한 목소리였다.

훌쩍훌쩍거리며 이진설이 고개를 끄덕인다. 마치 강아지 같다.

"고수들의 싸움에 여러 초식은 필요 없단다. 보통 단 일합에 승부가 갈리는 경우가 많지. 그만큼 고수들은 서로 맞부딪쳤을 때, 승산이 없는 이상은 함부로 움직이지 않아. 허점이 없으면 일단 기다린다. 자신만의 '적시'를……. 그래도 안 되면 만든다. 그리고 파고든다. 이것이 고수들의 싸움이지. 먼저 휘두르든지 나중에 휘두르든지 그건 상관없어. 중요한 건 누가 먼저 상대에게 닿는가 하는 거란다. 닿지 않는 검은 대화할 준비가 안 된 사람에게 말하는 것만큼 무의미하지. 물론 초절정고수라면 이런 거 저런 거 다 신경 안 써도 상관없겠지만 말이다!"

그제야 이진설은 고개를 빼꼼히 쳐들며 독고령을 바라보았다. 두 눈은 퉁퉁 부어 엉망진창이었지만 괘념치 않고 배시시 웃는다.

"초절정고수라면 검후님 같은?"

그 귀염무쌍한 모습에 실소가 나오려는 것을 억지로 참으며 독고령은 고개를 가로저었다.

"그분은 초절정고수 따위가 아니다!"

"그럼요?"

"그분은 검의 신이다!"

절대불변의 진리를 전하는 예언자와도 같은 확고한 신념이 담겨 있는 목소리였다. 이 여걸이 얼마나 자신의 사부를 존경하고 있는지 쉬이 짐작 가능한 태도였다. 이미 그것은 경외를 넘어 신앙에 가까운 믿음이었다.

"나도 사실 그분의 진짜 실력은 본 적이 없다. 사실 검을 꺼내드는 일도 드문 분이시지. 그분께서는 아마 이미 검이 필요 없으실 터. 그분께서 검을 잡는 모습을 뵌 것이 이 나로서도 손에 꼽을 정도다. 하지만 그분의 검 앞에 서면 한 가지 느껴지는 묘한 감각이 있지. 그 감각만큼은 언제라도 잊혀지지 않은 채 나의 몸속에 새겨져 있다."

"어떤?"

전 여성 무림인의 우상인 검후에 대한 일화다. 귀가 쫑긋 서지 않을 리가 없었다. 언제 울먹거렸는지는 이미 잊어버린 모양이다.

그 당시 상황을 회상하기라도 하듯 독고령은 지그시 눈을 감았다.

"아무런 투기도 검기도 느껴지지 않았지만 그것만으로도 충분했지. 난 그분의 검극이 나를 가리키는 순간 깨달았다. 아아, 어디로 어떻게 움직여도 저 검으로부터는 도망칠 수가 없구나, 하고! 투명한 하늘의 그물이 나 자신의 머리 위를 촘촘히 덮고 있는 느낌이라고나 할까? 그 무력감과 위압감은 겪어보지 않고는 결코 알 수 없는 감각이다. 언표하기 불가능한 느낌이지. 하지만 만일 자신에게 그런 느낌을 주는 사람하고 맞부딪치게 된다면 필사적으로 도망가거라. 자신보다 한없이 강한, 격이 다른 자라는 증거니깐 말이다. 절대로 이길 수 없다. 역량의 차이를 알고 인정하는 것은 결코 부끄러워할 만한 일이 아니다."

"예, 언니!"

이진설은 얌전히 고개를 끄덕였다. 그러고는 속으로 결코 잊지 않겠다고 맹세했다.

"흐흠, 예상 외로 자상한 면도 있군요!"

"저런 모습, 의외인가요?"

나예린의 반문에 비류연은 솔직히 고개를 끄덕였다.

"확실히!"

두 사람은 지금 독고령과 이진설로부터 십여 장 떨어진 바위에 앉아 그들의 행동을 지켜보고 있었다.

누구도 이 일(이런 정기적인 산책)에 합의한 적은 없었다. 비류연은 그에 대한 허락을 굳이 구하려 하지 않았고, 나예린 역시 동의나 거절의 의사를 명확히 표현하지 않았다. 하지만 두 사람은 코를 자극하는 짙은 초록의 풀내음을 맡으며 새벽 이슬이 채 마르지 않은 길을 함께 걸었고, 저물녘 저 멀리 펼쳐진 아득한 구름바다의 수평선까지 붉은빛으로 가득 찬 황혼의 노을 속을 함께 거닐었다. 아무도 이 일에 대한 언급이나 합의가 선행되지 않았음에도 두 사람의 행동은 언제나 해오던 것처럼 매우 자연스러웠다.

"평소의 그 사나운 행동을 보면 저런 모습은 상상하기 힘들죠."

특히나 그 사나움이 가장 강력하고 확실하게 발휘되는 사람은 다름 아닌 비류연 자신이었다. 무슨 도적놈이나 불한당쯤으로 보는 그 시선이 좋아질 수는 없는 노릇 아닌가. 게다가 만만치 않은 강력수비! 다른 떨거지들을 털어내는 데는 유용하지만 본인까지 그러면 여러모로 민폐다.

"네, 아주 무서운 분이시랍니다. 지극히 엄격한 분이시죠. 하지만……."

"하지만?"

"아주 상냥한 분이시기도 해요. 예전에는 훨씬 밝고 명랑한 분이셨습니다만……."

나예린은 말끝을 흐렸다. 더 이상 그 일에 대해서는 언급하고 싶지 않다는 듯이.

"저 왼쪽 눈, 선천적인 건 아니겠죠?"

비류연의 지적에 나예린은 고개를 끄덕였다. 저런 큰 상처가 후천적인 것이라면 그것에 얽힌 사연이 없을 리가 없었다. 그리고 그 사연은 분명히 평범치 않을 것이 틀림없었다.

"외눈의 봉황이라……."

그 이름은 지금 천무학관에서 남녀를 불문하고 많은 이들이 흠모하며 동경하고 있는 것이었다. 물론 그의 옆에 함께 앉아 있는 여인은 수백 명, 아니 강호를 뒤엎으면 수천 명은 족히 나온다고까지 말해지는 막대한 수의 친위대를 거느리고 있는 인물이긴 했지만 말이다. 하지만 당사자는 그런 걸 '민폐' 이상으로는 보지 않고 있는 듯했다. 그리고 사실 몇몇 분자들은 확실히 대민폐였다.

"언제부터?"

"칠 년 전… 여름이었죠……."

나예린의 기억 속에 새겨진 과거는 텅 빈 눈 안에서 핏물이 콸콸 쏟아지는 데도 아랑곳하지 않고 때리듯 내리는 폭우 속에서 울부짖는 한 여인의 비통한 모습이었다. 하늘이 그녀와 함께 우는 듯했고, 핏물 또한 그녀의 눈에서 흐르는 눈물처럼 보였다. 그래서 모두들 지혈도 잊은 채 잠자코 지켜볼 수밖에 없었다.

"그것은 물어도 대답해줄 수 없는 이야기겠군요?"

빛 속으로 끄집어내 공개해야 하는 과거가 있는가 하면 조용히 어둠 속에 묻어두어야 하는 과거도 있는 법이다.

"그래요, 하지만 대답해주려 해도 대답해줄 이야기가 없어요. 그 팔 년 전에 있었던 사건의 전말을 아는 사람은 아무도 없으니까요."

그때를 떠올리자 그녀의 얼굴에 어두운 그늘이 드리워졌다. 그것은 악몽에 다름 아니었다. 때로는 시간의 바람과 세월의 물결로도 결코 씻어낼 수 없는 일도 있는 것이다.

"혹시 그거 아시나요?"

"……?"

"사자(師姉)는 사실 저보다 나이가 다섯 살이나 더 많다는 것을요?"

전혀 눈치 채지 못하고 있었다.

"혹시… 그 7년 전의 사건 때문에?"

"네, 2년을 꼬박 요양하지 않으면 안 될 만큼 큰 상처였어요. 그 이후로도 마음의 상처를 치료하는 데 긴 시간이 걸렸죠."

다시 나예린의 얼굴에 그늘이 드리워졌다. 비류연은 아차 했다. 아무리 행동양식이 상식을 초월하는 그였지만 다른 사람의 상처를 헤집을 만큼 몰상식한 인간은 아니었다. 믿거나 말거나.

남의 과거는 흥미삼아 함부로 들춰봐도 되는 것이 아니었다. 특히나 그것이 한 사람의 마음을 슬프게 할 때는 더욱더!

"나쁜 기억을 떠올리게 하고 말았군요. 미안해요!"

이 비류연이란 인간이 사과 비스무리한 걸 하다니……. 아는 사람이 봤다면 내일은 해가 서쪽에서 뜨지 않을까 우려할 만한 모습이었다.

나예린은 고개를 가로저었다. 이 얘기는 아직 누구에게도 한 적이 없다. 아니, 할 수가 없었다. 그런데 왜 이 남자에게만은 할 수 있는 걸까?

"아니요. 고의는 아니었으니까요. 괜찮아요! 이제 독고 사자도 그때의 상처는 거의 아물었겠지요. 지금 웃고 있는 저 모습으로 충분합니다. 그것도 모두 설이 덕분이지요."

그 당시에는 생기를 잃은 살아 있는 시체나 마찬가지였다. 하지만 이제 그때의 처연했던 모습은 어디에도 보이지 않는다. 다행이었다. 그것만으로도 나예린은 만족할 수 있었다.

군게 닫혔던 그녀의 마음을 연 것은 자신이 아니라 저기 있는 저 아이였다. 자신은 도저히 할 수 없었던 일! 그때는 그녀 자신도 감정이 없는 무기질의 인형이나 다름없었다. 그 일에 대해서만큼은 저 말괄량이에게 무척이나 감사하고 있었다.

"하지만 환마동 시험 이후 악몽을 꾸는 횟수가 늘었어요. 괜찮으면 좋으련만······."

이때까지만 해도 두 사람은 앞으로 독고령이 겪게 될 운명의 시련에 대해 짐작도 하지 못하고 있었다.

휘이이이잉!

아침의 바람이 두 사람의 곁을 스치고 지나갔다. 날카로운 바람이었다. 어쩌면 이날 아침에 분 바람은 그 암울한 전조를 알리는 신호였는지도 모른다.

그리고 그 다음날, 단 일 인의 힘으로 멸겁삼관을 뚫고 이곳 홍매곡에 도착한 남자가 있었다. 그 남자는 대공자 비라 불리는 자였다.

1막 2장
조우(遭遇)

"사자(師姉)! 사자! ···독고 사자?"

나예린의 부름도 들리지 않는지 고개를 돌린 독고령의 시선은 정지한 것처럼 한 사람의 얼굴 위에 못박혀 있었다. 같은 공간 안에서 동일한 대지 위를 딛고 서 있는데도 마치 영원히 닿지 않는 평행 공간 안에 있는 듯한 이질감이 느껴졌다.

소름끼치는 단절감! 아무리 목청이 터져라 소리쳐 불러도 절대로 저편에 닿는 것은 불가능할 것 같았다.

한참을 굳어 있던 독고령의 몸이 움직이기 시작했다. 하지만 여전히 나예린의 목소리는 귀에 들어오지 않는 듯했다. 그녀는 마치 정신 나간 사람처럼 한쪽을 향해 걸어갔다. 비틀거리는 발걸음, 육체를 통제하지 못할 정도로 혼란스러운 것일까?

"사자!"

멀어져가는 그녀의 등을 향해 나예린이 소리 높여 불렀지만 여전히 반응은 없었다. 마침내 체념하고 등을 향해 뻗었던 손을 내린다.

그 감각은 무엇일까? 뇌리에서 불꽃이 튀는 듯한 강렬한 감각! 이윽고 자신의 마음속으로 홍수처럼 흘러들어오는, 난마처럼 뒤엉킨 복잡한 혼돈! 그 강렬한 감정의 분출에 나예린은 질식할 것만 같았다.

"언니……."

불길한 바람이 그녀의 마음속을 휘젓고 지나갔다.

이런 일은 처음이었다.

가느다란 팔이 춤의 한 동작을 잘라 붙여놓은 듯 우아하게 옆으로 뻗어나오며 열여섯 개의 발걸음을 정지시켰다.

"잠깐!"

마천칠걸의 호위를 받으며 숙소로 걸어가는 대공자의 앞길을 겁도 없이 가로막는 사람이 있었다. 놀랍게도 그 장본인은 여인의 몸이었다. 그녀의 왼쪽 눈은 역삼각형 모양의 안대로 가려져 있었다. 비의 무심한 눈길이 그 안대 위로 가서 멈췄다.

"무례한!"

마천칠걸 중 삼걸 사갈검편(蛇蝎劍鞭) 도추운과 사걸 사교검(蛇皎劍) 백사영이 살기를 내뿜으며 질풍처럼 튀어나왔다. 혈풍이 몰아치는 고대의 전장을 누비는 잔혹한 전차처럼 눈앞을 가로막는 모든 존재는 불문곡직(不問曲直) 천참만륙(千斬萬戮)할 기세였다. 하지만 이런 위협에도 독고령의 독안은 꿈쩍도 하지 않았다.

"됐다!"

대공자 비가 한 손을 들며 그들의 행동을 제지했다.

"하, 하지만 주군의 앞길을 가로막은 자입니다."

삼걸과 사걸이 이구동성으로 거세게 항의했다. 그들의 머릿속에는 주군에 대한 충성밖에 없는 듯했다. 그 모습을 지켜보던 독고령의 입가에 옅은 비웃음이 떠올랐다.

"흥, 무척 충성스런 짐승들이군요. 주인을 위해 저렇게나 으르렁거릴 수 있다니 말입니다. 잘못하면 아무에게나 물어박지르겠군요. 재갈을 제대로 물리는 게 어떨까요?"

짐승처럼 덤벼들어 들이받고 물어뜯고 하면서 몸부림칠지도 모르니 재갈을 물리라는데 이런 모욕을 받고서 좋아할 사람은 아무도 없었다.

"이……!"

"주, 죽인다!"

모욕을 받은 두 사람의 전신에서 지독한 살기가 폭출되었다. 위협만으로 그칠 것 같지 않은 짙은 살의.

"찰칵!"

독고령은 조용히 자신의 왼손으로 검집을 쥐고 왼쪽 엄지로 살며시 검을 열었다. 이런 놈들에게 사과 따위는 할 생각이 없었다. 출검을 위한 준비였다.

"들리지 않았나? 그만두라 했다!"

더욱 가라앉은 비의 목소리는 노기를 띠고 있지 않았지만 두 종들은 두려움에 몸을 떨며 살기를 거두었다. 그것이 그들의 주인이 노여워하는 방식이라는 것을 익히 잘 알고 있었던 것이다. 영혼마저 얼어붙는 듯한 차가운 분노! 그것은 이 세상에서 가장 두려운 분노일지도 모른다.

"그녀의 상의 왼쪽 가슴에 수놓아진 문장을 잘 봐라."

그녀의 왼쪽 가슴에 주렴(珠簾)처럼 드리워져 있던 윤기 나는 흑발이 바람에 흩날리자 그것이 모습을 드러냈다. 금세라도 비상할 듯한 네 장의 날개를 지닌 백기러기 문양! 그리고 그 가운데는 검(劍)이라는 문자가 선명하게 수놓아져 있었다.

"저… 저 문장은!"

두 종의 눈이 크게 떠졌다. 그것은 소문으로 들어 익히 알고 있던 바로 그 문장이었던 것이다.

"사익비홍(四翼飛鴻)! 남해 검각의 주인이자 무림제일의 여고수 검후의 수제자만이 지닐 수 있는 문장이다. 아무리 너희들이라 해도 쉽게 이길 수 있는 상대는 아닐 터…, 더 이상의 소란은 원치 않는다."

비상백홍(飛翔白鴻)의 문양은 검각 고유의 문장으로, 검각에서는 날개의 개수로 그 숙련도를 나타낸다. 이 중 가장 최고위라 할 수 있는 검후의 날개 수는 여섯 장, 그리고 검각의 실제적 운영을 담당하는 원로들이 다섯 장이었다.

네 장의 비익이라 하면 젊은 층에서는 오직 세 명만이 그 소유를 허락받고 있었으니 수제자라 불러도 아무런 손색이 없는 것이다.

"아무리 삼성의 일좌인 검후의 수제자라 해도 진다고는 생각하지 않습니다."

그래도 이들은 주인의 명에 납득할 수 없는 모양이었다.

대단한 자신감!

저 자신감이 결코 허풍만은 아니라는 것을 독고령은 본능적으로 느낄 수 있었다. 아마 평범한 수련이나 공부로는 결코 저런 광오함을 얻을 수 없을 터였다.

'얼마만 한 역량을 숨기고 있는 자들일까?'

방심할 수 없는 자들이었다.

"이야기를 듣도록 하겠소. 무슨 용무로 본인의 길을 가로막는 것이오?"

"……."

독고령은 그 질문에 선뜻 대답하지 못했다. 그 질문에 대한 답은 아직 준비되어 있지 않았다. 생각보다 몸이 먼저 움직였던지라 다짜고짜 가로막고 봤던 것이다. 앞으로 무엇을 해야 좋을지, 무엇을 물어야 좋을지 자기 자신조차 혼란스러웠다.

막상 질문을 하려 하니 목구멍에 바늘이라도 걸린 듯 목소리가 나오지 않았다. 하지만 그녀는 수치심을 참으며 간신히 용기를 짜내 물었다.

"…우리 언제 만났던 적이 있던가요?"

대공자 비의 눈을 날카롭게 쏘아보며 독고령이 물었다. 그녀의 얼굴은 매우 복잡미묘한 색깔을 띠고 있었다. 그의 눈이 놀라움 때문인지 약간 크게 떠졌다.

"지금 본인에게 추파를 던지는 것이오? 검후의 수제자님께 그런 것을 받아보는 희귀한 경험을 하다니… 광영이오!"

"와하하하하하!"

"크헤헤헤헤헤!"

"호호호호!"

대공자의 조롱 섞인 대답에 일동이 요란스레 폭소를 터뜨렸다.

"다… 당치도 않은 소리!"

수치심에 얼굴이 벌겋게 달아오른 독고령이 일갈했다. 그러나 이런 모욕을 받고도 그녀는 단지 소리만 쳤을 뿐이다. 평소의 그녀라면 상상조차 할 수 없는 반응이었다. 대답을 구해야만 하는 절실함이 분노를 누른 것이다. 굳게 쥐어진 주먹이 파르르 떨렸다.

웃음이 잦아들자 대공자 비가 정색한 얼굴로 독고령의 외눈을 직시했다. 그녀도 지지 않고 그 눈빛을 정면으로 받아넘겼다.

'무정한 눈……. 마치 겨울의 고봉(孤峰)처럼 보는 듯하구나!'

그녀가 알고 있는 눈은 얼어붙은 동토 같은 저토록 차가운 눈이 아니었다. 조금 전에 천박하게 웃음을 터뜨렸던 사람과 동일인이라고는 도저히 생각할 수 없는 싸늘하고 무정한 얼굴이었다. 마치 조금 전의 웃음이 한 편의 연극이라도 되는 것처럼…….

'역시 사람을 잘못 본 건가…….'

그런 생각을 하는 찰나 비의 대답이 들려왔다.

"우린 과거에 만난 적이 없소. 그리고 앞으로도 그다지 만날 필요는 없지 않나 사료되오. 대답이 됐소?"

조용히, 그리고 짧게 고개를 끄덕이는 여인의 표정을 일견한 후 비는 칠결을 이끌고 그녀의 곁을 바람처럼 스쳐지나갔다.

독고령은 정지된 시간에 사로잡힌 사람처럼 제자리에 못박힌 채 움직이지 않았다. 알 수 없는 슬픔이 가슴 가득히 밀려왔다.

"사자, 무슨 일이라도?"

정신을 차리고 보니 사매 나예린이 걱정 어린 얼굴로 옆에 서 있었다. 화들짝 놀란 독고령이 급히 변명했다.

"아… 아무것도 아니다. 네가 신경 쓸 필요는 없는 일이다!"

걱정은 끼치고 싶지 않았다. 이것은 어디까지나 자기 자신의 문제였다. 그리고 누구도 알아서는 안 되는 문제이기도 했다.

"윽!"

갑자기 안대 밑에 가려진 왼쪽 눈에서 맹렬한 통증이 느껴졌다. 급히 손바닥으로 얼굴의 반면을 덮고 눌러보지만 격렬한 통증은 쉽게 사라지지 않았다.

"언니!"

나예린이 걱정스럽게 외치며 그녀의 어깨를 잡았다.

탁!

독고령은 신경질적으로 그 손을 뿌리쳤다.

"령 언니……."

놀라움이 깃든 그 목소리에 독고령은 정신이 퍼뜩 들었다. 이 무슨 추태란 말인가!

"미, 미안하다! 별일 아니니 걱정 말아라. 언제나 있는 연례행사일 뿐이다. 가서… 좀 쉬어야겠다."

그녀의 마지막 말은 겨우 알아들을 수 있을 정도로 희미했다.

숙소를 향해 걸어가는 독고령의 어깨는 축 처져 있어 활력이라고는 티끌만큼도 찾아볼 수 없었다. 지켜보는 나예린의 눈가에 수심이 어렸다. 그러나 지금 자신이 해줄 수 있는 건 이렇게 지켜보는 것 외에는 아무것도 없었다.

"큭!"

독고령의 악문 입술 사이로 짧은 신음성이 새어나왔다. 한 걸음 한 걸음 발을 내딛을 때마다 점점 더 좌안의 통증이 격렬해지고 있었다. 수백 마리의 불개미가 그녀의 몸을 물어뜯고 있는 듯한 착각이 들었다.

몸도 마음도 혼란의 극에 달해 뒤죽박죽이었다. 중심을 잃은 몸이 비틀거리고, 발걸음이 만취한 취객의 그것처럼 난마같이 꼬인다.

지금은 오직 쉬고 싶을 뿐, 다른 무엇도 생각할 수 없었다.

사람은 나서야 될 때와 나서지 말아야 할 때를 제대로 파악하지 않으면 안 된다. 진퇴의 시기를 잘못 잡아 상황에 맞지 않는 행동을 하는 사람, 우리는 이런 사람을 흔히 '분위기 파악도 못하는 놈'이라고 칭한다. 보통 이런 유형은 자기만의 잣대로 세상을 재고는 그게 단 줄 알고 그 안에서 안주한다. 현실을 떠나 망상 속에서 사는 것과 진배없는 어리석은 행동이다.

안타깝게도 이런 유의 인간은 특별히 희귀한 인종이 아니다. 아니, 오히려 너무 자주 마주칠 수 있다는 것이 우리들의 불행일 것이다. 주위를 한번만 둘러보면 어디서든 쉽게 찾아볼 수 있는 그런 인종인 것이다. 그리고 여기에도 그런 놈이 하나 있었다.

"헤헤헤헤! 대공자님, 그년 눈깔이 하나밖에 없어도 본판은 꽤나 반반한 것 같지 않습니까?"

묵묵히 걸어가는 대공자 비의 옆에서 천박한 어투로 말을 꺼내기 시작한 것은 오걸 쇄풍겸 오문추였다.

"검각의 제자라는 직함 하나만 믿고 잘난 척 날뛰다니 무척이나 건방지지 않습니까? 감히 대공자님의 발길을 가로막다니 말입니다."

대공자 비는 여전히 말이 없었고, 발걸음도 늦추지 않았다. 그것을 오문추는 동조의 의미로 받아들였던 모양이다. 그래서 신이 난 그는 더욱더 게걸스럽게 입을 놀렸다. 그것은 실수였다.

"어떻습니까요, 대공자님? 제가 나중에 위에서 콱 한번 찍어눌러줄깝쇼? 그러면 그년도 좋아서…, 헉!"

천박하기 짝이 없는 음담패설을 입에 담던 마천칠걸의 오걸 쇄풍겸 오문추는 더 이상 말을 이을 수 없었다. 어느 샌가 그의 입안에 시퍼렇게 날이 선 낫 한 자루가 들어와 있었던 것이다. 조금이라도 더 계속해서 입을 놀렸다면 철겸의 날에 혀가 반쪼가리 났을지도 모를 일이었다.

오문추는 혼백이 달아날 만큼 경악했다. 지금 자신의 아구창에 처박혀 있는 낫이 무엇인가? 항상 자신이 남을 도륙할 때 쓰던 자신의 애병 '쇄풍(碎風)'이 아니던가. 자신의 허리춤을 떠난 적이 없던 그 녀석이 언제 어느새 대공자의 손으로 넘어갔는지 짐작조차 할 수 없었다.

비의 입에서 지극히 절제된 무정한 목소리가 흘러나왔다.

"난 허락한 적이 없다. 그렇다면 도대체 누가 너보고 그런 잡스러운 걸 생각해도 좋다고 했더냐?"

공포로 인해 오문추의 얼굴이 시퍼렇게 변했다. 그의 이마 위는 이미 식은땀으로 흥건했다. 주위에서 이를 지켜보던 나머지 육걸들도 아연실색한 표정들이다. 그러나 아무도 말리러 나서는 이가 없었다.

"난 천박한 걸 싫어한다. 두 번 다시 내 앞에서 그런 말을 입에 담지 마라. 다시 한번 그래 봐. 그럼 그 즉시 네놈의 그 추잡한 혀를 잘라 개 먹이로 던져줄 테니 말이다."

조용하지만 싸늘하기 그지없는 목소리였다. 지옥의 신이 있다면 저런 목소리로 말할 게 분명했다.

"되, 되송함…다!"

베일까 저돼 혀를 놀리지 못하니 발음조차 제대로 낼 수 없었다. 그러나 그 사죄의 말이 끝나기도 전에 낫의 칼날은 그의 입에서 사라졌고, 철겸은 어느새 오문추의 허리춤으로 돌아가 있었다. 공기의 미동을 느낄 기회조차 주어지지 않는 귀신 같은 손놀림이었다.

오문추는 멍하니 그 자리에 서 있었다. 한낮에 백일몽이라도 꾼 듯한 기분이었다. 하지만 전신에 돋은 소름과 쫘악 곤두선 솜털이 그것이 꿈이 아니었음을 항변해주고 있었다.

"자신의 본분을 잊지 마라. 너희들은 내 종이자 수족이다. 나의 허가 없이 함부로 움직이는 것은 허락되지 않는다. 명심하라! 자신의 신분을 망각한 어리석은 수족은 잘려나갈 뿐이다. 교체할 수족은 얼마든지 있으니깐! …내 허락이 있을 때까지는 그녀에게 손대지 마라."

"조, 존명! 며, 명심하겠습니다."

대공자 비의 목소리에는 북풍한설로 날을 세운 얼음칼처럼 날카롭고 차가운 단호함이 서려 있었다. 일국의 군주를 능가하는 그 추상같은 위엄(威嚴)에 마천칠걸 모두가 일제히 부복하며 대답했다. 조용한 공포가 그들의 심장을 옥죄인다. 거역이란 있을 수 없었다. 그에 대한 항명은 곧 하늘에 대한 거역이었다.

막간
악몽(惡夢)

달이 별의 바다 위에 걸렸다.

성해(星海)로부터 피어오른 안개라도 되는 듯 달무리가 달 주위를 은은하게 감싼다.

깊디깊은 밤.

지상에 고루 내리는 월광의 비 아래서 사람들은 저마다 다른 꿈을 꾼다. 밤은 누구에게나 어김없이 공통적으로 찾아오건만 심술맞은 숙면은 사람을 심하게 가리는 모양인지 차별이 극심한 듯하다.

"헉!"

비명에 가까운 기함을 토함과 동시에 침구를 세차게 걷어차며 독고령은 침상에서 벌떡 일어났다.

"허억, 허억, 허억!"

조금 전 격렬한 사투를 치르기라도 한 것처럼 그 호흡이 매우 거칠고 불안정했다. 그녀의 전신은 식은땀으로 흠뻑 젖어 있었다. 지독한 악몽이라도 꾼 것일까?

"어째서… 어째서 지금 또다시 그때의 꿈을……."

가능하다면 두 번 다시 떠올리고 싶지 않은 악몽이었다.

"큭!"

또다시 왼쪽 눈에 극심한 통증이 찾아왔다. 입술을 꽉 깨물며 급히 왼손으로 그 위를 지그시 눌렀다. 불에 달구어진 인두가 왼쪽 안구 안을 마구잡이 휘젓고 있는 듯한 느낌이었다.

이제는 그만 잊고 싶었다. 이제는 그만 괴로워하고 싶었다. 하지만 영혼의 근저에 새겨진 과거의 상처는 너무나 깊고 선명했다.

"사부님……."

항상 하해와 같은 은혜와 사랑으로 자신을 감싸준 사부의 얼굴이 아련히 뇌리 속에 떠올랐다. 복받쳐오는 그리움에 그녀는 조용히 고개를 떨어뜨렸다. 갑자기 사부님이 너무나 보고 싶었다.

아직도 악몽의 잔해가 그녀의 심저(心底)에 새겨진 깊은 상처를 마구잡이로 파헤치고 있었다.

2막 1장

"네가 바로 독고세가의 령아구나. 영민하게 생긴 아이네. 환영한다, 애야! 내가 바로 오늘부터 네 사부가 될 이옥상이란다."

관음보살의 현신 같은 자애로운 미소 가운데서 흘러나온 무척 아름다운 목소리였다.

'이… 이분이 바로!'

소녀의 조그만 등줄기를 타고 전율이 흘렀다. 이옥상의 앞에 고개를 조아리고 있던 소녀는 자신의 마음속 사당에 모셔놓은 신(神)을 알현하고 말았다는 사실에 너무나 감격해 간단한 대답조차 제대로 할 수 없을 정도로 환희에 떨고 있었다. 만년빙옥처럼 얼어붙은 채 감격으로 떨고 있는 소녀를 이옥상은 미소로 받아주었다.

"뭘 꾸무럭거리고 있는 게냐? 어서 구배지례(九拜之禮)를 올리도록 해라!"

자신의 부친이자 독고세가의 현 가주인 독고영홍의 말에 그제야 화들짝 정신을 차린 독고령이 부랴부랴 큰절을 올렸다.

검각을 창건한 초대 시조(始祖)의 영정에 삼배, 사조(師祖)인 전대 검후의 영정에 삼배, 그리고 앞으로 자신의 사부가 될 검후 이옥상을 향해 다시 삼배. 합이 구배.

독고령, 이때 나이 아홉 살.

이날 그녀는 마침내 검각의 제자가 되었다.

곱게 빻은 금가루를 뿌려놓은 듯 반짝이는 백사장 위에서 한 소녀가 너울너울 검무(劍舞)를 추고 있었다.

소녀의 날씬한 교구가 모래사장을 박차고 움직일 때마다 탐스럽게 흘러내린 검은 머리채가 비단수실처럼 바람에 흔들린다. 아직 얼굴은 소녀티를 완전히 벗지 못했지만 건강미 넘치는 육체는 벌써 굴곡이 완연해 성숙한 여인의 향기를 품고 있었다.

한창 피어오르는 꽃봉오리 같은 아름다움. 그 속은 젊음의 결정체인 빛과 활기로 가득 차 있었다.

소녀의 춤사위가 점점 더 빨라지자 단아한 이마에 송골송골 맺힌 땀방울이 보석처럼 허공중에 비산했다. 소녀의 연분홍빛 입술은 저 멀리 펼쳐진 수평선을 가득 메우는 빛의 편린과도 같은 발랄하고 상큼한 미소로 짙게 물들어 있었다. 무척 활동적인 꽃이다.

사르르륵!

소녀의 검이 한 번씩 휘둘러질 때마다 그 아래의 모래가 호응이라도 하듯 따라 움직이며 나선의 궤적을 그린다.

'검풍적(劍風蹟)'이라 불리는 현상이었다. 일초 일식에 담긴 검력이 소리 없이 내뿜어지는 모습인 것이다. 아직 어린 티가 역력하건만 벌써 이 정도 성취를 이루었다는 것은 결코 범상한 재능이 아니었다. 자신마저 잊은 듯 몰아의 상태에서 검무를 추는 그녀의 모습은 마치 한 마리 기러기가 바닷바람을 타고 노니는 듯 미려한 모습이었다. 그런 소녀의 상의 왼쪽 가슴에는 두 장의 날개를 지닌 백기러기의 모습이 수놓아져 있었다.

소녀는 검이 좋았다. 그 맑게 빛나는 곧은 검신과 바람을 가르는 은은한 소리가 너무나 좋았다. 특히 검을 통해 자신의 정신이 육체를 초월해 자유로워짐을 느낄 때면 말할 수 없는 행복감에 도취되곤 했다. 이런 검술 수련이라면 평생 동안이라도 계속할 수 있을 것 같았다.

이 순간이 영원히 계속되었으면…….

화려한 의복에 값비싼 장신구, 멋진 남자 따위는 필요 없었다. 이 검만 있으면…….

검술을 연마할 때마다 종종 자신을 잊어버리고 마는 소녀는 때때로 정말 그렇게 되기를 희망했다. 그만큼 소녀는 그 무엇보다 검이 좋았던 것이다.

바로 그때였다.

짝짝짝짝!

등뒤로부터 느닷없이 들려온 박수소리에 소녀의 시선이 그 근원지를 향했다.

그런 그녀의 시선 안에 파고들어온 선명한 백기러기 문양, 그 날개의 수는 여섯 장이었다.

육익비홍(六翼飛鴻)!

검각에서 저 문장을 지닐 수 있는 사람은 오직 한 사람뿐이었다.

검례를 취하며 소녀는 털썩 무릎을 꿇었다.

"사, 사부님을 뵙습니다!"

그렇다! 소녀의 예를 받고 있는 이 여인이 바로 천무삼성의 일인이자 강호의 검도 최고봉이라 불리는 여중제일검 이옥상, 본명보다는 존경의 염을 담아 '검후(劍后)'라는 호칭으로 더욱 자주 불리는 이였다.

 분명 백수(白壽)를 한참 전에 넘긴 나이이건만 도저히 백세를 넘긴 호호백발 할머니라고는 도저히 믿겨지지 않는 그런 모습이다.

 사십대 중반의 미부인이라고 해도 속아넘어갈 만큼 기품이 넘치는 우아한 얼굴, 세월을 역으로 거슬러오른 듯한 칠흑의 검은 머리. 극상의 주안술인가, 아니면 신의 경지에 이른 화장발인가? 그것도 아니면 반로환동(返老還童)?

 지금의 이 형상만으로도 그녀가 초범입성의 경지에 든 초극강의 고수임을 능히 짐작할 수 있으리라.

 "령아야, 많이 늘었구나. 검끝에서 머뭇거림이 사라졌어. 게다가 그렇게 기쁜 듯이 검을 휘두르다니, 지켜보던 나까지 즐겁더구나!"

 "가… 감사합니다, 사부님!"

 아직 어린 소녀의 마음에 하늘 같은 사부의 칭찬이 기쁘지 않을 리 없었다. 결코 빈말을 하지 않는 사부였다. 좋지 않은 것을 좋다고 한 적은 한번도 없었다. 그녀가 늘었다면 정말 는 것이다. 독고령은 복받치는 감격에 눈물이 날 것 같았다.

 자애로움이 가득한 얼굴로 검후가 웃었다.

 "호호호호호, 이런! 할머니의 칭찬에 울듯이 기뻐하다니 아직 멀었구나."

 그녀의 웃음에는 녹음의 푸르름과 해풍의 시원스러움이 가득해 어느 모로도 백수를 예전에 넘긴 할머니의 웃음이라고는 상상조차 할 수 없었다. 이제 겨우 사십을 넘긴 어머니보다 젊어 보인다는 게 독고령의 생각이었다.

"정묘한 소안검(小雁劍)에 시원스런 비홍검(飛鴻劍)이었다. 네 나이에 벌써 자신을 잊고 검에 취하는 몰아취검(沒我醉劍)의 경지라니… 대견스럽구나!"

검법에 대해 검후의 칭찬을 듣는다는 것은 검객으로서 매우 명예로운 일이었다.

검각에는 소안검(小雁劍 : 작은 기러기 검법)과 비홍검(飛鴻劍 : 큰 기러기 검법), 이렇게 두 가지 입문 검법이 있다. 이 두 개를 익히고 나서야 비로소 그 성취도에 따라 비전의 입문을 허락받는 것이다. 이 두 가지 검법을 통해 자질을 증명해 보이지 않으면 평생 비전의 끄트머리조차도 구경할 수 없다.

함부로 전하지 않기에 비로소 비전인 것이다. 작은 그릇에 억지로 물을 담으려 해봤자 그릇만 깨질 뿐이기 때문이다.

"이제 때가 왔는지도 모르겠구나!"

"그, 그럼……."

그녀의 얼굴에 희열이 비치기 시작했다.

"그래, 너도 이제 한상옥령신검의 비전을 전수받을 시기가 왔다는 이야기다. 열심히 하려무나. 지켜보고 있겠다!"

"저, 정말요?"

검후는 이 사랑스런 제자를 위해 다시 한번 고개를 끄덕여주는 수고를 아끼지 않았다.

"가, 감사합니다, 사부님!"

독고령은 그지없는 기쁨에 황홀해질 지경이었다. 심장이 터질 듯 두방망이질쳤다.

아, 얼마나 기다려왔던 순간인가! 이 얼마나 고대했던 순간인가!

검각의 문인명부(門人名簿)에 기명(記名)된 제자라 해서 누구나 다 비전 오의의 전수를 허락받는 것이 아니었다. 그것은 선택받은 소수의 사람만이 누릴 수 있는 특권 중에 특권이었다.

검각의 다른 모든 제자들과 마찬가지로 독고령 역시 그날을 위해 지금까지 고련(苦鍊)해왔다.

아직도 행복한 혼란이 채 수습되지 않은 독고령은 잠시 멍한 눈빛으로 사부의 사라지는 뒷모습을 물끄러미 바라보았다. 시야 안에서 검후의 신형이 완전히 사라진 후에도 그녀는 계속 그렇게 그 자리에 서 있었다. 마치 석상이라도 된 것처럼.

"꺄아아아악! 이야호!"

그리고 잠시 후, 기쁨에 찬 비명이 금빛 가득한 어느 해변에 가득히 울려퍼졌다.

푸드득!

다만 이 신바람 난 비명에 백구(白鷗 : 하얀 갈매기) 몇 마리가 심장마비로 추락사할 뻔했다는 비사는 끝내 인간들의 귀에 들어가지 못한 채 자연의 숨겨진 이야기로만 영원히 남게 되었다.

2막 2장
검각(劍閣) — 관음수호자

남해에 보타산이라는 산이 있다.
　—사실 보다 정확하게는 동남해 정도가 옳을지도 모르지만 일반적으로 남해라고 쓰이니 일단 남해라고 해두자.

보타산(普陀山).
절강성(浙江省) 항주만 주산(舟山) 군도의 한 섬에 위치한 불교 성지다.
오대산(五臺山), 아미산(峨眉山)과 더불어 중국 3대 명산(名山)으로, 구화산(九華山)을 넣어서 4대 도량(道場)으로 치기도 한다.
전설상 남(南)인도에 있다는 관세음보살의 영지(靈地) '보타락(補陀落 : 범어로 Potalaka)'의 명칭을 딴 것으로, 당(唐)나라 때 한 승려가 오대산에서 관음상(觀音像)을 가지고 오는데 배가 이곳에 이르러 저절로 멈춘 채 움직이지 않자 보타사(普陀寺)를 세우고 불상을 모신 것이 성지가 된 시초라 한다.
관음시현(觀音示顯)의 땅으로서 신앙의 대상이 되고 있는 이곳에 바로 그곳, 검각이 있었다.

검각(劍閣).
남해 보타산 기슭에 위치한, 오직 여성들만으로 구성된 검의 성지.
절대금남구역(絶對禁男區域).

강호의 중심이랑 멀리 떨어진 관계로 강호 정세에 많이 개입하지는 않지만 이곳을 무시할 만한 담량을 지닌 문파는 어디에도 없다. 현재 정사를 초월해 가장 존경받는 무림의 구성(救星) 천무삼성의 일좌인 검후 이옥상이 거하는 곳이기 때문이다.
　하지만 검후 본인이 아니더라도 그녀들의 신묘막측한 검법은 타의 추종을 불허하며, 무늬만 사내인 작자들은 그녀들의 검을 통해 고절한 검공은 성별을 초월한다는 교훈을 뼈저리게 얻는다고 한다. 검후라 불릴 만한 여류 검도 고수를 배출해낼 수 있는 이 저력이야말로 검각의 실질적인 힘인 것이다.
　많은 강호인들이 남해 보타암을 곧 검각이라 생각하는데, 이 둘을 같은 곳으로 보는 것은 매우 위험한 일이다. 아마도 검각의 제자들이 강호에서 활약하던 초기에(이때는 아직 검각이 이름을 가지기 전이었다), 어디서 왔냐는 질문에 보타산에서 왔다고 대답한 것이 현재의 이런 오해를 불러일으킨 원인이 된 듯하다. 게다가 이곳 남해는 강호의 중심이랑 너무 멀어서 직접 가본 이도 많지 않기에 보타암이 곧 검각이라는 관념이 굳어져버리고 만 것이다.
　그러나 검각이 곧 보타암인 것은 결코 아니다.
　이 둘이 한 장소에 있는 것만은 틀림없고, 두 문파 사이에 많은 가르침의 교류가 일어난 것도 사실이다(역대 대대로 양측 사이에 매우 긴밀한 교류가 있었던 듯하다).
　하지만 설혹 그렇다고 해도 이 두 곳을 같은 곳으로 보는 행위는 엄청난 오류를 범하는 일일 것이다. 이 둘은 아주 다른 별개의 집단이라 보는 게 타당하다.

보타암은 일종의 종교 성지라 할 수 있었고, 검각은 무림 집단이다. 소림사의 예에서도 알 수 있듯 강호의 많은 종교 집단이 무림 집단의 성격을 지니고 있다. 아니, 무력을 보유한 이상 무림으로부터 자유로울 수 없다는 것이 더 정확한 표현일지도 모른다. 하지만 그렇다고 해서 모든 종교 집단이 무림 집단인 것은 아니다. 기본적인 역량이 없으면 그것은 불가능하다. 게다가 초대 보타암의 창건자는 무공하고는 거리가 멀었던 듯하다. 초반부터 무림하고는 인연이 없었던 것이다.

게다가 보타암은 관세음보살을 모시고 있는 곳이다.

관세음보살(觀世音菩薩).

산스크리트어로 아바로키테슈바라(Avalokitevara)라 불리며, 그 이름은 자재롭게 보는 이〔觀自在者〕, 또는 자재로운 관찰의 뜻을 지니고 있다. 때문에 관자재(觀自在)라 불리기도 한다.

관세음은 이 세상의 모든 소리에 귀기울여 듣는다는 것이고, 관자재라 함은 이 세상의 모든 것을 자재롭게 관조(觀照)하여 보살핀다는 뜻이다. 그러니 엄밀히 말하면 두 개 다 같은 의미인 것이다. 이 중 무엇을 골라 쓰는가는 개인의 취향이라 하겠다.

광세음(光世音)·관세음(觀世音)·관자재(觀自在)·관세자재(觀世自在)·관세음자재(觀世音自在) 등등 여러가지 이름으로 불리기도 하며 줄여서 관음(觀音)이라 약칭한다.

그렇다면 보살은 무엇인가?

보살〔bodhisattva〕이란 세간과 중생을 이익되게 하는 성자(聖者)를 지칭하는 것이므로, 이 관세음보살은 대자대비(大慈大悲)의 마음으로 중생을 구제하고 제도하는 보살이다.

존함 그대로라면 무척이나 귀가 밝고 시력이 굉장한 분임이 틀림없다. 그렇지 않으면 어떻게 세상의 모든 소리를 듣고(쓸데없는 헛소리가 훨씬 많겠지만), 세상의 모든 것을 두루 살피겠는가(볼 만한 게 별로 없을 건 명약관화하지만)!

자비와 자애를 빼면 남는 게 없는 이런 분을 모시고 있는 게 바로 보타암 사람들이다. 그런 그들에게 검을 잘 쓰지 않냐고 물으면, 대자대비한 관음보살을 모시는 자에게 흉험한 날붙이에 대해 묻는 건 '언어도단' 이라고 성낼지도 모른다.

그렇다면 이런 오해가 생겨난 이유는 무엇일까?

그것은 검각의 탄생 배경에서 그 연유를 찾아낼 수 있다.

이곳 보타암은 불교 4대 도량의 한 곳인 만큼 신자와 참배객이 많고, 또 그만큼 막대한 시주와 후원금·기부금이 줄을 잇는 곳이다. 여기에 자체 보유 전답에 의해 얻어지는 수입까지 합하면 그 부(富)는 엄청날 것으로 추정된다.

과유불급(過猶不及)이라 했던가?

지나친 부는 내키지 않는 손님을 초대하게 되는 법. 이곳 보타암도 예외가 될 수 없었다.

더구나 이곳은 사방이 바다로 둘러싸인 섬이라는 지리적 특성상 그 초대받지 않은 방문객의 직업은 한정되어 있었다. 그런 연유로 이곳 보타암은 과거 여러 차례 해적들의 습격을 받아 금품과 식량을 약탈당했다. 남해의 관군들은 신출귀몰한 이 바다도적들 앞에서 속수무책이었다. 주변 강호문파의 도움이 없었더라면 이 보타암은 예전에 기둥뿌리까지 뽑아 해적들에게 적선하고 말았을지도 모를 일이었다. 하지만 주변 무림문파가 파견해줄 수 있는 전력은 한정되어 있었다. 게다가 관군은 썩 미덥지 못한 존재. 뒤통수나 치지 않으면 다행이었다.

해적의 약탈 행위는 집요하게 계속되었다. 그러자 이에 분노하여 여인의 몸으로 분연히 일어난 사람이 한 사람 있었으니 그가 바로 초대 검각주이자 초대 검후인 이옥민이었다고 한다.

그녀는 어릴 때부터 무가의 여식으로 태어나 그 미모와 뛰어난 검의 재능으로 젊어서부터 이름을 얻었는데, 보타암의 신도이자 투철한 관음보살의 신봉자이기도 하였다. 그녀는 한시도 관세음보살의 가르침을 마음속에서 놓은 적이 없었다고 한다.

이곳 남해에서 한 이름 없는 고인에게 비전의 검법을 전수받은 후 그녀는 관음수호야말로 자신의 운명이라고 느끼고, 제자들을 모아 검각을 세운다. 이때 보타암의 적극적인 지지와 열렬한 환영, 그리고 든든한 지원을 약속받았음은 두말할 것도 없는 일이다. 실제적으로 실질적인 무력이라고 할 만한 것이 없었던 보타암으로서는 '불감청(不敢請)이언정 고소원(固所願)'이었다.

그렇게 해서 검각은 탄생했다. 하지만 이곳이 정식으로 검각이라 불린 것은 한참 뒤의 일이었다. 개파 초기 그녀들 대부분은 검각의 제자임과 동시에 보타암의 제자였던 것이다. 그러니 이 두 곳이 종종 같은 곳으로 오해를 받는 것도 무리는 아니다.

이 때문인지 검각의 제자들은 거의 대부분이 관세음보살을 믿고 있으며 태검후 이옥민 이후 검각의 각주는 대대로 관세음보살의 수호자, 남해 보타암의 수호신으로 칭해지고 있다. 남해 보타암이 관음시현의 성지라면 이곳 검각이야말로 관음수호의 땅이라 칭할 수 있을 것이다.

그리고 지금도 검각은 조용히 관세음보살의 성지를 그 검으로 묵묵히 지켜나가고 있었다.

평소 적막할 정도로 조용한 검각이 지금은 매우 부산스러웠다. 각의 사람들 모두가 이리저리 분주하게 움직이고 있었다. 호기심에 귀를 쫑긋 세우자 여기저기서 흘러가는 이야기들이 들려온다. 몇 가지 이야기를 종합해본 결과 독고령은 이 분주함이 귀빈의 방문을 준비하는 과정에서 생겨난 결과물이라는 것을 알 수 있었다.

검각 전체를 이 정도로까지 바쁘게 만들 수 있는 귀빈이라면 도대체 어떤 인물인 걸까? '황제'라도 오는 건가? 궁금증은 해소되기는 커녕 더더욱 증폭되고 말았다. 독고령은 더 이상 참을 수 없다는 결론에 도달했다.

"유 사자, 누가 오는 거죠?"

결론을 내린 독고령의 행동은 신속했다. 그녀는 정리라는 명목 하에 한창 바쁘게 움직이고 있던 유수경을 잡아 세우며 물었다.

"한창 바쁜데… 얘는 참!"

유수경은 이 호기심 왕성한 사매가 자신의 일을 방해한 데 대해 약간의 불만을 표시하긴 했지만 그래도 궁금증은 해결해주었다.

"마천각 각주님이 곧 이곳을 방문할 예정이래."

독고령의 얼굴에 약간의 놀람이 떠올랐다.

"마천각주님이면 엄청난 거물이잖아요!"

그런 사람이라면 검각을 이 정도로 바쁘게 만들 자격이 있었다.

"근데… 왜요?"

마천각주씩이나 되는 사람이 이런 머나먼 변두리까지 아무런 용건 없이 직접 찾아왔다는 것은 아무리 나이 어린 그녀라 해도 믿을 수 없었다.

"글쎄다……. 자세히는 듣지 못했지만… 마천각 여관도 중 몇 명을 여기로 연수 보내고 싶다고 그에 대한 상의를 위해 오신다더구나."

검후에게 사사 받는다.

정사를 떠나 여검객이라면 참을 수 없이 매력적인 일이었다. 여자라면, 특히 무공을 배우고 있다면 검후를 존경하지 않는 이가 없었다.

"마천각주님도 보는 눈이 있으시네요. 역시 사부님은 대단하세요!"

자랑스러운 마음에 독고령의 가슴이 뿌듯해졌다.

"유 사자, 전 뭘 하면 되죠?"

각내는 다들 귀빈을 맞을 준비로 부산스러웠지만 독고령은 딱히 맡은 일이 없었기에 한가하기만 했다. 그렇기에 이렇게 방해라는 것도 할 수 있었던 것이다.

하지만 자신만 한가하다는 사실이 그녀는 매우 못마땅했다. 왠지 '아직 넌 책임을 맡을 만한 자격이 없어!' 라고 무시당하는 것처럼 느껴졌던 것이다. 그녀의 성격은 놀아도 된다는 말에 '얼씨구 좋다구나!' 하며 천연덕스럽게 놀 만큼 태평스럽지 않았다. 이런 부지런함이 오늘날의 그녀를 있게 한 것인지도 몰랐다.

"글쎄, 별로 맡길 만한 일은 없는데?"

이미 업무 분담은 끝나 있었다. 독고령에게까지 돌아갈 일은 하나도 남아 있지 않았다. 하지만 그녀는 포기하지 않고 떼를 썼다.

"아무 일도 하지 않고 멍하니 있는 것은 취미에 안 맞아요. 무슨 일이든 좋아요. 시켜만 주세요. 명예와 생명을 걸고 반드시 완수해내겠습니다!"

결연한 목소리로 씩씩하게 외쳤다.

"뭘 거창하게 생명씩이나……."

유수경이 실소했다.

"헤헤."

독고령이 살짝 혀를 내밀며 귀엽게 웃었다. 앙증맞은 웃음이었다. 이렇게까지 나오는데 뭐라도 시켜줘야 했다.

"쯧쯧, 너도 참 힘들게 사는구나! 나로서는 이해가 안 간다."

그 결연한 의지에 대략 난감해진 유수경은 없는 것도 만들어야만 될 처지에 놓였다. 비록 그것이 별 의미가 없는 일일지라도 눈앞의 사매에게는 의미가 있을 게 분명했다.

"으음…, 그래!"

좋은 생각이 떠올랐다. 다시 생각해봐도 기막힌 방책이었다. 이거라면 자신의 사매도 만족할 것 같았다. 그리고 자신은 방해로부터 해방될 수 있는 것이다.

"그럼 순찰이라도 돌고 오려무나. 어때?"

유수경이 넌지시 물었다.

"순찰이요?"

"그래, 혹시 불순한 의도를 품은 불한당들이나 자객들이 숨어 있을지 모르니 주위를 살펴보고 오렴. 아주 중요한 일이니 열심히 해야 돼."

그런 일이 일어날 가능성은 만에 하나 정도로 매우 희박했지만 그녀는 자신의 사매가 그런 세부적 사항까지는 신경 쓰지 않으리라는 것을 잘 알고 있었다.

"예, 사자!"

그녀의 예상대로 소녀는 힘찬 목소리로 대답했다. 어떤 반론도 반박도 제기되지 않았다. 이로써 밥버러지 신세는 면한 것이니 독고령은 그것으로 충분히 만족했다.

"독고령, 지금부터 순찰 임무를 맡아 섬 주위를 돌고 오겠습니다."

군대의 병사처럼 힘찬 목소리로 독고령이 대답했다.

그 생기발랄하고 진지한 목소리에 유수경은 다시 한번 고개를 절레절레 흔들었다.

"그, 그래……."

'이 앤 왜 사서 고생을 한담…….'

일과의 빈틈을 노려 일신의 휴식에 투자하는 그녀로서는 이해 불가능한 정신이었다.

"자, 우선 백사장을 중심으로 한 바퀴 돌고 올까!"

이곳에서의 순찰이란 항상 해변을 중심으로 이루어진다. 지리적, 지형적 특성상 불순한 마음을 품은 흉악한 불청객들은 항상 바다를 통해 들어오기 때문이다. 하지만 바다는 그 속성상 모든 것에게 전

방향으로 개방되어 있으므로 이상을 발견하기 또한 수월했다. 이 때문에 머리 위에서 태양이 찬란하게 빛나는 낮 시간에는 좀처럼 방문하는 법이 없다. 게다가 오늘은 저 멀리 하늘과 바다를 가로지르는 수평선까지 시야에 확연하게 들어올 정도로 날씨가 좋았다.

독고령은 산책하는 기분으로 해변을 거닐었다. 아니, 순찰했다! 지금 그녀가 걷고 있는 백사장 여기저기에는 사람 키를 넘는 바위들이 우후죽순처럼 솟아나 있었는데 바람과 파도에 깎인 탓에 검은 표면이 맨질맨질 광택을 띠고 있었다.

그때 찰팍찰팍 작은 파도가 밀려왔다가 모래를 한 움큼 쥐고 쓸려나가는 바위 한곳에 눈처럼 새하얀 백의를 걸친 어린 소녀가 앉아 있는 모습이 독고령의 눈에 들어왔다. 열서너 살쯤 되었을까? 백의 소녀는 나이답지 않게 깊고 조용한 눈으로 바다 저편을 바라보고 있었다. 바닷바람에 소녀의 옷이 순백의 날개처럼 펄럭였.

독고령의 발걸음이 소녀의 등뒤에서 멈추자 백의 소녀가 고개를 돌려 뒤를 돌아보았다.

"령 언니?"

모든 감정이 사멸한 듯한 무감각한 목소리. 칠채 보석을 깎아 만든 듯한 아름다운 얼굴을 지닌 열서너 살 소녀의 입에서 나온 목소리라고는 믿겨지지 않을 만큼 그것은 무기질적이었다.

"아, 예린이구나!"

독고령이 밝은 목소리로 대답했다.

눈앞의 이 어린 백의 소녀가 바로 삼 년 전에 새로 들어온 사매 나예린이었다. 어린 나이임에도 감추어지지 않는 이 소녀의 몽환적이고 신비스런 아름다움은 같은 여자인 자신이 보기에도 특출한 것이었다.
"무슨 일……?"
나예린이 짧고 단속적인 말로 질문했다.
"순찰!"
독고령이 웃으며 짧고 강하게 대답했다. 그 쾌활하고 당당한 대답에 예린은 이해했다는 듯 조용히 고개를 끄덕였다. 인형 같은 움직임이었다.
그리고 한참을 침묵한 후 어린 소녀가 다시 말을 이었다.
"언니……."
"응?"
독고령과 나예린의 시선이 한곳에서 마주쳤다. 바라보고 있으면 빨려들어갈 것 같은, 천공에 펼쳐진 밤하늘처럼 신비로운 두 눈. 그러나 때로 그 눈은 미래를 훔쳐보고, 사람의 마음속에 둘러쳐진 장벽을 꿰뚫어보는 듯해서 오싹해질 때가 있었다. 이런 이유로 인해 사문 내에서도 그녀를 기피하는 이들이 많이 있었다. 그나마 개중에 독고령이 그녀와 가장 잘 지내는 편이었다.
"…조심해요."
고저(高低)를 찾아볼 수 없는 목소리. 경고하는 목소리치고는 지나치게 단조로운 음역(音域)이었다.
"얜! 그게 무슨 뜬금없는 말이니? 얘도 참 엉뚱하기는…….."
약간 당황하며 독고령이 말했다. 순찰을 조심해서 하라는 말은 분명 아니었다. 부연 설명이 없었지만 왠지 직감적으로 알 수 있었다.

그렇다면 무엇을?
이 어린 사매는 가끔 이렇게 알아들을 수 없는 말을 하곤 한다.
"그냥……."
그 대답에 독고령은 고개를 절레절레 흔들고 말았다. 역시 이해하기 힘든 아이였다. 하지만 저 나이에 어울리지 않는 묘하게 어른스러운 모습을 볼 때마다 안쓰러워지는 마음이 들곤 했다.
"언니…조심… 남자… 사랑… 아픔……."
나예린의 마지막 중얼거림은 독고령의 귀에 들리지 않았다. 펼쳐진 밤하늘 같은 저 눈동자는 지금 어디를 향하고 있는 것일까? 그것은 소녀 자신조차도 알 수 없는 일일지도 모른다.
"응, 무슨 말이라도 했니?"
나예린은 조용히 고개를 가로저었다. 독고령은 포기하기로 했다.
"정말 얼음처럼 차가운 아이라니깐. 정말이지… 얼음조각상도 너보다는 덜 차가울 거야, 예린! 소녀는 소녀답게 좀더 밝지 않으면 안 된다고!"
핀잔을 주는 듯한 말이었지만 그 속에는 사매에 대한 진정이 가득했다. 걱정해주고 있는 것이다. 그래도 예전에 비하면 월등히 나아진 것이다. 옛날에는 칠일 밤낮을 벙어리인 채로 지낸 적도 있었다.
저 나이는 보통을 넘는 활기와 가득한 호기심에 잠시 잠깐이라도 말을 하지 않으면 입이 근질거려 견디지 못할 때인데……. 저 작은 새처럼 자그마한 가슴에 얼마나 큰 상처가 새겨져 있는 걸까? 그녀로서는 상상조차 불가능했다.
'저 애가 온 지도 벌써 삼 년째인가…….'

독고령은 자신이 입문한 날의 광경만큼이나(아마 이 광경은 평생 그녀의 뇌리 속에서 잊혀지지 않을 것이다) 그때의 광경도 생생하게 기억하고 있었다.

"인사하거라, 오늘부터 너의 사매가 될 아이다. 이름은 예린이라고 하지. 현 무림맹주이신 진천뢰검신 나백천 대협의 여식이란다."
처음 보는 소녀를 가리키며 사부님이 말했다.
"안녕, 예린아! 난 독고령이야. 잘 부탁해. 소령 언니라고 부르렴!"
독고령이 쾌활한 목소리로 활짝 웃으며 인사했다. 그러나 답례는 돌아오지 않았다.
인형처럼 예쁜 백의의 소녀는 비에 젖은 작은 새처럼 사부의 등뒤에 숨은 채 오들오들 떨고 있었다.
"이런, 이런! 쯧쯧, 가엾게도……. 아직 채 충격이 가시지 않은 것 같구나. 아직도 이토록 강하게 타인의 접촉을 거부하다니……."
검후가 딱하다는 듯 혀를 차며 말했다. 그때 독고령의 뇌리에는 사부의 말이 묘하게 귀에 남았다. 하지만 무엇에 충격을 받았는지 그 원인에 대해서는 감히 물을 수 없었다.
어른이 어른답지 못하면 그건 팔불출에 꼴불견이지만 어린아이가 어린아이답지 못하면 그것은 불행이다. 다만 눈앞의 작은 소녀가 무엇인가를 굉장히 두려워하고 있다는 사실은 보는 것만으로도 확실히 알 수 있었다. 도대체 얼마나 큰일을 겪었기에…….
두려움에 떨고 있는 소녀의 두 눈은 밤하늘처럼 맑고 깊었다. 묘한 마력을 지니고 있는, 무척이나 인상 깊은 눈이었다.

독고령은 이럴 경우 어느 쪽이 먼저 용기를 내야 하는지 알고 있었다. 그래서 용기를 내어 손을 뻗었다. 이럴 경우 가식은 통하지 않는다. 진심과 진정으로 부딪칠 수밖에 없는 것이다.

눈높이를 맞추기 위해 나예린의 앞에 쪼그리고 앉은 독고령은 손을 들어올려 작은 사매의 머리를 부드럽게 쓰다듬어주었다.

"배사지례를 올리고 정식 입문식을 거쳐 사문의 사자매 간이 된다는 것은 피를 이은 친자매보다 더 깊은 인연으로 묶인다는 뜻이야. 친자매는 피만을 이은 사이지만 사자매는 영혼을 이은 사이거든. 그러니 어떤 힘든 일이 있어도 무서워할 필요는 없어. 넌 혼자가 아니니깐. 내 작은 사매를 괴롭히는 녀석이 있다면 이 위대하신 사자님께서 때려부숴 줄게! 그러니 걱정 붙들어매라고!"

상당히 과격한 발언이었다.

처음 독고령의 손이 머리 위에 얹어졌을 때 어린 나예린은 눈을 질끈 감으며 낯을 가리는 고양이처럼 움찔거렸다. 손끝을 통해 두려움에 젖은 작은 떨림이 고스란히 전해져왔다. 그래도 독고령은 개의치 않고 쓰다듬는 걸 멈추지 않았다.

이윽고 손끝을 통해 전해지는 떨림이 현저하게 줄어들었다. 바람처럼 부드럽게 쓰다듬는 사자의 손길이 어린 사매의 마음에 든 모양이었다.

"그런 의미에서 다시 한번 잘 부탁해, 동생!"

다시 한번 쾌활하게 웃으며 독고령이 인사했다. 그러자 이번에는 기대하지도 않았던 반응이 있었다.

"예…, 언니……."

모기소리만큼 가는 목소리였지만 검각의 '관음지청법'에 단련된 독고령의 귀는 그것을 놓치지 않았다. 참을 수 없는 감격에 독고령은 어린 나예린을 와락 껴안았다.
　'꺅!' 하는 소녀의 짧은 비명이 잠시 들렸다가 사라졌다.
　"어머, 용하구나! 지금까지 계속 사람들을 피하기만 해서 걱정하고 있었는데!"
　나예린의 굳게 닫혀 있던 마음에 약간의 틈새가 생겨났다. 검후는 대견스럽다는 눈빛으로 독고령을 바라보며 흐뭇하게 미소지었다.
　"또 한 명의 새 식구가 생겼구나……."
　서로 끌어안고 있는 두 사람의 제자를 그녀는 관세음보살의 화신처럼 자애로운 눈빛으로 묵묵히 지켜보았다.
　"…오늘 저녁은 환영식이라도 할까?"
　나쁘지 않은 생각이었다.

2막3장
소녀, 소년을 만나다 — 소년과 소녀의 이중주

　―소년은 소녀의 보석처럼 빛나는 활기 가득한 두 눈동자가 무척 마음에 들었다. 마치 태양빛을 밀봉한 흑진주처럼 그것은 밝고 건강하고 생명이 넘쳐흘렀다. 그래서 소년은 소녀의 두 눈동자가 좋았다.

소녀가 그를 본 것은 파도가 흰 거품을 내며 부서지는 해변의 돌출된 단애에서였다.

그는 수십 마리의 바닷새들에게 둘러싸여 있었는데, 잘못 보면 습격당하고 있는 게 아닐까 하는 의구심이 들 정도였다. 하얀 새들이 사내의 주위에 몰려들어 있었다. 바다 갈매기가 그의 어깨에 아무런 저항도 경계심도 없이 앉는다.

무척 신비스런 소년이었다. 하지만 엄밀히 말하자면 소년이라고 불리기에도, 청년이라고 불리기에도 사실 무리가 있었다. 열여덟 살이나 열아홉 살쯤 되었을까? 애젊다는 표현이 무척 어울릴 그런 얼굴을 하고 있었다. 근방에서는 처음 보는 얼굴이었다.

"처음 보는 분이로군요. 실례가 안 된다면 신분을 알 수 있을까요?"

하염없이 하늘을 바라보고 있던 소년의 시선이 천천히 돌아왔다.

무척이나 처연하고, 허무해 보이는 얼굴이었다. 빛이 보이지 않았다. 꼭 먼지로 빚어놓은 사람 같았다. 그의 입이 천천히 열렸다. 그의 눈은 그녀의 왼쪽 가슴에 있는 문양을 물끄러미 바라보고 있었다.

"백홍의 문양? 검각?"

그는 한눈에 비상백홍의 문양을 알아보았다. 적어도 일반인은 아니라는 의미였다. 그는 강호인이었다.

독고령은 고개를 끄덕였다.

"맞아요. 검각의 제자예요. 이곳에는 무슨 일이죠? 전 검각의 순찰을 담당하는 보안책임자로서 꼭 그 이유에 대해 알아야겠어요."

물론 보안 책임자라는 말은 장난이었다.

아직 그녀의 쌍익으로는 아무런 지위를 맡을 수 없었다. 지위를 가지지 않는다는 것은 전문적인 책임이 따르지 않는다는 이야기와 같았다. 그리고 그것은 자립할 자격을 갖추지 못했다는 의미와도 같았고, 그녀가 아직도 피보호자의 신분임을 자각시켜주는 일이기도 했다. 독립심이 남의 배 이상으로 투철한 그녀에게 이것은 매우 괴로운 일이었다. 그 때문에 그녀는 더욱더 이 순찰 도는 일에 집착하고 있는 것인지도 몰랐다.

"그럼 보안책임자님, 당신의 질문에 답변을 드리겠습니다. 소생은 그저 장대하게 펼쳐진 창공을 바라보며 상쾌하게 불어오는 바닷바람에 실린 소금 내음을 맡고 있었을 뿐입니다. 이곳은 해풍이 시원하니까요. 무겁던 마음의 짐도 조금은 덜어가줄지도 모른다는 생각이 들었거든요. 희망적인 관측이긴 하나 나 자신마저도 망각하게 만들어줄지 모르죠."

일순간 그가 지은 표정은 너무나 슬픔으로 가득 찬 것이었기에 지켜보던 독고령의 마음까지 아련해졌다. 그에게는 보는 이를 자연스럽게 감화시키고 마는 매력이 있었다. 그녀로서는 처음 접하는 유형의 인물이었다. 그래서 더욱더 신선하고 자극적이고 효과적이었다.

두근! 두근!

심장의 고동이 느닷없이 빨라졌다. 장거리를 쉬지 않고 달린 듯한 느낌이었다.

"어, 왜 이러지?"

자신도 모르는 사이에 얼굴이 빨개지고 말았다. 이상한 일이었다.

"이름이 뭐예요?"

독고령이 물었다. 보안책임자로서 외부인의 신원을 확인해야겠다는 사명감에서 비롯된 질문은 아니었다.
 소년은 고개를 저으며 말했다.
 "음…, 잊어버렸어요!"
 한참을 고민하던 소년은 아무렇지도 않은 얼굴로 대답했다. 표정만 놓고 본다면 오늘 아침 반찬이 무엇인지 얘기하는 줄로 착각하고 말았을 것이다.
 "호, 혹시 기억상실?"
 호들갑스럽게 들뜬 목소리의 반문이 튀어나왔다.
 소년은 소녀의 두 눈에서 별의 모래처럼 반짝반짝 빛나는 것이 무엇인지 잘 알고 있었다. 그것은 호기심이라는 이름을 지닌 부담스런 빛이었다.
 "아니…, 그렇게 노골적인 눈빛으로 바라보는 건 좀 실례 아닐까요?"
 독고령은 '어머, 기억상실이라니! 나 그런 거 처음 봤어!' 라는 눈으로 소년을 보고 있었다. 확실히 도가 지나친 결례였다.
 "기억상실… 아니에요?"
 시무룩하게 변한 얼굴을 한 소녀의 반문은 소년의 입가에 가느다란 미소의 선을 그었다. 독고령과 만난 뒤 처음 보이는 미소였다.
 "설마요! 하지만 지금의 저에겐 그게 필요할지도 모르겠군요."
 농담이 아니었다. 실제로 그는 기억상실증에 걸리기를 열망하고 있었다. 아니, 열망 정도가 아니라 정말 절실했다.
 "이름을 잊어버리고 싶다라……? 자신을 묶고 있는 주박에서 벗어나고 싶은 건가요?"

별 생각 없이 내뱉은 말인지도 모르지만 그것은 정곡이었다. 무의식중에 독고령은 그의 가장 강력한 욕망을 간파해낸 것이다. 그래서 그는 웃을 수 없었다.

"느닷없이 정곡을 찔리니 매우 아프군요. 버리고 싶어도 버릴 수 없는 이름……. 그것은 숙명의 다른 형태인지도 모릅니다."

그 젊은이의 눈동자는 무척이나 깊어 보였다. 언뜻 보기엔 노회하기까지 한 그런 모습이었다. 저런 심원한 눈빛은 환갑을 넘은 노강호에게나 어울릴까, 약관 이십 세의 젊은이에게는 어울리지 않는 눈빛이었다.

저 나이에 저런 깊은 표정을 지을 수 있다는 것은 그가 지고 있는 짐의 무게가 범상하지 않음을 보여주는 것이었다. 아직 젊은 나이임에도 그가 짊어진 숙업의 짐은 실로 녹록치 않은 모양이었다.

주역(周易)에 따르면, 동양사상에 따르면 운명은 바꿀 수 있는 것이다. 하지만 숙명은 말 그대로 태어날 때부터 정해져 있는 것이라 절대 바뀌지 않는다. 숙명을 탓하는 것은 바보 같은 짓이다. 하지만 운명을 바꾸기 위해 움직이지 않는 것 역시 어리석기는 마찬가지였다.

그는 과연 어느 쪽일까?

"하지만 과연 이름을 잊는다 해서 마음이 편해질 수 있을까요?"

한기(寒氣)가 일 정도로 예리한 비수에 심장을 관통당하면 이런 느낌일까? 가장 아픈 곳을 찔린 소년은 격렬한 고통에 가슴을 움켜잡았다. 쓸쓸한 고소가 입가를 타고 좌우로 번져나갔다.

"그것이 불가능함을 아는 게 저 자신의 불행인지도 모르죠. 하지만 지금은 어깨를 짓누르는 이름을 잊고 잠깐이라도 좋으니 휴식을 취하고 싶다는 게 솔직한 심정이군요. 그것이 비록 현실도피라는 이름의 임시방편이라 해도……. 저에게는 무척이나 절실하군요."

그렇게 말하는 그의 얼굴은 무척이나 피곤하고 쓸쓸해 보였다.

도대체 어떤 인생을 걸어왔기에 저 나이에 저런 표정을 하게 된 것일까? 독고령은 부쩍 호기심을 느끼는 자신을 보며 놀라워했다.

이성에게 이 정도로까지 호기심을 느끼다니……. 처음 있는 일이었다.

"음…, 그럼 이렇게 하는 게 어때요?"

활짝 웃음 지으며 독고령이 말을 이었다.

"과거의 이름은 지금 잊어버리는 거예요. 하지만 그렇다고 해도 이름이 없다면 너무 불편하겠죠? 그러니깐 제가 특별히 새 이름을 지어주겠어요. 그 이름을 달고 있는 동안은 과거의 이름이 붙어 있던 자신을 잊고 새로 태어난 사람처럼 생활해봐요!"

소녀의 당돌한 제안에 소년은 잠시 고민에 잠겼다.

이 느닷없고 당돌한 제안에 그는 어떻게 대꾸해야 좋을지 쉽사리 답을 찾을 수가 없었다. 하지만 그것이 실로 매력적인 제안이라는 사실은 부정하려야 부정할 수가 없었다.

"이름을 잊는다라……."

그것은 명(名)이라는 주박에 걸린 저주로부터 도망치는 일이었다.

"그래요, 이름을 잊는다는 것은 그 이름을 지녔던 자신을 잊는다는 것 아니겠어요? 새 이름이 붙어 있는 동안은 과거를 잠시 잊고 쉬는 거예요. 딴 사람이 되는 거죠. 마치 경극의 배우가 된 것처럼 말이에요!"

독고령은 소년의 응답을 기다리지도 않고 그냥 다음 단계로 넘어가버렸다.

"그럼 뭐라고 지으면 좋을까요? '야' 나 '너'라고 부를 수도 없고 말이죠. 그렇다고 무명씨라고 하기엔 너무 진부하고……."

상대의 답변은 들을 생각도 않고 독고령이 쉴새없이 말했다. 상대 소년이 끌려다니는 형국이었다.

"그래요, 그럼 은명이라고 하는 게 어때요?"

"은명?"

"그래요. 이름을 감추었으니깐. 감출 은(隱), 이름 명(名), 합쳐서 은명(隱名)!"

그렇게 말하며 독고령이 활짝 웃었다. 아무런 사심도 찾아볼 수 없는 해맑은 미소였다.

"은명……."

잠시 입안의 혀 위에 놓고 돌리며 음미해본다. 좋은 울림, 무척 마음에 와닿는 느낌이었다.

"마음에 들지 않아요?"

소녀의 기분은 전천후(全天候)가 악천후(惡天候)라 했던가? 금방 시무룩한 얼굴이 되었다.

그러자 소년은 고개를 세차게 흔들었다. 아무래도 대답이 늦은 것이 오해를 산 듯했다.

의외의 곳에서 의외의 인물로부터 내뻗어진 구원의 손길……. 그 손을 잡을 것인가, 놓을 것인가 하는 선택은 소년의 몫이었다. 그리고 소년은 마침내 결정했다.

"아녜요, 좋아요! 은명, 아주 마음에 드는 이름이에요. 당신은 하늘이 제게 보내준 구원의 손길인지도 모르겠군요."

그렇게 해서 소년은 소녀의 제안을 받아들였다.

"어머, 구원의 손길이라니……. 지나친 과장이에요."

소녀도 소년을 따라서 함께 활짝 웃었다.

"글쎄요, 난 진심인데……."

그가 이렇게 진심으로 웃은 것이 일 년 만에 처음이라는 사실을 소녀는 이때 알지 못했다.

"그럼 잠시 나갔다 올게!"

"다녀오세요, 독고 사자!"

싱글벙글한 얼굴로 손을 흔들며 나가는 독고령을 배웅하며 나예린이 말했다. 요즘 들어 자주 보이는 모습이었다.

"예린아, 이리 좀 와볼래?"

저 멀리서 유수경이 손짓하며 나예린을 불렀다.

"예, 유 사자? 무슨 일이시죠?"

누가 들을까 저어하는지 유수경이 귓속말로 물었다.

"요즘 소령의 모습이 자주 보이질 않는구나. 어딜 저렇게 쏘다니는지 혹시 짚이는 일 없니?"

"글쎄요? 저로서는 짐작 가는 바가 없습니다."

지나치게 어른스런 어조로 나예린이 대답했다.

'정말 이 애도 귀염성이 없다니깐…….'

유수경이 속으로 중얼거렸다. 왠지 이 아이는 정말이지 상대하고 있기가 부담스러웠다.

"죄송합니다, 귀엽지 못해서."

나예린의 무뚝뚝한 말에 유수경은 흠칫 놀라 몸을 뺐다.

"아…하하하……. 무, 무슨 말인지……."

순간 이렇게까지 마음을 읽혀버리면 당황스럽지 않을 수 없다. 어떻게든 얼버무리려 해보았지만 소용이 없었다.

"얼굴에 쓰여 있습니다."

인형 같은 목소리로 나예린이 무뚝뚝하게 말했다.

"저, 정말?"

유수경은 당황하며 자신을 얼굴 이곳저곳을 만졌다. 물론 글자 따위가 쓰여 있을 리가 없다.

"아하하하… 아하하……."

얼굴이 홍시처럼 빨갛게 물든 유수경이 다시 단속적인 웃음을 터뜨렸다.

"……."

이런 와중에도 나예린의 얼굴에는 별다른 표정의 변화가 없다. 마치 대리석 조각상 같은 모습이었다.

"그, 그건 그렇고 요즘 남자라도 생긴 걸까? 정말 자주 나가는구나, 소령은! 아하하하하!"

다른 데로 관심을 돌려보려 했지만 표정의 변화가 없으니 성공했는지 실패했는지 알 길이 없었다.

고장난명(孤掌難鳴)! 손바닥은 두 개가 마주쳐야 소리가 나는 것이다. 혼자서 떠들어봤자 아무 소용도 없다. 이 아이는 최소한의 호기심도 가지고 있지 않은 것일까? 어깨의 힘이 쭉 빠져나가는 것이 느껴졌다.

"역시 그럴 리는 없나……."

유수경은 고개를 푹 수그리며 조용한 목소리로 뇌까렸다.

딱히 불만 같은 것은 없었다.

그는 선택받은 사람의 하나였고, 그의 집안은 그를 먹여 살리고 교육시키는 데 아무런 문제가 없을 정도로 부유했다. 그의 미래는 태어날 때부터 정해져 있었고, 그는 그런 자신과 가문을 자랑스럽게 생각했다. 하지만 어느 날 그는 자신이 보고 듣고 생각하던 모든 것이 환상이라는 이야기를 들었다.

그의 시선과 사고는 남들의 이목을 속이기 위해 덧씌워진 인격이었다. 만들어진 가치관인 것이다. 사실 그는 그런 식으로 보고, 그런 식으로 듣고, 그런 식으로 생각해서는 안 되었던 것이다. 하지만 그동안 구성되어왔던 가치관이 한순간에 부서질 리가 없었다. 때문에 강제적인 조치가 취해졌다.

그의 가치관은 그날을 기점으로 산산이 부서지고 말았다. 그의 가치관은 가문의 존재 목적을 위해 다시 재구성되었다.

어떤 가치도 대가 없이 얻을 수 있는 것은 없다. 그는 자신의 숙명에 대해, 그동안 누려왔던 특권에 대해 대가를 지불해야 했다. 그것은 그가 기존의 세계를 부수고 전혀 다른 사람이 된다는 것을 뜻한다. 선택의 여지는 없었다. 그는 자신의 운명과 숙명을 주관하고 있던 신과 대면했던 것이다. 그에게 제 2의 선택 따위는 존재하지 않았다.

하지만 그렇기에 더더욱 관례(冠禮 : 성인식)를 받는 게 두려웠다.

사람은 관례를 통해 새로운 이름(字)을 받고, 가문의 역사와 정체성을 계승한다. 반 사람분에서 한 사람의 진정한 인간으로 거듭나게 되는 것이다. 하지만 그에게 있어서 관례란 이 일반적인 의미를 훨씬 초월한 것이었다. 그것은 자신에게 새로운 숙명을 강요하고 있었다. 그리고 그 숙명은 이미 그의 손을 피로 물들였다. 일생 동안 지워지지 않을 피의 흔적, 그것은 절망의 세례였는지도 모른다.

관례를 받으면 지금까지 있었던 자신이 사라져버릴 것만 같은 기분이 들었다. '그 일'을 행했을 때 이미 귀신이 되기로 결심하지 않았던가! 하지만 막상 실행한 그 일은 생각 이상으로 그를 괴롭혔다.

그래서 도망쳤다. 무작정 도망쳤다. 그리고 여기 이 남해의 작은 섬까지 다다랐다. 아직 감시의 눈은 그의 주변을 맴돌고 있었다. 숙명의 굴레에서 완전히 벗어난 건 아니었다. 다만 두고 보고 있을 뿐이라는 것을 그는 잘 알고 있었다. 그래도 여기서 그녀와 만났다. 그것만으로도 그는 만족할 수 있었다.

'하지만 이 행복이 과연 얼마나 오래 갈 수 있을까?'

자신할 수 없었다. 단지 자신의 무력함만을 깨닫게 될 뿐이다.

이미 알고는 있었다. 자신에게는 더 이상 행복할 자격 같은 것은 남아 있지 않다는 사실을…… 이미 가장 소중했던 것을 배신해버렸다. 그날 그의 마음은 양심과 함께 죽었다.

그래서 포기하고 있었다. 기대도 하지 않았다. 하지만 그녀와 만났다. 태양빛을 머금은 흑진주처럼 빛나는 두 눈으로 자신을 직시해주는 그녀를!

'그녀와 함께라면 나도 행복해질 수 있을까?'

그러나 자신을 옭매고 있는 숙명은 그렇게 가볍지 않았다. 그것을 다시 상기하자 그의 얼굴에 그늘이 드리워졌다. 빠져나올 수 없는 늪에서 발버둥치는 자신이 한없이 추하게 느껴졌다. 한여름의 대낮인데도 오한이 일어난다.

"은명, 안에 있어요? 저 왔어요!"

밖에서 그녀의 목소리가 들려왔다. 밝고 활기찬, 어둠을 모르는 그 목소리는 그때처럼 또다시 자신을 어둠에서 건져내주었다.

'그래, 지금은 생각하지 말자. 과거의 이름을 지닌 자신을 잠시 잊어버리기로 하지 않았던가! 당분간 지금 맡은 배역에 충실하도록 하자! 한여름의 꿈이라도 좋다. 잠시 동안 이 행복을 즐기는 거다.'

그는 그렇게 결심하며 애써 얼굴에 미소를 머금었다. 풀죽은 얼굴을 그녀에게 보여줄 수는 없었다.

"여기 있어요, 령!"

밝은 목소리로 그가 대답했다.

3막 1장
해적(海賊) - 검은 해풍

섬으로부터 약간쯤 떨어진 곳에 밤바다의 조수에 몸을 실은 배 한 척이 떠 있었다. 그리 크지는 않지만 선미가 날카롭고 폭이 좁은 데다 바람을 거슬러올라가기 편한 삼각돛이 여러 겹 달려 있는 무척이나 날쌔 보이는 배였다.

'검은 해풍'이라 명명된 이 배는 생긴 모습만큼이나 수많은 전적을 지닌 배였다. 셀 수 없이 많은 위험이 넘실거리는 바다 위를 가로지른 이 녀석의 활약은 동종 업계에 종사하는 친구들 중에서도 발군의 것이었다. 그 정도의 사선을 거치고도 아직 한 번도 침수당하지 않은 게 이 배의 자랑이었다.

갑판 위에서 바닷바람을 맡으며 우뚝 서 있는 사내의 외눈은 한곳에 못박힌 듯 고정되어 있었다.

보타암.

그의 시선이 지금 머무르는 곳이었다. 거리가 먼 데다 달도 뜨지 않는 그믐밤이라 별빛조차 희미한 지금은 반딧불처럼 작은 불빛만 보일 뿐이었다.

"침투경로는 확실히 숙지해뒀겠지?"

'검은 해풍'의 갑판 위에서 바닷바람을 정면으로 맞으며 도곡이 중광에게 물었다.

"물론입니다, 두목!"

도곡은 이 배의 해로를 결정할 수 있는 유일무이한 결정권자였다. 바다 한가운데 둥둥 떠 있는 배 위에서 그가 두목이라 불렸다는 것은 그의 직업이 무엇인지 짐작케 한다. 중광은 부두목이었다.

딱!

느닷없는 주먹이 밤바다 위를 갈랐다.

"어이쿠!"

검은 해풍의 두뇌이자 현명한 갈매기라는 별호를 지닌 지현구(智賢鷗) 중광의 입에서 짤막한 비명이 터져나왔다.
도곡이 으르렁거리며 외쳤다.
"두목이라 하지 말랬지! '제·독·님!' 이라고 부르라 몇 번이냐 말했냐? 죽고 잡냐, 앙?"
제독이라 하면 수십 척의 군함을 이끄는 함대의 최고 우두머리를 지칭하는 말이다. 아무리 봐도 노략질이나 약탈을 일삼는 해적에게는 과분한 칭호였다.
'꼴에 허세는… 제독은 무슨! 그냥 단순한 해적 나부랭이 주제에……'
현실에 대한 판단력은 두목 도곡보다 부두목 중광이 더 높은 모양이었다. 하다못해 선장님 정도라면 별로 내키진 않더라도 인정해줄 수도 있었다. 사람은 제 분수를 알아야 하는 법이다.
하지만 중광은 현명했고, 나름대로의 머리도 있었기에 속으로는 궁시렁거렸지만서도 겉으로는 전혀 내색하지 않았다. 게다가 깔끔한 표정관리까지! 흠잡을 데 없는 처세술이었다.
"도곡 제독님! 아… 이 얼마나 기분 좋은 울림이란 말인가!"
보다 빈틈없는 처세를 위해 중광은 망상에서 허우적거리는 두목이 익사하든 말든 그냥 무시하기로 했다.

해적(海賊)!
산에는 산적(山賊)이 있고, 바다에는 해적이 있다. 따라서 해적이란 지리적 특성에 의한 특수 업종 종사자들의 직업적 분류를 위해 쓰는 말이다.

혹자는 지리적 특성이 아니라 특정의 탈것을 이용해 업무에 종사하는 자를 가리킨다고 주장하기도 한다. 그러므로 어떤 탈것에 모여 타고 하늘에서 영업을 하면 공중해적, 우주에서 영업을 하면 우주해적이어야 한다는 것이 그들 주장의 골자다. 하지만 일부 학자들은 관용적이거나 은어적인 표현이 곧 언어의 보편적 정의는 아니라는 사실을 들어 그들의 주장을 일축하기도 한다.

각설하고, 어쨌든 중요한 것은 그 무엇이 되었든 이들의 주된 업무가 '약탈' 과 '파괴' 라는 사실이다. 그들 본인은 억압된 사회에 반항하는 '바다의 자유로운 바람' 이라고 주장할지 모르지만 강도는 강도, 도적은 도적인 것이다.

도곡에게는 오른쪽 눈이 없었다. 그래서 얻어진 별호도 편목왕(片目王).

그가 이끄는 '검은 해풍' 은 남해 유수의 해적 집단으로 이 남쪽 바다를 항해하는 배들에게는 공포와 욕지기의 대상이었다. 그리고 이 집단의 우두머리인 편목왕 도곡은 뱃사람에게 있어 '개새끼', '열여덟놈' 혹은 '자라새끼' 같은 직유적 의미로 종종 사용된다.

왜구들도 한수 접어준다는 이 악명 높은 해적 집단이 지금 이곳에 있는 이유는? 물론 영업을 위해서였다.

그의 텅 빈 우안은 옛날 젊은 시절 건강하고 활발하게 노략질을 일삼다가 어느 여검객에게 당한 흔적이라고 한다. 다행히 여검객의 자비로 목숨은 부지했지만 평생 지워지지 않는 상처였다. 물론 그 일에 대해 증오는 할지언정 감사할 마음은 눈곱만큼도 없었다. 하지만 넘치는 자존심을 주체할 수 없는 이 바다도적도 그 일에 대해 주제넘게 복수할 생각만큼은 꿈도 꾸지 않았다. 그 일은 곧바로 당랑거철 같은 개죽음으로 끝날 것이 명약관화했고, 그는 자기 목숨은 소중히 여기고 아끼는 미덕을 가진 사내였다.

부두목 중광은 그 여검객의 출신이 어딘지 알고 있는 몇 안 되는 사람 중에 하나였다. 그 여검사의 사문은 바로 검각이었다. 그리고… 그 장본인은 검후 이옥상이란 존재였다.

도곡으로서는 죽음의 문턱에서 돌아온 기사회생의 행운이었다. 검후의 처사는 대자대비한 관세음보살의 수호자답게 자비로운 것이었다. 개과천선하라는 의미였을 것이다. 하지만 그는 훌륭한 해적답게 은혜를 몰랐다. 대신 그는 증오로써 그 은혜를 갚았다. 그때부터 도곡은 검각이라고 하면 이가 갈릴 정도로 증오하게 되었다. 그래도 완전한 바보는 아니라서 검각의 인물들에게 해코지를 한다거나 한 적은 없었다.

검각과 검후, 이 두 존재는 그에게 있어 증오의 대상인 동시에 공포의 대상이기도 했던 것이다. 그래서 그는 간접적으로 검각에게 타격을 주는 방식을 매우 선호했다

이번 보타암 약탈 계획도 그런 투철한 정신 하에 세워진 것이었다.

"그럼 자시 정각에 행동을 시작한다!"

도곡이 명령했다.

검각에 있어서 야간 순찰은 매우 중요한 임무였다.

이 야간 순찰은 검각의 날개 두 장짜리 제자가 돌아가면서 맡는 것

이 관례였다. 원칙적으로는 이인일조지만 모종의 이유나 사정으로 인해 혼자서 맡는 경우도 드물지 않았다.

오늘 독고령은 혼자였다. 그래서 그 광경을 목격한 사람도 본인 혼자뿐이었다.

'저, 저들은……'

스무 명 가까이 되는 일단의 무리들이 어깨에 무언가를 메고 바닷가를 은밀하게 움직이고 있었다. 어깨에 멘 것은 일견하기에도 상당히 묵직해 보이는 물건이었다. 그들이 온 방향은 그녀도 잘 알고 있는 곳이었다. 바로 보타암이 있는 곳이었다.

'설마 해적?'

그녀는 급히 근처의 풀숲으로 몸을 숨겼다.

"광해 대장, 이거 의외로 싱겁게 끝나버렸네요."

부하로 보이는 사내 중 하나가 일행의 선두에 앞장서서 걷고 있는 거구의 사내에게 웃으며 말을 걸었다. 거구의 사내는 허리춤에 찬 거도 외에는 아무것도 들고 있지 않았다. 아무래도 이 무리의 대장인 것 같았다.

"그러게 말이다. 보타암, 보타암 하기에 무진장 어려울 줄 알았더니 이름만 듣고 너무 쫄았던 모양이다. 막상 해보니 이게 뭐냐, 너무 시시한 거 아니냐? 난 좀더 어려울 줄 알았는데 말이야!"

광해라 불린 거구의 사내가 걸걸한 목소리로 대답했다.

"비상연락종의 위치와 감시의 위치를 사전에 알아둔 게 주효했지요. 역시 부두목의 머리는 알아줘야 한다니까요."

"흥, 늙은 갈매기가 머리라도 없으면 어따 쓰겠냐? 그거라도 있어야

새 구이 신세를 면하지!"

심드렁한 목소리로 광해가 대답했다. 불쾌감이 잔뜩 서려 있었다. 아무래도 그는 부두목 중광에게 경쟁의식을 지니고 있는 모양이었다. 그러니 중광을 칭찬하는 소리가 귀에 곱게 들려올 리가 만무한 것이다.

어쨌든 이들의 대화는 그들이 누구인지 아주 자세히 설명해주고 있었다.

'역시 해적이었어! 감히 관세음보살님의 거처를 털다니!'

이런 경우 취해야 할 행동은 정해져 있었다.

'어서 각에 연락을!'

그런데 비상호각을 찾기 위해 품속을 뒤지던 독고령의 안색이 급변했다.

'어, 없어! 비상호각이 없어!'

순찰 중에 비상호각은 상비하는 게 규칙이었다. 물론 그녀도 그것을 잘 알고 있었고 그걸 지키지 않았던 적은 없었다.

아무래도 깜빡 잊고 가져오지 않은 모양이었다. 인간은 누구나 실수를 한다. 그녀의 실수도 이해 못할 바는 아니었다. 그런데 하필이면 그게 많고 많은 날 중에 오늘이란 말인가!

무사태평한 날들이 계속 길어짐에 따라 정신이 점점 더 해이해졌던 것이다. 만에 하나에 대비해야 하는 것이 무인의 마음가짐인 것을……. 평화와 최근의 기쁨에 절어 너무 나태해지고 말았다. 부끄러운 일이었다. 하지만 지금은 후회보다는 행동할 때였다.

"멈춰라!"

검을 빼든 독고령이 풀숲에서 달려나가며 외쳤다.
"누, 누구냐!"
보람찬 약탈을 마치고 귀선하던 해적들은 이 갑작스런 등장에 놀라 잠시 동요했다.
"감히 보타암의 물건을 훔치다니…, 간이 부었구나! 어서 물건들을 돌려놔라! 그렇지 않으면 이 검이 용서치 않을 것이다."
딴에는 기세를 넣어 위압적으로 외친 것이지만 단신의 몸으로는 그다지 설득력이 없었다.
"뭐, 뭐야! 깜짝이야! 고작 계집애 하나잖아?"
광해가 가슴을 쓸어내리며 말했다.
"감히 쪼끄만 계집애가 어르신을 놀려? …응?"
독고령의 미모를 본 돌격대장 광해의 눈이 휘둥그레졌다. 이건 의외의 덤이었다. 갑자기 광해의 가슴 밑바닥으로부터 욕망이 검은 불꽃처럼 솟구쳐올랐다.
"오우, 이런 곳에 저런 극상품이!"
독고령의 미모는 이런 변두리 작은 섬에서는 실로 보기 힘든 수준의 것이었다.
광해는 입에 군침이 도는 것을 느끼며 혀로 입술을 핥았다. 두꺼비보다도 더 혐오감이 들게 만드는 그런 모습이었다. 해적 집단에서 돌격대장은 바로 약탈대장을 가리킨다. 이 직함은 전통적으로 약탈의 최전선에서 앞장서는 가장 잔인하고 가장 저돌적이고 가장 흉악한 이에게 돌아가는 것이 상례였다.
검은 해풍의 돌격대장 광해 역시 예외는 아니었다. 얼마나 지독했으면 약탈한 배를 미친 파도가 휩쓴 것처럼 엉망진창으로 만든다 해서 광파랑(狂波浪)이라고도 불렸겠는가! 같은 인간으로서 상종해서는 안 될 족속인 것이다. 특히나 독고령 같은 미모의 소녀들은…….

"우리 검은 해풍에게 감히 단신으로 덤비다니! 그 용기는 가상하지만 아가씨, 애석하게도 잡혀주셔야겠어. 우리의 상품으로 말이야, 흐흐흐흐흐."

천박한 웃음이 오물처럼 흘러나오는 미친 파도 광해의 입에서 다시 명령이 떨어졌다.

"얘들아, 귀중한 상품이다. 흠집나게 해서는 절대 안 돼! 조심조심해서 잡아라!"

자신을 물건 취급하는 말에 독고령은 분노했다.

해적에게 잡히면 잘해야 노예 상인에게 팔려 노예가 될 뿐이다. 몸과 신세를 망치는 것은 두말할 것도 없었다. 게다가 검은 해풍이라면 그녀도 이름 정도는 들은 적이 있었다. 아무리 기억을 열심히 뒤져봐도 그들이 얌전하게 몸값이나 요구하는 품위 있는 집단이라는 이야기는 들은 바가 없었다.

"네놈들! 인신매매까지 겸한단 말이냐! 내 검각의 이름을 걸고 모조리 죽여주마."

절대 살려두어서는 안 될 인종들과 직면했다는 결론에 도달한 독고령은 검에서 망설임을 지웠다. 그것은 살인에 대한 각오였다. 사실 그녀는 여태껏 실전을 경험한 적은 한번도 없었다.

"거, 검각!"

검각이라는 이름에는 이들의 두려움과 공포를 자극하는 힘이 깃들어 있었다. 몇몇 해적들의 움직임이 눈에 띄게 굳어졌다. 바다 위에 서라면 모르지만 육지 위에서는 검각이 한수 위였다. 아니, 애당초 승부가 되지 않는다. 남해의 해적들에게 검각이라는 이름은 '나찰녀'들이 서식하는 공포의 대상이었다.

"두, 두려워하지 마라! 뭘 두려워하는 거냐, 이 바보 자식들아!"

노련한 해적답게 광해는 금방 이 혼란을 수습했다.

"상대를 잘 봐! 아직 어린애에 불과한 소녀다! 게다가 혼자다! 뭘 두려워하는 거냐?"

그 말대로였다. 광해의 호통에 해적들은 금세 원상태로 돌아왔다.

"얕보지 마라! 네놈들 같은 해적 나부랭이는 나 하나만으로도 충분하다."

독고령이 기운찬 목소리로 당당하게 외쳤다. 스무 명의 거친 사내들에게 둘러싸여 있는데도 조금도 위축되는 기색이 없었다. '과연 검각의 제자!'라는 생각이 들 만큼 당당한 태도였다.

그러나 광해가 집중한 건 다른 것이었다.

"호호호, 그 말은 정말로 너 혼자라는 것이군!"

이 야만적인 해적 사내의 부리부리한 눈이 날카롭게 빛났다.

독고령은 스스로 말을 내뱉고도 아차 할 수밖에 없었다. 그녀가 좀더 현명했다면 혼자라고 스스로의 입으로 고백하지는 않았을 것이다. 허세도 병법의 한 계책이었다.

"검각의 이름이 아무리 무섭다 해도 거기서 기르는 토끼까지 무서운 건 아니다! 검을 버리고 얌전히 잡혀주시는 게 어떨까? 신상품에 상처를 내려니 영 마음에 걸리는구먼! 이 멋진 오라버니가 충분히 귀여워해줄 테니 안심하라고! 앞으로 광대가(廣大哥)라고 부르는 게 어때? 광랑(廣郎)이라 부르면 더 좋고! 흐흐흐흐흐!"

금방이라도 입가에 고인 침이 투둑 떨어질 것 같은 흉측한 미소였다. 그 느글느글한 미소와 일고의 가치도 없는 광언을 들은 독고령의 전신에 오싹한 소름이 돋아났다.

"다, 닥쳐라! 누가 너같이 못생긴 야만인에게 미쳤다고 신병을 위탁하겠느냐! 차라리 혀를 깨물고 자결하겠다."

농담이 아니었다. 그 말의 진실됨은 재고의 여지가 없었다.

"뭐, 뭣! 야… 야만인이라고! 네년은 이렇게 멋지게 생긴 야만인 본 적이 있냐, 앙?"

광해의 말은 그 부하들에게조차 인정받지 못했다. 아무리 팔이 안으로 굽는다지만 하늘이 네모로 바뀌거나 땅이 둥글어지는 것은 아니었다. 자신을 제독이라 불러달라는 도곡도 그렇고……. 아무래도 망상은 이들 검은 해풍의 전통인 모양이었다.

"굳이 상을 마다하고 벌주를 자처하겠단 말이지! 그 말 곧 후회하게 될 거다! 애들아, 쳐라!"

해적들이 흉폭한 괴성을 지르며 달려들었다.

"누가 할 소리! 검각의 검이 얼마나 매서운지 그 눈으로 똑똑히 확인해라!"

뭐가 상이고 뭐가 벌이란 말인가? 미친놈이 강요하는 잘못된 가치 판단 기준에 동의할 생각이 전혀 없는 독고령은 망설이지 않고 검을 휘두르며 맞부딪쳐갔다. 두려움도 잊은 채 의연하게 맞서는 그녀의 검에서 은빛 검기가 어른거렸다. 전쟁의 여신도 그녀보다 더 용맹할 수는 없을 것이다.

그리고 긴 밤이 시작되었다.

오늘 밤만큼 확실히 시간이 자신의 적이었던 적은 한번도 없었다. 그동안 시간에 대한 관리를 소홀히 한 적이 한번도 없었음에도 시간은 자신을 적대하고 있었다. 불공평한 일이었다. 하지만 싸움은 시간이 흐를수록 독고령에게 불리한 양상으로 돌아가고 있었다.

'역시나 역부족이었나?'

소안검과 비홍검을 숙련하고, 검후에게 칭찬을 받았다고는 하나 그녀는 아직 소녀였다. 게다가 실전은 이번이 처음. 예전에 사자매들과 약속 대련을 한 것이 고작이었다. 실전에 가까운 비무의 경험은 전무하다 해도 좋을 정도였다.

그래도 그녀의 검술은 눈부셨다. 날쌘 기러기처럼 포위망을 누비며 펼치는 날랜 날갯짓 같은 날카로운 검초는 해적들을 혼란에 빠뜨리기에 충분했다.

오랜 기간 명문의 제자로서 체계적인 훈련을 받은 독고령에게는 그만한 역량이 있었다. 어중이떠중이로 근력에만 중점을 두고 무식하게 연마한 해적 나부랭이들이 당해낼 상대는 아니었다. 무공다운 무공을 익힌 사람은 이 중에서 돌격대장 광해 정도였다.

하지만 이들에겐 오랫동안 실전인 노략질을 통해 쌓아온 야비함과 잔인함이 있었다. 게다가 이들에게 도덕윤리는 지나가는 개소리보다도 가치가 없었다. 이기기 위해서는 무슨 일이든 한다. 이기는 자가 장땡이라는 그들의 생각은 해적으로서 당연한 사고방식이었다.

실전 경험이 없다는 점은 아무리 명문 제자로서 체계적인 수련을 받은 그녀라고 해도 치명적인 약점으로 작용하고 있었다.

게다가 한 손은 열 손을 당해낼 수 없는 법. 아직 그녀의 실력은 수와 남녀의 차이를 극복할 수 있을 만큼 강하지 못했다. 시간이 갈수록 독고령은 열세로 몰리고 있었다. 호흡이 가빠지고, 땀이 비오듯 흐른다. 두 발은 모래사장에 빨려들어가는 것처럼 무겁고, 검을 든 팔은 천근 철봉이라도 든 것처럼 힘겨워지고 있었다.

하지만 그럼에도 그녀는 이를 악물고 다시 한번 눈앞에 달려오는 귀두도의 사내를 향해 날카로운 일검을 날렸다. 은빛 섬광이 그믐밤의 바닷가를 날카롭게 갈랐다. '착' 소리와 함께 사내의 목에서 피분수가 솟아올랐다. 그의 귀두도는 반토막으로 잘려 백사장에 흩어졌다. 검기로 쇠를 베는 단강(斷鋼)의 경지였다.

"헉, 헉, 헉!"

다시 해적 한 명을 쓰러뜨렸지만 그녀의 몸은 이미 한계였다. 전신의 근육이 맹렬한 비명을 지르고 있었다. 호흡이 가빠질 대로 가빠져 있었다. 숨쉬기가 이렇게 힘들 때도 있다는 사실을 그녀는 처음으로 체험했다. 마치 물속에서 숨을 쉬는 듯 고통스러웠다.

지금까지 몇 명을 베었을까?

일곱 명? 여덟 명?

그 중 마무리를 짓지 못한 이들도 있었다. 하지만 이런 희생 속에서도 해적들은 집요했다. 동료가 한 명씩 쓰러질 때마다 독기(毒氣)가 짙어지고, 차마 입에 담을 수 없는 욕을 퍼부었지만 투철한 직업정신의 발로인지 생포를 포기하지는 않고 있었다. 다행히 그 점이 지친 독고령에게는 호기로 작용하고 있었다. 하지만 그것도 이제 슬슬 한계였다. 아직 이들의 대장격인 광해가 전면에 나서지 않고 있었던 것이다. 그가 직접 나서면 그때는 정말 위험했다.

그의 이마에 검푸른 핏줄이 서 있는 것을 보니 상당히 부글부글 끓는 모양이었다. 더구나 그는 인내심하고는 거리가 먼 상대였다.

"바보 같은 놈들! 꼭 이 어르신까지 순서가 와야 하겠냐? 내가 너희들 같은 약골들을 믿고 어떻게 마음놓고 약탈을 할 수 있겠냐? 미덥지 못한 녀석들 같으니! 비켜라, 내가 직접 처리한다!"

마침내 대장이 나섰다.

독고령으로서는 각오를 세워야 했다. 여기서 전력을 다해 그를 쓰러뜨려야만 그녀가 승기를 잡을 수 있었다. 더 이상 물러설 곳은 없었다. 배수(背水)의 진이었다.

"어? 어?"

광해는 좀 많이 당황해버리고 말았다.

저 자그마한 몸에서 어떻게 저런 힘이 나올 수 있단 말인가? 충분히 지쳤다고 생각하고 필승을 자신하며 나왔는데……. 이대로는 큰소리친 체면이 말이 아니게 된다. 일대일의 승부를 염두에 둔 그였다. 체면이 있지 차마 함께 덤비자고는 할 수 없었다. 그리고 자신도 충분히 있었다.

그런데 일대일의 상황이 되자 저 작은 소녀가 미친 듯이 달려들었던 것이다. 위력을 상실했을 것이라고 생각했던 그 검은 여전히 빠르고 날카로웠으며, 여전히 신묘막측한 변화를 부리고 있었다.

'이, 이게 아닌데… 쩝!'

상황은 광해가 원하는 대로 돌아가주지 않고 있었다.

'빨리 결착을 내지 않으면 안 되는데……..'

독고령도 독고령 나름대로 조급해져 있었다. 이제 진기도 체력도 거의 바닥난 상태였다. 다만 단전을 밑바닥까지 짜내고 짜내어 이를 악물고 덤벼들고 있는 중이었다. 그러나 시간을 오래 끌면 끌수록 불리한 것은 자명했다.

'그렇다면!'

그것을 쓰는 것은 지금 이 상황에서는 매우 위험할지도 모른다. 하지만 그것을 쓰지 않으면 결착을 낼 수 없다. 그것 외에는 승부수가 없는 것이다. 하지만 이대로 계속된다면 단신인 자신이 불리한 것은 명백했다. 선택의 여지가 없었다.

'좋아! 비홍검의 마지막 초식에 모든 것을 거는 거야!'

독고령은 침착하게 기회를 노렸다. 두 번의 기회는 없을 것임을 그녀 자신이 누구보다도 잘 알고 있기 때문이다.

"으리얍!"

독고령의 기세가 눈에 띄게 떨어지자 이때다 싶어 광해가 거도를 크게 놀리며 힘차게 찔러들어왔다. 정묘함이 떨어진 이상 큰 동작도 제대로 방비하지 못할 거라 생각한 것이다. 그러나 그것은 오판이었다. 그녀는 기회를, '적시(適時)'를 잡기 위해 수세에 전념했던 것이지 힘이 떨어진 것은 아니었던 것이다. 오히려 그녀는 적시를 기다리며 수세에 전념하면서 힘을 비축해두고 있었다.

동작이 커지면 그에 따른 틈도 더 큰 법, '백홍무란'의 보법을 써서 상대의 공세를 빠져나온 독고령이 그 빈틈을 향해 자신이 가진 최강의 초식을 발출했다.

비상천리(飛上千里)!

허공을 격해 수십 개 검기를 일시에 날리는 고도의 검기(劍技). 열두 마리 기러기 모양의 검기가 소녀의 검을 떠났다. 현재로서는 열두 마리가 한계였다.

"헉!"

광해는 일류고수의 검에서나 볼 수 있는 검초가 조그만 소녀에게서 나왔다는 사실에 놀랄 틈도 없이 헛바람을 삼키며 다급하게 도를 휘둘러 날아오는 백홍 모양의 검기를 구명절초의 '광파막막'을 써서 막아나갔다.

채쟁챙챙챙! 탕탕탕탕탕! 파바바바바밧!

죽기 싫은 마음에 전력을 다해 거도를 휘둘렀다. 철판 위에 우박 떨어지는 듯한 요란한 소리가 울려퍼졌다.

"허억, 허억, 허억! 마, 막았다!"

겨우겨우 막아내긴 했다. 하지만 그도 성하지는 못했다. 숨은 거칠어질 대로 거칠어져 있었고, 여기저기 베인 상처에서 붉은 피가 흘러나오고 있었다. 입고 있던 옷도 덕분에 걸레처럼 너덜너덜해져버렸다. 그래도 그는 살아 있었다. 잔 상처가 많이 생기기는 했지만 피부만 베였을 뿐 근골에까지 닿은 것은 하나도 없었다.

'실패인가……'

거칠어진 호흡을 달래던 독고령은 눈앞이 캄캄해짐을 느꼈다.

이제 그녀에게 남은 수는 없었다.

'과연 검각의 검은 매섭구나! 어린 소녀까지도 이런 위력적인 검초를 발휘하다니 말이야!'

광해는 가슴이 서늘해지는 것을 느꼈다. 만일 보타암의 기별을 듣고 검각 전체가 나선다면……. 상상만으로도 실로 두려운 재앙이 아닐 수 없었다. 이미 보타암의 변고는 검각에 도달했다고 봐야 했다. 이제 시간이 없었다. 광해는 매우 초조해지기 시작했다.

그가 다시 한번 광소하며 외쳤다.

"크하하하하! 이 오라버니께서 좀더 귀여워해주고 싶지만 시간이 없구나! 안됐다만 놀이는 여기까지다!"

억지로 큰소리로 웃어젖혔더니 상처 여기저기가 욱신욱신 쑤시고 아파왔다. 그래도 허세를 위해서 그는 이를 악물고 참아냈다.

"흥, 웃기지 마라! 그런 이야기는 나를 쓰러뜨린 다음에나 해야 할 것이다!"

하지만 실제로는 서 있는 게 고작이었다.

독고령의 말에 광해가 즉시 대답했다.

"지금 쓰러뜨릴 거다!"

그는 오른손으로 매서운 도초를 질풍처럼 휘두르며 왼손으로 부하들을 향해 모종의 신호를 보냈다. 그 신호를 받은 부하들의 인상이 찌푸려졌다. '지금 그거 진담입니까? 저런 조그만 소녀를 상대로? 그런 비겁한!' 이라는 반응이 분명했다. '아까 그렇게 호언장담 해놓고 서는!' 이라는 반응도 있었다. 잠시 수치스러운 느낌이 들기는 했지만 검각에 대한 두려움이 원래 얼마 되지도 않는 수치심을 깡그리 몰아냈다.

 곧 쓰러질 듯 비척거리면서도 독고령은 용케 그 도초를 피해내고 있었다. 맞부딪칠 힘은 모두 소진했지만 모험이 성공하면 자리를 피하기 위해 비축해두었던 마지막 기력이 아직 남아 있었던 것이다.

 하지만 광해의 눈으로는 그 사실을 간파해내는 게 불가능했다. 그래서 그는 다시 한번 더욱 강력한 신호를 보냈다. '시끄러워! 닥치고 빨리 실행해! 안 그럼 죽어!' 라는 의미를 지닌 신호였다.

 부하들이 마지못해 행동에 들어갔다. 키가 크고 빼빼마른 해적 하나가 품에서 작은 대롱을 꺼냈다. 그리고 가죽주머니 안에 단단히 싸여 있는 침 하나를 꺼내 그 안으로 넣었다. 그러고는 다른 한끝을 입술에 대고는 그 반대편을 소녀를 향해 겨냥했다.

 독고령은 광해의 맹공을 피해내느라 다른 곳에 신경 쓸 여유는 없어 보였다. 준비를 마쳤다는 신호를 받은 광해의 입가에 야비한 미소가 떠올랐다.

 "뭐가 그리 즐……."

 훅!

 깡마른 해적이 깊이 들이마셨던 숨을 대롱 안으로 단숨에 불어넣었다.

 피잉!

 압축된 공기가 좁은 대롱 안을 무서운 압력으로 질주했고, 팽창된 강력한 힘이 무서운 속도로 철침을 날려보냈다. 철침은 화살처럼 빠르게 독고령의 등뒤를 향해 날아갔다.

독고령의 말은 끝까지 이어지지 못했다.

정신이 육체로부터 멀어지고 있었다. 무척이나 불쾌한 기분이 엄습했다.
"이, 이건?"
아무리 몸을 바르게 세우려고 용을 써도 비틀거리는 발걸음을 막을 수는 없었다. 시야가 수경 위에 번진 먹물처럼 일그러지고 있었다. 어지러웠다.
"도, 독(毒)?"
독고령이 입술을 깨물며 반문했다.
"흐흐흐, 안심해도 좋아! 단순한 수면제니깐! 귀중한 물건인데 함부로 망가뜨릴 수야 있나!"
끈적끈적한 두꺼비보다도 더 흉측한 미소를 지으며 광해가 말했다.
"수, 수면제?"
질문하는 독고령의 눈에 초점은 이미 상당 부분 풀려 있었다. 광해가 고개를 끄덕였다.
"그래, 코끼리도 단숨에 잠재울 수 있는 특제 수면제지! 일반인보다 내성이 강한 무림인용으로 특별 조제한 진짜배기지. 무지막지하게 비싼 거라 우리도 함부로 쓰지 않는 귀한 물건이야. 영광으로 생각하라고! 그리고 기뻐해도 좋아! 깨어나면 천국이 기다리고 있을 테니깐, 흐흐흐흐!"
그에겐 천국일지 몰라도 그녀에게는 지옥일 것이 불을 보듯 뻔했다. 그러나 더 이상 저항할 힘이 남아 있지 않았다. 손발이 뒤엉키고 점점 더 머리가 빠개질 듯 아파왔다. 헛구역질이 나려고 했다.
"비, 비겁한……."
이제는 혀까지 마비되어가고 있었다. 저주라도 퍼부어주고 싶었건만 이제는 그것조차도 불가능했다.
"크헤헤헤, 칭찬 고맙구먼! 해적이란 게 원래 다 그런 족속이지!"
느물거리는 그 웃음이 소름끼치도록 징그러웠다. 저 목에 일검을 박아넣을 수만 있다면! 하지만 석화의 주박에라도 사로잡힌 것처럼 손도 발도 더 이상 움직여지지 않았다. 독고령의 의식은 저 어두운 심연 속으로 계속해서 가라앉고 있었다.
'은명…….'
왜 지금 그 이름과 그 얼굴이 떠오르는 것일까? 그것은 부질없는 기대…, 이루어지지 않을 소망……. 그가 지금 여기에 있다 해도 그에게 자신을 구할 힘이 있다고는 생각되지 않았다.
그래도… 그래도…….
'한번 더 만나고 싶어…….'
그걸 끝으로 독고령의 의식은 완전히 끊어졌다.

3막 2장
사신강림(死神降臨)

"자, 빨리 아무나 들쳐업어라! 이동한다. 두목이 눈깔 빠지게 기다리고 있어!"

광해가 명령했다. 여기에 도곡이 있었다면 망설임 없이 누가 두목이냐며 냅다 뒤통수를 후려갈겼으리라.

"예이!"

황의를 입은 부하 해적 한 명이 나서서 바닥에 쓰러진 독고령을 들쳐업으려는 순간…….

팟!

"크아아아악!"

황의 해적의 입에서 소름끼치는 괴성이 터져나왔다. 고통으로 점철된 비명. 지옥의 밑바닥에서나 울릴 법한 비명이었다.

"무, 무슨 일이냐?"

광해가 당황하며 부하를 쳐다보았다. 갑작스런 돌발사태가 발생한 것이다.

"흡!"

광해의 눈이 크게 부릅떠졌다. 그곳에는 놀라운 광경이 있었다. 좀 전까지 멀쩡하던 황의 해적이 팔꿈치 아래로 깨끗하게 잘려진 오른팔을 움켜잡은 채 처절하게 울부짖고 있었다.

그 절단면으로부터 붉은 피가 물컹물컹 솟아나고 있었다.

[손대지 마라!]

아직 혼란이 수습되지도 않은 이때, 사방을 동시에 울리는 목소리가 들려왔다. 아니, 네 방향이 아니라 팔방에서 동시에 목소리가 울려퍼진 듯한 느낌이었다. 방향을 짐작조차 할 수 없었다.

"누, 누구냐?"

광해가 좀더 예의바르고 현명했다면 '어느 고인이시오?' 라고 물었을지 모르지만, 그럴 경황은 없었다.

[손대지 마라! 너희들의 그 더러운 손으로 그녀를 만지지 마라! 그것은 범해서는 안 될 무례(無禮). 분수를 모르는 짓이다! 분수를 모른 것, 주제를 모른 것, 자신의 천박함을 알아채지 못한 것, 그녀를 모욕한 것, 나의 신성(神聖)을 더럽히려 한 것. 그것은 모두 용서받지 못할 죄, 오직 죽음으로 갚아야 할 큰 죄. 죽음 외의 것으로는 갚을 수 없는 큰 죄. 죽음만이 그 죗값을 치를 수 있을 것이다.]

인간의 목소리에 자연의 공기가 울리고 있었다. 엄청난 압박이 느껴지는 목소리였다. 듣는 이의 심령을 제압하는 신비한 힘이 그 안에 깃들어 있었다. 그리고 그것은 군신(軍神)의 군령(軍令)처럼 위엄에 가득 차 있었다.

"서, 설마 육합전성(六合傳聲)?"

공력을 이용해 여섯 방향에서 인위적인 공명을 일으켜 자신의 위치를 숨기고 상대에게 혼란을 안겨주는 비법이다.

"모, 모습을 드러내라!"

광해가 신경질적으로 외쳤다. 알 수 없는 거리낌과 공포가 그의 신경을 갉아먹고 있었다. 불안이 그의 내면을 엄습했다.

"부, 부두목! 저, 저기……."

광해의 시선이 부하의 손끝을 따라 신속하게 움직였다.

작은 관목숲에서부터 한 사람이 걸어나오고 있었다. 처음에는 긴장한 기색이 얼굴에 역력했지만 이 정체불명의 침입자와의 거리가 점점 가까워짐에 따라 그 긴장은 고조되기는커녕 오히려 반대로 눈에 띄게 풀려가고 있었다. 그리고 종국에 가서 '나 무척 어이가 없습니다요!'라는 의미를 지닌 허탈한 얼굴이 되었다.

그는 아직 어린 소년이었다. 십대 후반에서 이십대 초반의 젊은이 임은 분명했지만 산전수전 중에서도 주로 셀 수 없는 수전을 겪었던 광해의 눈에는 코흘리개 애송이일 뿐이었다.

그는 독고령이 은명이라 이름 지어줬던 바로 그 소년이었다. 광해는 겉모습만 보고 자신의 개인적 판단으로 이 소년을 무시했다. 그것은 그의 인생 최대의 실책이었다.

현상에는 이면이 있는 법! 보이는 게 전부 다는 아니다.

'강호에서 나이와 겉모습으로 상대를 파악하는 것은 금물이다.'

표면적 형상이 내면의 본질을 반영하는 것은 아니었다.

고색창연한 비단주머니에만 금덩어리가 들어 있으라는 법은 없다. 무명 천주머니에 금덩어리가 들어 있을 가능성도 배제할 수 없었다. 요는 열기 전에 그걸 알아내야 한다는 것이다. 이런 눈썰미야말로 강호에서 오래도록 생명을 부지하게 만들어주는 진정한 기술인 것이다.

그는 이때 이런 강호의 금언을 망각하고 있었다. 사실 많은 사람들이 너무나 쉽게 이 '당연한 것'을 망각하고 있으니 딱히 그만을 나무라기에는 문제가 있을 것이다. 하지만 실책에 따른 책임은 고스란히 그의 몫이었다.

쓰러진 독고령의 모습을 일별한 은명의 눈이 다시 해적들을 향했다.

표정은 딱딱하게 굳어 있어 어떠한 감정도 느껴지지 않았지만 그

두 눈만은 보는 이의 심장을 옥죄일 만큼 살기등등했다. 그 눈은 마치 죽음이 깃든 것처럼 냉막했다.

[대가를 받겠다!]

어둠 속에서 밝게 빛나는 은명의 두 눈에서 인간의 것이라고는 생각할 수 없는, 서릿발도 무색케 하는 차가운 분노가 소용돌이치고 있었다.

꼴깍!

마른침이 넘어가는 소리가 여기저기서 들려왔다. 이 소년을 중심으로 발생하는 이질적인 공기를 이들은 이성에 앞서 본능으로 느끼고 있었다.

'이 소년이 스물이나 되는 거친 바다의 해적들을 지배할 만한 기백을 지니고 있단 말인가?'

광해는 소년을 얕잡아봤던 최초의 감정을 버려야만 했다. 이미 장내는 소년이 내뿜는 싸늘한 기백에 압도당해 있었다. 그 증거로 모두들 저 소년에게서 시선을 떼지 못한 채 아무도 섣불리 움직이려 하지 않았다.

눈앞에 사신이 강림해 있었다.

"꼬… 꼬마야… 이, 이름을 밝혀라!"

광해가 허세를 부리며 큰소리쳤지만 심적 동요를 완전히 감추는 데는 실패하고 말았다. 초반의 기세는 이미 잃어버렸다. 실기였다. 하지만 더 이상 기세를 잃을 수는 없었다. 승패에 직결되는 문제였던 것이다. 그러나 상황은 점점 더 불리한 쪽으로 몰려가고 있었다.

"너희들은 내 이름을 알 자격도, 물을 자격도 없다!"

한 조각의 감정도 느껴지지 않는 무정무심한 목소리였다. 저승의 염라전에서나 울려퍼질 듯한 그런 목소리가 저렇게 나이 어린 소년의 입에서 나온다는 게 믿겨지지 않았다.

"너희들이 해야 할일도, 그리고 할 수 있는 일도 오직 하나뿐이다."

염라대왕의 목소리로 소년은 선고했다.

"그 죄, 죽음으로 속죄하라!"

판결은 내려졌다.

먹이사슬에 종속된 생태계의 생명들 중에 맹수에게 잡아먹히기를 원하는 것은 이 세상에 단 하나도 없다.

하지만 먹이가 먹음직스러우면 싫어도 맹수들이 꼬이는 법. 그런 면에 있어서 보타암은 먹이로 치자면 최상급이라고 할 수 있었다. 그러나 검각이란 존재가 이 최상급의 먹이를 '그림의 떡〔畵中之餠〕'으로 만들고 있었다.

그래도 이 금은(金銀)에 굶주린 육식동물들은 포기할 줄을 모른다. 몇 번이나 도전해 그때마다 고배를 마시고도 포기하지 않는다. 이 포기를 모르는 집요함이야말로 이 맹수들의 진정한 무서운 점이었다.

그러나 오늘 저녁 낭패를 당하는 쪽은 오히려 이 해적들이었다. 그들은 사신과 조우하고 있었다.

"크아아아악!"

다시 한번 짤막한 단말마가 심야의 해변 위에 울려퍼졌다.

철썩, 철썩!

바위에 부딪히며 부서지는 파도 소리가 그 비명을 백사장의 모래와 함께 집어삼킨다.

"ㅇㅇㅇㅇ, ㅇㅇㅇㅇㅇ……."

광해는 대공황 상태였다.

그의 이빨은 지금 쉴새없이 딱딱거리며 부딪히고 있었다. 지금까지 수많은 수라장을 거쳐왔지만 사나운 식인상어 같은 이 사내가 이처럼 두려움에 떨었던 적은 한번도 없었다. 소년의 호리호리한 몸에서 뿜어져나오는 것은 죽음의 손길 그 자체였다. 그의 일초를 견뎌내는 자는 하나도 없었다.

아니, 애초에 무슨 일이 벌어졌는지조차 알 수 없었다. 무슨 방법을 써서 죽음을 불러왔는지 그 흔적조차 읽을 수 없었던 것이다.

그저 손이 가볍게 한번씩 휘둘러질 뿐이었다. 하지만 그때마다 매번 어김없이 하나의 죽음이 찾아왔다. 손속에 사정을 두는 법은 절대 없었다. 검이나 도 같은 날 달린 병기는 그 안에 들려 있지 않았다. 그렇다고 장법도 권법도 지법도 각법도 아니었다. 하지만 그럼에도 죽음은 그들 사이에서 흉폭한 마수(魔獸)처럼 사납게 날뛰고 있었다.

눈에 보이지 않는 칼날이라도 숨겨져 있는 것일까? 그 죽음의 옷깃에 스친 이는 보검에 잘린 것처럼 예리하게 절단된 채 죽음을 맞이했다. 보이지 않는 사신의 낫이 이들을 토막질치며 도륙하고 있는 듯했다.

그 일초는 매우 빠르고, 정확하고, 또 잔인했다. 열 명째 부하가 그의 손에 쓰러졌을 때 광기 속에서 광해는 비로소 깨달을 수 있었다.

'이놈은 우릴 몰살시킬 생각이야! 그의 장담대로 한 사람도 살려두

지 않을 작정이야!'

참기 힘든 공포에 미쳐버릴 것만 같았다.

"다 함께 쳐라! 혼자서는 무리다! 합공해!"

살기 위한 발악이 시작되었다.

"우와아아아아아!"

괴성과 함성으로 애써 두려움을 떨쳐내며 여덟 명이 일제히 달려들었다. 그러나 은명은 눈 하나 깜짝하지 않는다. 원래 수십 판의 계란이 던져져도 바위는 꿈쩍하지 않는 법이다.

다시 한번 그가 소매를 세차게 휘둘렀다. 그러자 은빛 질풍이 맹수처럼 달려나가 여덟 개의 목을 물어뜯었다.

푸샤샤샤샥!

여덟 명의 머리통이 피분수와 함께 동시에 허공중에 솟아올랐다. 단 한수에 벌어진 일이었다.

"앞으로 아홉!"

무감각하게 내뱉는 그의 두 눈에서 냉혹한 살의가 무럭무럭 피어올랐다.

"도, 도망가자!"

눈이 거의 뒤집힌 상태로 광해가 외쳤다.

그러나 사신은 도망자도 용서하지 않았다. 해적이 떨어뜨린 창 하나를 발로 차올려 잡은 뒤 힘껏 던졌다.

푹, 푹, 푹!

꿱! 꿱! 꾸에에에에엑!

세 명의 해적이 단번에 일렬로 꿰여 해적 꼬치구이가 되었다.

이 정도면 싸움이 아니라 일방적인 도살이었다.

"으, 으아아아아악! 다, 달아나야 돼! 저런 괴, 괴물하고 싸우다니 말도 안 돼! 사, 사신이다."

광해는 뒤도 돌아보지 않고 달렸다. 죽음의 그림자가 그를 향해 덮쳐오고 있었다. 뒤돌아볼 여가 따위는 없었다. 그는 타고 온 배를 향해 전속력으로 달렸다.

'저 배만 타면……'

마침내 그는 자신이 타고 온 배에 도착했다. 그것은 그를 이 지옥으로부터 빼내줄 방주였다.

그러나 죽음의 그림자는 그의 생각보다 훨씬 빨랐다.

"네놈이 대장인가?"

"헉!"

거친 숨을 몰아쉬며 위를 올려다본 광해는 기겁하고 말았다.

은명은 어느새 그가 타고 온 배 위 선미에 서서 그를 내려다보고 있었다. 그의 두 눈은 죽음의 결정처럼 차갑고 무심했다.

"…하지만 두목은 아니군. 두목은 어디 있나?"

은명의 눈은 정확하게 그의 신분을 꿰뚫었다.

"저, 저기… 저쪽 바다 위 본선에 있습니다."

해적에게 충성심 따위가 있을까보냐. 해적에게 있어 충성심이란 위기상황에서 가장 먼저 버려야 할 긴급투척 목록 일순위를 뜻했다.

그 둘째손가락 끝에 시선을 맞춘 은명이 안력을 돋우어 어둠을 꿰뚫자 별빛을 받아 희미하게 빛나는 사물의 그림자를 확인할 수 있었다. 아무리 별빛에 의지했다고는 하나 놀라운 능력이었다.

해적선이 직접 항구에 들어오는 일은 없다. 해적선이 정규 항구에 정박할 수 있을 리도 없고, 이런 뭍에 잘못 다가왔다가 암초에 걸리거나 방향타가 모래에 파묻히기라도 하면 큰일인 것이다. 그래서 이들도 작은 쾌속정으로 나눠 타고 해안으로 침투해 들어왔던 것이다.
"좋아! 확인했다! 그만 가봐라!"
무뚝뚝한 목소리로 은명이 말했다.
"그, 그럼 살려주시는 겁니까?"
무릎을 꿇은 채 벌벌 떨고 있던 광해의 얼굴에 회생의 빛이 감돌았다. 감격한 그가 벌떡 일어나 읍하며 예를 표하려 했다. 하지만 그는 그럴 수가 없었다.
'어? 어떻게 된 거지?'
광해는 포권지례를 취할 수 없었다. 아마 두 번 다시 불가능할 터였다. 왜냐하면 그의 양팔은 이미 그의 어깻죽지에 붙어 있지 않았던 것이다. 팔이 어깻죽지한테 정이라도 떨어진 걸까? 하지만 통증은 없었다.
그것은 기묘한 동시에 영혼을 갈가리 찢을 만큼 두려운 경험이었다. 귓가에 한 발짝 한 발짝 다가오는 죽음의 발자국소리가 천둥소리보다 더 크게 울려퍼졌다. 그에게는 그의 부하들 같은 자비로운 한순간의 죽음조차 허락되지 않았던 것이다.
털썩!
그의 키가 갑자기 줄어들었다. 이번에 떨어져나간 것은 두 다리였다. 역시 통증은 없었다. 그런 기괴한 경험을 깨어 있는 맨정신으로 한다는 것은 실로 측량할 수 없는 공포 그 자체였다. 그것은 영혼을 분쇄시키는 충격이었다.
 광해의 얼굴에 인간이 지을 수 없는 가장 끔찍하고 비참한 표정이 떠올랐다. 초점을 잃어가는 두 눈으로부터 눈물이 비오듯 흘러내렸고, 반쯤 헤 벌어진 입가에서 침이 폭포수처럼 쏟아졌다.
 그리고…….
 그동안 환상처럼 잠시 잊혀져 있던 격통이 사지의 절단면으로부터 깨어나 단숨에 그의 뇌로 몰려들었다.
 "크아아아아아악!"
 인간의 것이라고는 도저히 상상할 수 없는 처절한 비명이 터져나왔다. 귀신의 호곡성도 이보다는 덜할 터였다.
 툭!
 마지막으로 절단된 광해의 목이 모래사장 위로 떨어졌다. 눈은 동그랗게 부릅떠진 그대로였다. 그 고통에서 해방되어 편안한 죽음을 맞이했다는 것 때문에 아마 그에게는 생애에서 가장 기쁜 순간이었을 것이다.
 "난 분명히 말했다. 너희는 대가를 치를 것이라고!"
 소년의 모습을 빌린 사신이 무심한 목소리를 내뱉었다. 아직 셈은 끝나지 않았다.

 그믐밤이라 달은 외출하지 않았다. 대신 별들은 눈이 부실 정도로 찬란했다. 바다에도 별빛이 깃들었는지 넘실거리는 검은 표면 위에도 진줏가루를 뿌려놓은 듯 빛이 반짝거리고 있었다.
 검은 해풍호는 그렇게 반짝이는 검은 비단폭 위에 조용히 떠 있었다.

"얼래? 야, 점박아? 저게 뭐냐?"

"그… 글쎄요, 두목?"

해적왕 도곡의 질문에 점박이 '막풍' 은 머리를 긁적였다.

딱!

예상대로 주먹이 날아왔다.

"제 · 독 · 님!"

한 자 한 자 강조하며 도곡이 다시 한번 언성을 높였다. 막풍의 입이 댓발이나 튀어나온다.

"벌써 돌아오나? 빠른 놈들일세. 그런데 왜 벌써 돌아오는 거야? 광해 놈, 설마 혼자 농땡이 치는 건 아니겠지?"

돌격대장 광해가 이번 일은 자신에게 맡겨 달라고 애원해 도곡이 이곳에 남아 있는 터였다. 믿고 있는 부하인지라 한번 맡겨보기로 했다. 일단 광해를 잘 키워놔야 나중에 자신이 편해질 수 있기에 많은 경험을 쌓으라는 차원에서 이번 작전을 맡겨놨던 것이다. 그 믿음직스런 수하가 추호의 망설임도 없이 자신이 있는 곳을 불었다는 사실을 안다면 도곡은 아마 눈이 까뒤집힐 것이다.

그는 눈을 게슴츠레하게 뜨고 본선을 향해 다가오는 상륙정을 바라보았다. 그것은 '엄청나게' 빨랐다.

"억수로 빠르네! 우리 애들이 언제부터 저렇게 노 젓기 실력이 좋아……?"

그러나 그는 하던 이야기도 채 마치지 못하고 말을 잃고 말았다. 그의 눈이 점점 더 확대되어갔다.

펑!…펑!…펑!

적막한 밤바다의 고요함을 한순간에 깨뜨리는 폭음이 연달아 울려 퍼졌다. 동시에 새하얀 물보라가 연달아 치솟아올랐다.

"뭐, 뭐냐? 함포 사격이냐?"

기겁한 채 얼른 몸을 숙이고, 두리번거리며 호들갑스럽게 외쳤지만 사방 어디에도 군선은 보이지 않았다. 그 게으른 놈들이 이런 야밤중까지 근무에 힘쓸 리가 없었다. 게다가 애초에 이 근방의 물길을 잘 아는 그들이 아니라면 이런 달조차 떨어진 야심한 밤은 좌초되기 딱 알맞았다.

폭음은 본선을 향해 달려오는 저 조그만 쾌속정에서부터 울려퍼지고 있었다.

"저, 저게 뭐다냐?"

"그, 글쎄여? 한 가지 확실한 건 우리 자랑스럽고 용맹한 해적들은 쥐새끼처럼 조용하게 다니지 저렇게 요란스럽게 다니지 않는다는 거죠."

"빨리 가서 중광을 불러와!"

도곡이 급히 외쳤다.

"옙, 두목님!"

상황이 상황인지라 도곡도 이번 건은 그냥 저축해두기로 했다. 점박이 막풍이 선실을 향해 달려갔고, 느긋한 자세로 해적답지 않게 놀랍게도 독서란 것을 하고 있던 지현구 중광이 부랴부랴 갑판으로 달려나왔다.

"무슨 일입니까, 두목?"

'이놈이고 저놈이고! 이놈들, 분명 일부러 반항하는 게 틀림없어!'

그 증거로 두목이란 말을 필요 이상으로 힘주어 발음하고 있었다. 하지만 지금은 그 문제로 싸우고 있을 틈이 없었다. 중광의 질문에 도곡은 말없이 한쪽을 가리켰다. 거기에 예의 그것이 있었다. 훨씬 가까워져 있었다.

품속에서 망원경(꽤 오래전의 약탈품이었다)을 꺼내 그쪽 방향으로 돌렸다. 그믐밤이었지만 별빛에 의지해 그것을 확인할 수 있었다.

중광의 입이 떡 벌어졌다.

펑!…펑!…펑!

쾌속정 뒤에서 물보라가 요란스레 솟아오를 때마다 배는 쏜살처럼 앞으로 내달렸다. 중광의 손에서 망원경을 가로채 오른쪽 눈에 대고 안력을 돋우어 바라본 도곡의 입 역시 쩍 벌어졌다. 믿지 못할 광경이 그곳에 있었다.

그 배에 타고 있는 것은 오직 한 명뿐이었다. 그것도 무척이나 젊은 소년이었다. 배 뒷전에 꼿꼿이 서 있는 소년이 바다를 향해 장력을 내뿜을 때마다 배는 날랜 돌고래처럼 앞을 향해 나아갔다. 그래도 양심에 찔렸는지 손에 노 하나는 들고 있었다.

"어떻게 할까요, 두목?"

망할놈! 언젠가 저 아구창을 확 찢어버릴 것을 맹세하며 도곡이 지시를 내렸다. 저것의 적의는 명확했다.

"총원 전투배치! 지금부터 본 함은 전투에 들어간다."

중광이 복창했다.

"알겠습니다, 두목님! 본 함은 지금부터 전투에 들어갑니다, 두목님! 총원 전투배치입니다, 두목님!"

'안 그래도 바쁜데! 뿌드득!'

도곡의 이마에 검푸른 핏줄이 포효하는 지렁이처럼 꿈틀거렸다. 그는 불편한 심기를 감출 의향이 전혀 없었다.

"야, 갈매기!"

아주 옛날 옛적 별명으로 다시 불린 중광은 순간 찔끔했지만 애써 태연함을 유지했다.

"예, 아직 용건이 남으셨습니까, 두목님?"

"너, 아주 노골적이다."

"무슨 말인지 잘 모르겠습니다, 두목님!"

딴청을 피우며 중광이 대답했다.

"뭐 좋아! 나중에 두고보자!"

지금은 먼저 해야 할 일이 있었다.

"현명한 판단이십니다, 두목님!"

중광이 맞장구를 쳤다. 도곡이 다시 큰소리로 명령했다.

"등화관제(燈火管制) 해제(解除)! 불을 밝혀라!"

주위의 이목을 피하면서 보다 완벽한 은신을 하기 위해 갑판의 불은 모두 꺼둔 상태였다. 하지만 이런 암흑은 몸을 숨기기에는 더없이 이로울지 모르나 전투에는 적당하지 않았다.

갑판 위가 순식간에 대낮처럼 밝아졌다.

"궁수대, 좌현 배치! 빈둥거리는 나머지 놈들도 남은 활을 들고 집합! 쇠뇌 준비! 전투용 투망 준비! 뭔가가 온다. 무조건 쏴버려! 수장시켜버려! 밤바다에 꼬르륵 안녕이다. 생선 먹이로 안겨줘라!"

도곡이 고래고래 악을 쓰며 명령했다. 왠지 모를 본능적인 두려움이 엄습했던 것이다. 그의 감은 잘 맞는 편이었다.

도곡의 명령에 따라 갑판 위가 분주해졌다. 그의 명령은 신속하고 정확하게 어김없이 지켜졌다. 근래 이 남해에서 유명세를 타고 있는 해적답게 일사불란하고 신속한 움직임이었다.

궁수대가 배치되고, 쇠뇌가 장전되고, 시위가 당겨졌다. 아직도 배에는 오십 명 이상의 수하들이 남아 있었다. 어차피 떼거지로 움직여 봤자 나 여기 있다고 광고하는 꼴밖에 되지 않기에 뭍에는 많이 내보내지 않았던 것이다.

여기저기서 '준비완료입니다, 두목님!' 이라는 대답이 들려왔다. 그 소리를 들을 때마다 도곡의 속은 부글부글 끓어올랐다. 이마에 돋아난 핏줄이 더욱 도드라진다.

"야, 이 바보 천치들아! 제독님이라니깐, 제독!"

이런 놈들을 부하랍시고 믿고 해적질하고 있었다니……. 갑자기 자신이 비참해지기 시작했다. 한숨이 푹푹 새어나온다.

이번 일이 끝나면 이놈들 몽땅 정신재무장을 시켜버리고 말리라고 그는 결심했다.

열 받아 있는 두목은 무시하고 중광이 명령했다.

"다들 대기! 기다려라! 사정거리 경계에서 오장 안까지 들어오면 일제히 쏘는 거다. 사거리에 진입했다고 성급하게 쏘면 날아간 화살에 힘이 실리지 않아 치명상을 입히지 못한다. 화살 낭비다. 2열 교차 연환사진(連環射陣) 준비."

지현구라는 별호답게 중광의 지휘는 상당히 유능하고 군더더기가 없었다. 그는 오른손을 높이 들어올린 자세로 기다렸다.

마침내 쾌속정이 사정거리 안에 들어왔다. 마른침을 꿀꺽 삼키며 해적들은 초조하게 기다렸다.

다시 소년의 장심에서 두 번의 장력이 발출되자 배는 벌써 오장 거리를 이동해 있었다.

"일제 사격!"

들려 있던 손이 떨어짐과 동시에 수십 발의 화살과 세 발의 쇠뇌가 검게 출렁이는 밤바다를 향해 날카로운 파공성을 내며 날아갔다. 피 냄새를 맡고 먹이를 향해 달려드는 상어 떼처럼 무서운 기세였다.

쾌속정을 타고 맹렬한 속도로 밤바다를 가로지르던 은명은 가소롭다는 듯 노를 풍차처럼 휘둘러 자신을 향해 날아오는 화살들을 막아냈다. 풍차처럼 회전하는 노에서 발생한 거대한 바람의 기류가 그를 향해 날아오는 화살들을 사방으로 튕겨냈다.

"내공이 실리지 않은 평범한 화살로 무림인을 막을 수 있을 것 같나? 웃기는군."

무심한 얼굴로 은명이 중얼거렸다.

꽤나 자신 있었던 첫 공격이 무위로 돌아가자 도곡과 중광의 얼굴이 급변했다.

"젠장, 역시 무림인이다. 그것도 상당한 고수다. 화살은 별로 소용없다. 쇠뇌수, 배를 노려라! 침몰시키는 거다."

중광의 말 그대로였다. 진기가 실리지 않은 화살로는 일류고수의 움직임을 봉하는 정도가 고작이었다. 더구나 절정고수라면 무용지물이나 다름없었다.

"쾌풍전을 장전해라!"

세 대의 거대한 쇠뇌가 일제히 쾌속정을 향했다. 그 위로 쇠몽둥이 같은 대를 지닌 화살이 장전되었다. 쾌풍전은 쇠뇌용으로 특별히 제조된 화살로 함대전을 가정하여 만들어진 무기였다. 이거라면 저런 작은 나무배는 일격에 구멍을 뚫을 수 있었다. 게다가 웬만한 강호고수도 맨몸으로 이걸 받아낼 수는 없다.

"발사!"

피유유유유유융!

한층 더 날카로운 소리가 밤하늘에 울려퍼지며 쾌풍전은 무서운 속도로 은명이 탄 쾌속정을 향해 질주해갔다. 한 대는 빗맞았다. 두 번째는 노를 이용해 비껴내듯 튕겨버렸다. 쾌풍전의 묵직한 중량감이 손끝에서 느껴졌다.

쾅!

그러나 세 번째는 정확하게 배의 선수부에 뻥 하고 구멍을 뚫고는 바다로 도망쳐버렸다. 무겁고 큰 만큼 파괴력은 대단했다. 충격의 반동으로 인해 은명의 몸이 허공중에 던져졌다. 거대한 힘이 선수를 때리자 후미가 크게 들어올려졌던 것이다.

"맞았다! 아싸!"

도곡과 중광은 서로를 얼싸안고 좋아서 팔짝팔짝 뛰었다. 그러나 기쁨도 잠시…, 둘은 더욱 놀라운 광경을 목격해야만 했다. 바다로 떨어져 허우적거릴 줄 알았던 소년이 무시무시한 속도로 해면을 박차며 물 위를 달려 자신들에게로 다가오고 있었다.

"귀, 귀신이다!"

일부 무식한 해적들이 그 모습을 보고 기겁하여 소리쳤다. 사람이 육신을 걸치고 물 위를 달리다니! 그들로서는 듣도보도 못한 경지인지라 귀신의 소행으로밖에 치부할 수 없었던 것이다.

그러나 도곡과 중광은 달랐다. 그들은 그 나름대로 일류의 무공을 지닌 고수들인 것이다. 무림인이라고 다 같은 건 아니다. 격이란 것이 존재한다.

문제는 지금의 자신들과 자신들을 향해 달려오는 존재 사이에도 커다란, 차마 입에 담기 힘든 격차가 존재한다는 것이다.

"드, 등평도수! 그, 그런 바보 같은! 말도 안 돼! 그딴 건 이야기나 전설 속에 있는 거라고."

혼란에 빠진 도곡이 게거품을 물며 광인처럼 외쳤다.

"쏴라! 쏴! 절대 올려보내서는 안 된다!"

수하들을 향해 윽박지르면서도 도곡은 왜인지 깨달을 수 있었다. 이미 광해 일행은 영영 돌아오지 못할 길을 가버렸다는 사실을! 저기에서 죽음의 사신이 달려오고 있었다.

인간들은 사신의 발걸음을 막기 위해 안간힘을 썼다. 그러나 아무 소용이 없었다. 해수면 위를 육지처럼 달려오고 있는 그 존재는 날아오는 화살을 가소롭다는 듯 쳐내고 피해내며 계속해서 거리를 좁혀왔다. 그리고 마침내 배의 홀수선 앞까지 도착했다.

펑!

폭음과 동시에 삼장 높이의 거대한 물보라가 솟구쳤고, 동시에 은명이 갑판 위에 내려섰다.

후두둑!

솟구쳐오른 물보라가 비가 되어 갑판 위를 때렸다. 그럼에도 은명의 옷은 젖은 곳이 한군데도 없었다.

"너, 넌… 누, 누구냐?"

도곡이 떠듬거리는 목소리로 물었다.

"사신!"

무심한 목소리로 은명이 대답했다.

"저항해도 죽고, 저항하지 않아도 죽는다. 어떻게 할 테냐?"

그는 그야말로 '죽음' 그 자체였다.

"항복하죠? 이대로는 개죽음입니다."

중광이 도곡의 귀에 대고 재빨리 속삭였다. 현재의 정황으로 미루어볼 때 그의 판단은 최선의 것이었다. 그러나 도곡은 이미 이성을 상실한 상태였다.

"그, 그런다고 저 괴물이 우릴 살려줄 것 같으냐! 애들아, 모두 쳐라! 공격해. 몽땅 달려들어!"

도곡이 고래고래 악을 썼다. 그러나 그의 발악성은 공기중에 공허하게 흩어지고 말았다. 그에 따르는 이가 아무도 없었던 것이다.

"뭣들 하느냐? 어서 공격해! 어서!"

그러나 역시 아무도 공격하는 이가 없었다. 그들은 마치 주박(呪縛)에라도 걸린 사람처럼 꿈쩍도 하지 않고 있었다.

이들은 본능적으로 느끼고 있는 것이다. 이 사내를 공격하는 것은 곧 죽음을 의미한다는 것을……. 그들의 본능이 못이 되어 그들의 발을, 움직임을 봉쇄하고 있었다.

잠자코 지켜보고 있던 중광이 도곡의 어깨에 '턱' 하니 손을 올렸다. 평상시라면 상상할 수 없는 행동이었다.
'뭐야?' 라고 묻는 얼굴로 도곡이 뒤돌아보았다.
"어쩔 수 없군요. 두목의 그 드높은 용기, 이 지현구 중광은 감복할 따름입니다!"
엄숙하다 못해 경건한 얼굴로 중광은 시를 읽듯이 읊조렸다.
"야, 임마! 무슨 소리야? 엉?"
중광은 그 질문에는 대답하지 않았다. 이제 그럴 필요가 없었던 것이다.
"뒤를 맡기겠습니다. 두목! 자, 그럼! 안녕히!"
"크르르르! 너, 자꾸 두목, 두……."
그러나 분노에 떨고 있는 도곡의 말은 끝까지 이어지지 않았다. 그 말과 동시에 잽싸게 몸을 틀어 과감하게 바다로 뛰어드는 중광의 모습이 선명하게 눈에 잡혔던 것이다. 사무치는 배신감에 그의 입이 쩍 벌어졌다.
'오오, 어디서 저런 용기가!'
밤바다의 냉기와 어둠을 두려워하지 않는 그의 용맹스런 행동에 감화된 수하들이 너나 할 것 없이 일제히 무기를 버리고 밤바다를 향해 몸을 던졌다. 개중에는 영리하게 나무통을 하나 끼고 뛰어내리는 이도 있었다.
풍덩, 풍덩, 풍덩!
여기저기서 요란스레 물기둥이 솟아올랐다. 이번에는 은명도 딱히 다른 제지를 하지 않았다.
"현명한 부하들이구나. 용감하고! 하지만 저들 중 얼마나 살아서 다시 육지를 밟을 수 있을까?"

밤바다의 냉기는 아무리 따뜻한 남해라 해도 무시할 수 없다. 세 시진 안에 육지에 도착하지 못하면 저체온증으로 사망할 가능성이 높았다. 아니면 체력이 떨어져 익사하거나. 이들 중 상당수는 죽고, 일부만 살아남을 것이다. 누가 살고 누가 죽을지는 오직 신의 영역이었다.

"이, 이럴 수가……."

망연자실한 표정을 한 채 부들부들 떨고 있는 도곡 앞에 은명은 칼 한 자루를 던져줬다. 갑판에 떨어져 박힌 칼날이 부르르 소리를 내며 떨렸다.

은명이 물었다.

"너도 배를 버리고 저들과 함께 행동할 테냐?"

도곡이 버럭 소리쳤다.

"웃기지 마라! 선장이 자신의 배를 버리는 법은 없다. 배와 함께 운명을 함께하는 자만이 선장이라 불릴 자격이 있는 것이다."

비록 해적이긴 해도 그는 뼛속까지 뱃사람이었다.

"그 용기를 봐서 자결한다면 시체만은 온존하게 해주마!"

감정이라고는 일말도 느껴지지 않는 목소리였다. 방금 던져준 칼은 아무래도 자결용이었던 모양이다.

"까불지 마라! 네놈 같은 젖비린내 나는 애송이 손에 죽을 성싶으냐!"

날이 시퍼렇게 선 강도를 꺼내든 도곡이 광분한 야수처럼 사납게 달려들었다.

"어리석은!"

은명은 가벼운 동작 하나로 그의 옆을 스치듯이 지나갔다. 산들바람 같은 움직임이었다.
"팟!"
순간 은실보다 가느다란 빛이 밤바다 위를 갈랐다.
두 사람의 위치가 순식간에 바뀌었다.
"이번에도 피할 수 있을 것 같으냐!"
재빨리 몸을 튼 도곡이 사납게 외쳤다. 그러나 은명은 적에게 등을 보인 채 움직이지 않았다.
"뭐… 뭐냐, 그 시건방진 태도는? 지금 무시하는 거냐?"
그러나 은명은 대답하지 않았다. 왜냐하면 더 이상 움직일 필요가 없었던 것이다. 사신은 뒤도 돌아보지 않고 무심한 목소리로 말했다.
"이미 죽은 자와 나눌 이야기는 없다."
순간 도곡의 남아 있는 오른쪽 눈이 부릅떠졌다.
끼이이이이이이이익!
녹슨 경첩이 비틀릴 때나 날 법한 귀에 거슬리는 소리가 등뒤에서 들려왔다.
검은 해풍호에서 가장 높은 중앙 돛대(메인 마스트)가 천천히 옆으로 비스듬하게 기울어지고 있었다.
그 밑동은 무엇인가 예리한 것으로 잘린 것처럼 분리되어 있었다. 그 절단된 경사면을 타고 지금 돛대는 무너지고 있는 것이다.
절망과 공포 속에 부릅떠져 있던 도곡의 오른쪽 눈의 떨림이 정지했다. 반쯤 '헤' 벌어져 있던 입도 정지했다. 그의 목 부위에 선명한 붉은 선이 그려졌다.

은명은 조용히 눈을 감았다.

푸아아아악!

은명의 등 저편에 굳어 있던 도곡의 목에서 피분수가 솟아올랐다. 갑판으로 쓰러지는 돛대에 걸린 하얀 돛이 비산한 피에 젖어 붉게 물들었다. 그의 수하들이 날마다 닦던 갑판 위는 지금 해수 대신 붉은 피로 홍건했다. 그의 몸이 밀짚인형처럼 힘없이 갑판 위로 무너져내렸다.

남해를 주름잡던 검은 해풍의 두목, 두목이라기보다 제독이라고 불리고 싶어했던 사내, 편목왕 도곡의 최후였다.

"어리석은! 자결하는 것이 더 편했을 것을……."

은명이 오른손을 들어올리자 새하얀 백광이 그곳으로부터 뿜어져 나왔다. 마치 손으로 검강을 뽑아낸 듯했다. 수강(手罡)이었다.

그는 망설이지 않고 새하얗게 빛나는 손을 힘껏 아래를 향해 내질렀다.

쾅!

배 전체를 뒤흔드는 듯한 굉음이 울려퍼졌다. 그의 발밑으로 깊고 커다란 구멍이 뚫렸다. 몇 겹의 바닥을 지나 맨 밑바닥 선저에 이르자 그곳에서는 콸콸콸 바닷물이 들어오고 있었다. 단 일격에 배 밑창까지 뚫어버린 것이다. 놀라운 힘이었다.

"우리의, 우리의 배가…, 우리의 검은 해풍호가… 가라앉아간다."

밤바다에서 얼굴을 내민 채 둥둥 떠 있던 중광의 입에서 망연자실한 목소리가 흘러나왔다. 그뿐만 아니라 그와 함께 뛰어내린 여러 명의 수하들 역시도 마찬가지로 망연자실하긴 매한가지였다.

이제 그들은 돌아갈 장소를 잃은 것이다.
"사신…, 역시 그자는 사신이었다. 사신……."
망연한 목소리로 중광이 중얼거렸다.
이후 이 남해 앞바다에 검은 해풍이란 이름이 들려오는 일은 두 번 다시 없었다.

가지런한 속눈썹이 파르르 떨렸다. 이윽고 감겨 있던 눈이 살짝 반개했다.
"여기는……."
"이제 괜찮아요."
"해, 해적은?"
기절하기 전에 무슨 일이 있었는지 기억해낸 독고령의 몸이 격하게 움찔거렸다. 은명이 그런 그녀를 진정시켰다.
"괜찮아요! 이제 그들은 어디에도 없어요. 그러니 안심하고 쉬어도 돼요."
조용하게 미소지으며 은명이 말했다. 조금 전 사신의 강림을 보는 듯했던 그 냉혹함과 잔인함은 지금 이 순간 온데간데없이 사라지고 없었다.
"어, 어떻게?"
감각이 완전히 돌아오지는 않았지만 주변에 사문의 사람들은 없다는 것을 알고 있었다. 인기척은 오직 은명 한 사람뿐이었다.
"서, 설마!"
놀란 눈으로 은명을 바라본다. 그는 부정하지 않은 채 조용히 미소

짓고 있었다. 신비한 미소였다.
"구해준 거네요……."
 독고령은 조용히 미소지었다. 은명이 묵묵히 고개를 끄덕였다. 자초지종 따위는 아무래도 좋았다. 그녀는 그가 자신을 구해줬다는 사실이 무엇보다 기뻤다.
"고마워요."
 속삭이듯 말했다. 그 따뜻한 숨결이 귀를 간질이자 그의 가슴속에서 뭔가 뜨거운 열기가 치솟아올랐다.
"몸은 어때요?"
"꽤, 괜찮아요. 아직 약간 어지러운 것을 빼면……."
 독고령이 대답했다.
"큰 상처가 없어서 다행이에요."
 그녀가 조용히 고개를 끄덕였다. 그러다가 고개를 수그리고 눈을 감은 채 한참 동안 침묵했다.
 고개를 숙이고 있는 독고령을 은명은 지켜보기만 했다. 이런 경우 어떻게 해야 되는지는 전혀 배운 적이 없었기 때문이다. 가늘게 떨리던 길고 가는 속눈썹의 끝에서 무엇인가가 반짝였다.
 독고령이 갑자기 은명의 품에 와락 안겨들었다. 은명은 잠시 당황하다가 떨리는 손으로 그녀의 몸을 감싸안아주었다. 여인 특유의 향기가 그의 코를 찔렀다.
"흑…, 흑……."
 그의 품에 안겨 독고령이 흐느끼기 시작했다. 은명은 더욱 난감해졌다. 우는 여자는 이 세상 최강이라는 이야기를 어디선가 들은 적이 있는데 아무래도 그 말은 사실인 듯했다. 사신이 여자의 눈물에 겁을 먹고 당황하고 있는 것이다.

"무서웠어요, 엉엉……. 무서웠어요, 엉엉엉. 정말, 정말… 무서웠어요……."

그녀에게는 이것이 첫 실전이었다. 사문의 사자매들과 연습대련을 한 적은 있어도 직접 생사의 격전지에 뛰어들어 싸운 적은 한번도 없었다. 칼끝에 스러져가는 생명, 칼이 타인의 살을 헤집을 때마다 손바닥을 타고 느껴지는 미묘한 감촉, 코를 자극하는 강렬한 피비린내, 고막을 울리는 비명. 모든 것이 아직 그녀의 정신이 견뎌내기에는 과중한 충격이었다. 아직 그녀는 소녀인 것이다. 이런 실전은 너무 일렀다.

은명은 조용히 그녀를 안고 조심스럽게 등을 토닥여주었다. 그리고 부드럽게 등을 쓰다듬어주었다.

"누구나 어른이 되기 위해서는 어떤 장벽을 넘지 않으면 안 되죠. 현실은 상상보다 더 냉혹하니까요. 때로는 힘들고, 때로는 잔인하지만 피해갈 수는 없어요. 그것이, 그 장벽을 하나하나 넘어간다는 것이 삶을 살아간다는 것이니까요. 하지만 걱정하지 말아요. 내가 곁에 있잖아요. 한 사람보다는 두 사람이 더 쉽게 장벽을 넘을 수 있을 거예요……."

독고령은 아직도 눈물이 글썽이고 있는 흑진주 같은 두 눈을 들어 은명을 바라보았다. 그의 눈에서 조금 전 수십 명의 해적들을 저 세상으로 보내버린 귀신 같은 차가움은 발견할 수 없었다.

눈물로 범벅이 되어 엉망이 된 얼굴로 독고령은 웃었다.

"헤헤헤, 얼굴… 엉망이죠?"

확실히 눈은 토끼처럼 빨갛고, 머리카락은 헝클어져 있었다. 하지만 동시에 무척이나 사랑스러운 얼굴이기도 했다. 은명은 부드러운 미소를 머금은 채 고개를 가로저었다.

"아니요, 아주 예뻐요!"

두 사람은 한동안 조용히 서로를 바라본 채 그대로 있었다. 말은 필요 없었다.

이 순간 두 사람의 의식은 하나로 이어졌는지도 모른다.

해안가 절벽에 뚫린 한 동굴 안쪽에서 모닥불이 타닥타닥 소리내며 타오르고 있었다. 하지만 독고령의 차가웠던 몸을 녹여주는 것은 그 불꽃보다 더 뜨겁게 느껴지는 한 사람의 체온이었다.

긴장이 한순간에 풀리자 마음 한구석이 텅빈 듯 공허해졌다. 마음의 우물 속에서 물이 모두 빠져나가기라도 한 듯 무기력했다. 죽을 위기에 처하기도 하고, 수면침을 맞고 쓰러져 해적에게 납치당할 뻔하기도 했으니 정신은 이미 그녀 같은 소녀의 가녀린 신경이 견뎌낼 내성 한도를 오래전에 넘어서고 있었다.

그리고… 사람을 벤 것은 처음이었다. 강호에 몸담고 있는 이상 각오는 하고 있었지만 생각보다 견디기 힘들었다. 미칠 듯이 누군가가 그리웠다. 인간의 온기를 지금 이 순간처럼 간절히 원했던 적은 한번도 없었다.

그때 부드럽고 따뜻한 그 손이 그녀의 귀밑머리를 부드럽게 쓰다듬어주었다. 자신이 오열할 때 힘껏 안아주었던 바로 그 손이었다.

그 손길에 얼마나 큰 위안을 받았던가. 그의 존재가 아직도 혼란과 공허 속에서 빠져나오지 못하고 있는 그녀에게 큰 힘이 되어주고 있었다.

"괜찮겠어요?"

그가 물었다. 자상한 목소리다. 소녀는 입을 열지 않고 조용히 고개를 끄덕였다. 왠지 부끄러워 말을 할 수 없었다.

'이 남자라면 좋다'고 생각했다. 이 결정에 대해 후회는 없었다. 그녀의 텅 빈 마음이 그것을 바라고 있었다. 지금 그녀에게는 무엇보다 그가 절실히 필요했다.

사람의 온기를 느끼고 싶었다. 아직도 비릿한 피 냄새가 그녀의 심상을 지배하고 있었다. 그것을 지워줄 다른 손길이 필요했다. 그리고 지금 그녀의 곁에는 그가 있었다. 자신을 구해주고 따뜻하게 감싸주었던 그 손의 주인이었다. 얼굴을 쓰다듬는 그의 손길이 너무나 자상하고 부드러워 눈물이 나올 것만 같았다. 그의 손끝을 타고 인간의 온기가 전해져왔다. 기와 기가, 영혼과 영혼이 서로 감응하고 있었다.

위를 바라보자 그의 등뒤로 불꽃에 흔들리는 그림자의 일렁이는 모습이 들어왔다. 이윽고 그 밑으로 그의 눈이 들어왔다. 자상함이 넘치는 눈이었다. 그녀는 살며시 눈을 감았다.

두 사람의 입술이 조용히 겹쳐졌다

그녀의 감겨진 양쪽 눈에서 볼을 타고 주르륵 눈물이 떨어졌다.

쏴아아아아!

귓가로 잔잔한 파도소리가 자장가처럼 아늑하게 들려오고 있었다.

행복…했다.

종막(終幕)
폭풍 속의 비가(悲歌)

그는 처음부터 존재하지 않았던 몽환의 신기루(蜃氣樓)처럼 눈앞에서 사라졌다. 이유는 알 수 없었다. 다만 반드시 돌아오겠다는 말만이 동굴의 회색빛 벽에 음산하게 남아 있을 뿐이었다.

독고령은 오열했다. 텅빈 마음이 창칼로 도려내어진 듯 고통스러웠다. 하지만 비명이 목에 걸려 나오지 않았다. 눈물만이 소리 없는 비통 속에서 하염없이 흘러나와 땅바닥을 적셨다.

그는 허깨비처럼 사라지고, 기약 없는 약속만이 남았다. 그녀는 기다리기로 했다. 그를 찾아나서려 해도 아무런 단서도 없었다. 기다림은 상상을 초월한 인내가 필요한 작업이었다.

그리고 그로부터 일 년이 지났다.

"드디어… 드디어……."

왔다! 일 년 만에 처음으로 은명으로부터 소식이 왔다. 서찰을 든 떨리는 두 손에 무의식중에 힘이 들어갔다.

"은명……."

손에 든 서찰을 꼭 움켜쥐고 소중하게 품에 안으며 독고령이 뇌까렸다. 너무나 기뻐서 눈물이라도 날 것 같았다.

"바보, 일 년 만의 첫 소식이라니 엄청 지각이잖아!"

만나면 그 게으름에 핀잔을 주든지 항의를 하든지 해야겠다고 결심했다. 하지만 그녀는 그 결심을 끝내 실행하지 못했다.

발등에 불 떨어진 사람처럼 서두르는 기색이 역력한 독고령을 나예린이 급히 붙잡았다. 평소에도 항상 활기가 넘치는 그녀였지만 지금의 모습은 확실히 지나쳤다. 뒤쫓아오는 시간에게 살해라도 당할까봐 겁에 질려 필사적으로 도망치는 듯한 모습이었다.

"잠깐 기다려주세요, 언니!"

시간이란 이름의 흉악범으로부터 필사적으로 도망치고 있는 독고령을 나예린이 급히 붙잡았다. 그러기 위해서 나예린은 날뛰는 야생마를 진정시킬 만큼의 수고를 들여야만 했다.

"무슨 일이지, 사매? 나 지금 바쁘거든! 나중에 얘기하면 안 될까?"

독고령은 안달난 사람처럼 안절부절못하고 있었다. 시간이 시퍼렇게 날 선 식칼을 손에 들고 쫓아오는 것도 아닌데 그녀는 허둥대며 몸부림치고 있었다. 그 몸부림 속에서 나예린은 어떤 '필사의 의지'마저 느낄 수 있었다.

그러나 그녀의 옷자락을 꼭 붙잡은 나예린은 놓아줄 생각을 하지 않고 있었다. 아니, 오히려 더 힘껏 이 시간에 쫓기는 하얀 야생마의 옷자락을 고삐 대신 붙잡았다. 그 강한 손길에는 어떤 보이지 않는 단호한 의지가 느껴졌다.

"사매……?"

이 단호한 의지 표현을 접한 독고령이 의아한 얼굴로 반문했다. 나예린이 이런 식으로 적극적으로 과격한 행동을 한 적은 지난 수년 간 한 번도 없었던 것이다.

"언니, 오늘은 나가지 않는 게 좋겠어요."

조용하고 단조로운 목소리로 나예린이 말했다.

"왜?"

"그냥요."

 불안한 표정을 애써 감추며 나예린이 대답했다. 하지만 그 대답은 무척이나 궁색한 것이었다. 점점 더 사매답지 않은 태도에 독고령은 어리둥절할 수밖에 없었다.

"그냥이라고? 이상한 말을 다 하는구나! 뭘 불안해 하는 거니? 요즘은 해적들이 나오는 일도 없지 않니?"

 일 년 전, 남해의 대해적 편목왕 도곡의 죽음과 그가 이끄는 해적단 검은 해풍의 붕괴라는 대사건이 발생한 이후 이곳 앞바다에 출몰하던 해적들의 출현 빈도는 눈에 띄게 줄어들었다. 그 사건 이후 보타암을 건드리는 자는 아무도 없었다. 다들 검은 해풍의 전철을 밟고 싶지 않은 것이다. 때문에 이곳은 사건다운 사건 하나 없이 지루하다 해도 좋을 정도로 평화로웠다.

"그래도… 뭔가 불길해요. 오늘은 나가지 않으면 안 될까요? 부탁이에요, 사자!"

 나예린의 목소리에는 어떤 절실함이 느껴졌다. 보통 때라면 군소리 없이 그 말에 따랐으리라. 하지만 지금은 그녀 역시 매우 절박했기 때문에 그럴 만한 여유가 없었다.

"미안, 걱정 끼쳐서! 하지만 걱정 마! 나도 벌써 날개 석 장이라고! 그러니 안심해!"

 독고령은 어린 동생의 작은 양 어깨에 손을 얹은 채 애써 미소지어 보임으로써 자신의 사매를 진정시켰다.

 독고령의 눈동자에서 소용돌이치는 결의를 읽은 나예린은 더 이상 그녀를 막을 수 없다는 것을 알았다.

"그, 그럼 조심하세요! 제발요!"

황혼녘부터 이상하게 불안감이 가시지 않고 있었다. 심장 위에 바위가 얹어진 것처럼 답답했다. 처음 느껴보는 감정이었다.

독고령이 보기에도 이렇게 불안해 하는 나예린의 모습은 처음이었다. 어떻게든 안심시켜줘야 할 필요성이 느껴졌다.

"걱정 마! 금방 주변만 둘러보고 올 테니깐!"

되도록 각 내에 머물러 나이 어린 사매를 안심시켜주고 싶은 마음도 없지는 않았지만 은명을 다시 만나고 싶다는 마음은 그것에 훨씬 앞서고 있었다. 넘쳐흐르는 감정의 파도는 이성의 둑으로 저지하기에는 이미 그 파고(波高)가 너무 높았다.

"이런 날씨에……."

밤하늘은 밤보다 더 어두운 먹구름에 가려 별도 달도 자취를 감추고 있었다. 금방이라도 장대비가 쏟아질 것 같았고, 바람은 대기를 할퀴듯 사납게 불어닥치고 있었다. 여기저기가 폭풍의 위험한 냄새로 가득 차 있었다.

그러나 독고령의 결심은 확고했다.

'미안, 사매! 하지만 오늘 밤엔 꼭 나가봐야 해!'

그로부터 일 년, 마침내 그에게서 연락이 온 것이다.

"독고 사자!"

어린 사매의 작은 손을 뿌리치고 마침내 독고령은 문을 열고 밖으로 달려나갔다. 열어젖힌 문을 통해 바람이 위잉 용트림을 하듯 거세게 불어닥쳤다. 천근추라도 발휘해 힘주고 서 있지 않으면 나예린 같은 작은 체구의 여자아이는 저만치 뒤로 날려버릴 정도로 거센 강풍이었다.

"언니……."

점점 멀어지는 독고령의 뒷모습을 나예린은 아련한 시선으로 바라보았다. 사나운 바람이 그녀의 전신을 때렸다. 바람은 점진적으로 자신의 흉폭함을 고양시키며 창문과 입구를 요란스레 두들겨댔다. 하늘을 빈틈없이 메운 불길한 검은 먹구름이 그녀의 불안감을 더욱 부채질하고 있었다.

"아무 일도 없으면 좋을 텐데……."

이 터질 듯한 가슴의 고동이 그저 자신의 지나친 강박관념이길 그녀는 기원하고 또 기원했다.

번쩍!

먹장구름이 두껍게 드리운 하늘에 창백한 뇌광이 번뜩였다.

콰르르르릉!

귀청을 찢는 천둥이 하늘과 땅을 진동시켰다.

한 방울, 두 방울!

비가 고인 웅덩이 위에 동심원의 파문을 그리며 떨어지기 시작했다. 폭풍이 다가오고 있었다.

'그때 사매의 말을 들었어야 했을까?'

몇 번이고 후회했는지 모른다. 하지만 당시 그녀의 머릿속은 그에 대한 생각으로 가득 차 있었기 때문에 다른 생각을 할 겨를이 없었다.

그렇게 운명은 비극을 향해 맹렬한 속도로 달려가고 있었다.

사나운 폭풍을 동반한 폭우가 이 세상의 모든 소리를 삼키며 하늘에서부터 떨어져내렸다. 지금부터 일어날 일을 대신 슬퍼해주기라도 하듯이……. 하지만 하늘은 앞으로 일어날 일에 대해 슬퍼해줄 수는 있어도 막아줄 생각은 없는 모양이었다. 잔인한 하늘이었다.

덜덜덜!

허투로 만들고, 제멋대로 날이 빠진, 제대로 갈지도 않은 검을 제자들에게 지급할 검각이 아니었다. 자랑해도 좋을 만큼, 자부심을 가져도 좋을 만큼 검은 날카로웠다. 검의 주인 역시 손질을 소홀히 한 적은 한번도 없었다. 하지만 그 예기 충만한 보검이 지금은 난폭한 바람에 괴롭힘당하는 사시나무처럼 떨리고 있었다.

"가, 가까이 오지 말아요."

검을 중단세로 겨누고 있는 독고령의 얼굴은 지금 눈물로 범벅이었다. 항상 밝고 활기찬 생명의 빛이 넘치던 그 보석은 지금 절망과 공포와 비통함으로 인해 빛이 바래 있었다. 애절한 모습이었다.

행복했던 꿈이 한순간에 저 어둠의 나락 깊은 곳에 서식하는 악몽이 되었다.

"제발, 제발 더 이상 가까이 다가오지 말아요!"

산산조각 부서진 심장을 강제로 비틀어 쥐어짜낸 절규가 터져나왔다.

저벅, 저벅!

그러나 그 남자는 발걸음을 멈추지 않았다. 그의 얼굴에는 지금 잿빛 석회로 빚어놓은 듯 어떤 감정의 변화도 느껴지지 않았다.
"제발! 제발!"
울먹거리며 외친다. 그것은 거절이나 거부가 아닌 간절한 소망이 담긴 애원이었다.
"은…명!"
자신에게 다가오는 그 남자의 이름을 부르자 마음이 달군 송곳에 난자당하는 듯했다.
하지만 그는 여전히 발걸음을 멈추지 않았다. 정확하고 규칙적이지만 어떤 변화도 찾아볼 수 없는 사자(死者)의 발걸음이었다. 그가 일보를 내딛을 때마다 그녀는 도망치듯 일보 뒤로 뒷걸음질쳤다.
독고령은 무서웠다. 그리고 두려웠다. 이 악몽의 한가운데서 한시라도 빨리 도망치고 싶었다. 그러나 그녀가 할 수 있는 것은 고작해야 뒷걸음질치는 것뿐이었다. 이토록 무서웠던 적은 처음이었다.
수많은 검기를 보고 배우고 익혔지만, 백기러기의 날개가 두 장에서 세 장이 되었지만 지금 이 순간만큼은 아무런 쓸모가 없었다.
사랑했던 님이다. 첫사랑이었고, 첫 남자였다. 향 한 대가 타기 전만 해도 두근거림에 상기된 뺨을 하고, 고동치는 심장소리에 귀를 기울이며 그 소리가 새어나가지나 않을까, 상대에게 들키지나 않을까 안절부절못하며 만났던 님이다. 그의 입에서 새어나온 그 거짓말 같은 한마디를 듣기 전까지는…, 아니, 지금 이 순간에도 아직 그를 사랑하고 있는지도 몰랐다. 왜냐하면 그 거짓말 같은 한마디로 모든 감정을 증오와 미움으로 돌리기에는 지난 일 년 간 키워왔던 연심이 너무 컸던 것이다.

"왜… 어째서…….."
 굳게 다물어져 있던 사내의 입이 천근이라도 되는 듯 무겁게 움직였다.
 "이것이 나의… 숙명이기 때문이오."
 유리구슬을 박아놓은 듯 무감정했던 사내의 두 눈에 처음으로 감정이라 부를 만한 것이 떠올랐다. 그것은 깊이를 알 수 없는 슬픔이었다.

 ―당신의 눈이 필요해!
 처음에는 질 나쁜 농담인 줄 알았다. 하지만 그것은 어떤 농담보다도 지독한 진실이었다.
 등을 타고 습기 찬 동굴벽에서 냉기가 전해져왔다. 더 이상 물러날 곳은 없었다. 그는 여전히 계속해서 일정한 속도로 인형처럼 다가오고 있었다.
 독고령이 검을 쥔 손의 악력을 더욱 높이며 외쳤다.
 "진짜… 찌르겠어요."
 그러나 은명의 얼굴에는 아무런 변화가 없다. 여전히 그의 눈은 슬픔으로 가득 차 있었고, 여전히 그의 몸은 무방비 상태였다. 네가 죽인다면 곱게 죽어주겠다는 그런 의지의 표현이기라도 한 것처럼……. 그 눈동자를 보고 있자니 차마 검을 찌를 수가 없었다. 게다가 검끝은 여전히 그녀의 마음을 대변하듯 세차게 떨리고 있었다.
 "비겁해요, 당신은 너무 비겁해요. 나의 눈이 필요하다면서, 내 목숨이 필요하다면서 왜 그런 죽을 듯 쓸쓸한 표정을 하고 있는 거죠?

왜 그렇게 슬픈 눈을 하고 있는 거냐고요? 악당이면 악당답게 좀더 야비하고 사악한 얼굴을 해보라고요. 그래서는… 그래서는… 도저히 찌를 수가 없잖아요."

 피를 토하는 듯한 절규이자 하소연이었다. 은명은 이 절절한 마음의 울림에도 발걸음을 멈추지 않고 계속해서 앞으로 다가갔다. 이제 두 사람 사이의 거리는 지척이었다.

 쿡!

 검극이 그의 복부에 닿았다. 독고령도 그것을 감지했다. 화들짝 놀라 고개를 치켜든다.

 이제는 멈추겠지……. 발걸음을 멈추면 다시 한번 이야기해보고 싶었다. 이런 심한 장난해서 미안하다며 그가 웃으면서 사과해주기를 바랐다. 그럼 모든 것을 용서해줄 수 있을 것 같았다. 그러나… 그는 멈추지 않았다.

 독고령이 피할 사이도 없이, 미처 대처하기도 전에 일은 일어났다. 그녀의 눈이 경악에 물든 채 가늘게 경련했다. 검끝이 복부에 닿은 것에도 아랑곳하지 않고 은명은 한 발짝 더 성큼 앞으로 더 내딛었던 것이다.

 푸욱!

 그의 몸이 도검불침의 금강불괴지체가 아니라는 것은 금방 판명되었다. 날카롭게 벼려진 검봉이 두 치가량 복부 안으로 파고들며 내장을 헤집었다. 상처 사이로 붉은 피가 폭포수처럼 쏟아져나왔다. 그러나 그의 표정은 여전히 무뚝뚝했다. 뿐만 아니라 이에 아랑곳하지 않고 무모하게 또다시 한 걸음을 내딛었다.

푸확!

마침내 복부를 관통한 검이 그의 등을 뚫고 선혈에 물든, 소름끼치게 아름다운 자태를 드러냈다. 앞에서만 흐르던 피가 이제는 뒤에서도 흐르고 있었다.

미친 짓이었다. 말도 안 되게 미친 짓이었다. 그렇다면 이런 터무니없는 미친 짓을 실행한 사람은? 더 물어서 무엇 하겠는가!

그는 찢어발겨진 신경과 제멋대로 거칠어진 간헐적인 호흡 때문에 목소리조차 제대로 내기 힘들어 보였다. 고통의 파도가 전신의 신경을 난도질하며 유린할 텐데도 그의 얼굴에는 여전히 아무런 변화가 없었다. 초인적인 인내력이라 할 만한 능력이었다. 다만 그의 눈에 담긴 슬픔의 빛만이 더욱 짙어졌을 뿐이었다.

"왜……? 왜……? 왜에에에!"

독고령의 입에서 처절한 비명이 터져나왔다. 아무리 애를 써도 이 나쁜 꿈에서 깨어날 방도가 없었다.

"대가… 이 상처는 대가야! 그동안 쌓았던 추억의 파편을 부수는 데 대한 대가. 그리고 나에게 남은 당신에 대한 마지막 상념, 이 상처가 영원히 사라지는 일은 없겠지. 그리고 나는 이 상처를 볼 때마다 당신을 생각하게 되겠지. 당신이 눈의 아픔을 떠올릴 때마다 날 생각하듯이……."

그의 목소리는 좀 전과는 다르게 차갑지 않았다. 그것은 그녀가 그토록 듣고 싶어하던, 일 년 전 그녀가 사랑하던 이의 바로 그 목소리였다. 그러나 그것은 그녀가 들은 마지막 목소리이기도 했다.

"만일 다음에 다시 만나도 나는 이미 내가 아니겠지. 잘 있어요, 내

사랑! 내가 사랑했던 님이여!"

그의 오른손이 천천히 그녀의 좌안을 향했다. 그녀의 얼굴이 창백하게 탈색되어갔다. 복부에 박힌 검을 뽑아들 생각은 전혀 하지 못하고 있었다. 공포로 인해 그녀의 안면근육이 파르르 떨렸다.

"싫어어어어어어!"

파삭!

인두로 불에 지진 듯한 고통과 함께, 달구어진 인두가 뇌 속을 유린하는 느낌과 동시에 필설할 수 없는 고통과 절망이 어둠과 같이 찾아왔다.

"꺄아아아아아아악!"

폭우가 미친 듯이 쏟아지는 가운데, 그 굉음을 뚫고 한 동굴에서 비명이 울려퍼졌다.

피투성이가 된 사내의 손 위에 눈알 하나가 올려져 있었다. 주인의 몸을 벗어난 그 눈알에는 더 이상 과거의 밤바다처럼 아련하던 그 빛을 찾아볼 수 없었다.

"은…명……."

정신을 잃은 독고령의 몸이 벼락을 맞은 탑처럼 우르르 무너졌다.

이날 이후, 그녀의 왼쪽 눈이 열리는 일은 두 번 다시 없었다.

종결(終結)
독고령

천무봉에 내리는 달빛을 바라보며, 독고령은 아파오는 좌안을 왼손으로 눌렀다. 그때를 떠올릴 때마다 상처는 어김없이 쑤셔왔다.
"은명……"

추억은 악몽에 의해 처절하게 짓밟혔다. 그가 사라진 일 년 간 그에게 무슨 일이 있었는지는 끝내 밝혀내지 못했다. 그것은 아직도 풀리지 않는 수수께끼로 남아 있다.

아름다웠던 추억을 안겨준 것도 그, 끔찍한 악몽을 새겨준 것도 그. 둘 모두 같은 사람이었다. 그러나 역시 그 둘을 동일하게 생각하기란 불가능했다. 현실감이 없는 것이다.

그녀의 인생이 짜낸 기억의 직물(織物)에는 과거 모서리의 일부가 커다란 오점(汚點)으로 더럽혀져 있었다. 그것은 지워지지 않는 얼룩이었고, 영원히 남아 있을 자국이었다.

시간의 씨실과 인연의 날실이 한데 얽혀 짜여진 과거란 이름의 직물 위에는 두 번 다시 새로운 문양을 새겨넣을 수 없다. 그것은 두 번 다시 재구성되지 않는다. 때문에 어떤 추악하고 혐오스런 오점도 지울 수 없다.

다만 강력한 환상의 최면이나 시간의 유장한 흐름으로 그것을 외면하거나 망각할 수 있을 뿐이다. 그것조차 불가능하다면 그 얼룩을 끌어안고 평생을 살아갈 수밖에 없는 것이다.

열정과 사랑과 빛과 환희로 빛나는 오색 수실로 수놓았던 그녀의 인생에서 최고로 아름다웠던 만다라(曼茶羅) 문양은 가장 어두운 칠흑의 먹물에 의해 무참하게 더럽혀지고 말았던 것이다.

독고령의 오른쪽 눈가를 타고 뜨거운 무엇이 흘러내렸다.

외줄기의 눈물. 그녀의 왼쪽 눈은 이제 울지조차 못하는 것이다.

'이제 잊었다고 생각했는데…….'

그것은 착각이었다. 자기기만이었다. 그것을 망각할 수 있을 리가 없었다. 다만 마주치길 외면하고 지금껏 무시해왔던 것에 불과하다.

두려웠으니까… 고통스러우니까… 그리고 슬프니까…….

'그런데 그 남자가 나타났다.'

추억과 함께 묶어 단단한 상자에 넣고 자물쇠를 굳게 걸어잠근 후, 그 위에 쇠사슬을 두르고 기억의 저편, 망각의 늪에 던져놓았던, 악몽을 봉인해놓았던 상자의 덮개가 다시 열렸다.

원인은 자명했다.

'대공자 비라 했던가…….'

지금 돌이켜보면 그렇게 많이 닮은 것도 아니었다. 그 당시 은명이 지녔던 상당 부분이 지금의 그에게는 누락되어 있었다. 하지만 그럼에도 비의 모습은 자신에게 무의식중에 그를 떠올리게 만들었다. 오늘의 선명한 꿈이 무엇보다 확실한 증거였다. 그것은 무의미하다고 치부하기에는 작지 않은 일이었다.

원인 없는 결과는 존재하지 않는다. 모든 결과에는 본질이라 해도 좋을 원인이 존재한다. 이를 인과율이라 칭한다. 불교에서는 업으로 표현하기도 하는 듯하다. 원인의 원인을 거슬러 올라가다보면 가장 근원적인 제1원인에 대해 파악하는 것까지 가능하다. 다만 그 원인이 인간의 눈으로 보기에 너무 복잡무쌍하게 얽혀 있어 파악해내기가 힘들 뿐이다.

인과율, 이를 피해 갈 수 있는 존재가 있다면 그것은 원인과 결과가 동일하며 나누어질 수 없는 신뿐일 것이다.

그렇다면 지금 이 시점에서 대공자 비란 사람과 만난 것도 우연이 아니라 어떤 인과율에 따른 필연인 것일까?
'이제 나는 어쩌면 좋은가?'
다시 한번 달을 바라보지만, 밤도 달도 대답해주지 않았다.

종결
대공자 비

잠은 오지 않았다. 그의 정력은 하루 이틀 밤샌다 해서 고갈될 그런 나약한 것이 아니었다. 하지만 지금 그의 얼굴에서는 피곤함이 짙게 배어나오고 있었다. 그가 아직 잠을 이루지 못한 것은 지금 그가 지니고 느끼고 있는 뒤죽박죽 불편한 감정의 소용돌이 때문이었다.
"운명이란 놈은 장난이 지나치군……."
어쩔 때는 절대로 붙어 있으려 해도 떨어뜨리고, 꼭 떨어져 있으려 하면 붙여버리니……. 변덕도 이런 변덕이 없었다. 최악의 동반자 칭호는 떼어놓은 당상이었다.
그럼에도 가장 악질적인 농담은 절대로 회피할 수 없는, 갈라서기가 '거의' 불가능한 인생의 동반자라는 사실이었다. 어떤 이들에게 있어 삶이란 이 얄궂은 반려와의 끊임없는 부부싸움이나 다름없었다.
하지만 그래도 최후의 수단은 남아 있다. 그것은 신의 마지막 자비인지도 모른다.
딱 한 가지, 이 동반자와 결별할 수 있는 비장의 수가 있다. 불교에서는 이 이혼방법을 '해탈'이라 했고, 도가에서는 '득도'라 표현했다. 표현방식은 달라도 둘 다 동일한 이혼서류라는 데는 변함없었다. 지금도 세상에는 많은 수련자들이 이 '이혼서류'를 얻기 위해 노력하고 있다.

아직 이 결별장을 손에 넣지 못한 비는 애석하게도 이 운명이라는 인과율로부터 자유로울 수 없었다.

그리고 그 운명은 지금 어디까지 복잡해질 수 있는지를 한껏 뽐내기라도 하듯 기세등등하게 재주를 부리고 있었다.

"망설임, 번뇌, 후회, 고민……. 아직 그런 잔여물들이 내 심저(心底)에 남아 있었단 말인가?"

믿을 수 없었다. 그건 있을 수도 없고 있어서도 안 되는 일이었다.

"웃기는 소리. 그런 건 이미 그 옛날, '그때' 모두 버리지 않았던가?"

그날, 인간이기를 포기한 그날 그는 그 모든 것을 추억과 함께 버렸다. 그런데도 아직 그 잔재가 남아 있었던 것일까?

번뇌도… 고민도… 모두 깨끗이 기억 속에서 지워버렸다고 생각했건만.

"그렇다면… 만일 그렇다면… 난 어떻게 해야 하나?"

다시 한번 그 운명을, 그 망설임을, 그 원인을 제거해야만 하는 것인가? 또다시?

대공자 비의 입술 한쪽이 비틀려 올라갔다.

"나보고 다시 한번 그 일을 반복하란 말인가?"

농담도 지나치면 분노를 불러올 수 있다. 아무리 하늘이라 해도 농담에는 정도와 절도가 있는 것이다.

"크흐흐흐……."

창가로 다가간 비가 창살을 통해 달을 올려다보았다.

소나기라도 내렸으면 좋으련만 무심한 밤하늘은 적막함에 파묻힌 채 조용하기만 하다.

비는 자신이 입고 있던 상의를 벗었다. 장삼을 풀자 단단하고 완벽하게 다듬어진 근육이 드러난다. 하나의 예술작품을 보는 듯한 기분마저 느껴지는 그런 몸이다. 그 육체를 이루는 선 하나하나가 그의 단련된 과거의 역사를 상징하고 있었다. 그러나 이 작품에는 한 가지 큰 흠이 존재했다.

그것은 바로 왼쪽 늑골 아래에 자리한 연붉은색 검상이었다. 한 뼘 정도 길게 세로로 갈라진 커다란 검흔. 매우 이질적인 느낌을 주는 이 흔적은 과거의 추억이 고통과 함께 사멸한 잔흔이었다.

이 흔적을 얻는 그날 그는 인간임을 포기했다. 인간을 초월한 존재가 되기 위해!

그는 자신의 배에 남겨진 평생 지워지지 않는 죄의 낙인 같은 상처를 조용히 어루만졌다.

조용하고 무심한 눈길이 달을 향했다.

선전포고(宣戰布告)
-등장! 사랑(?)의 경쟁자!

교옥은 이번 임무가 달갑지 않았다.
마천칠걸의 하나이자 흑도사화(黑道四花)의 일인이기도 한 이 혈심란(血心蘭)
교옥이 뭐가 아쉬워서 저런 볼품없고 출신도 모르는 천박한 남자의 뒤를 캐지
않으면 안 되느냔 말이다.

내가 겨우 그 정도의 가치밖에 없단 말인가?
 그녀의 자존심은 크게 훼손될 수밖에 없었다. 하지만 주인의 명은 지엄했고, 종의 선택은 유일하다 해도 좋을 만큼 한정되어 있었다.
 '그런 덜떨어진 풋내기 애송이쯤이야 하루 반나절이면 충분하지!'
 감추어진 일신상의 내력뿐만 아니라 조상 삼대에 이르는 시시콜콜한 사실들까지 알아낼 자신이 있었다.
 교옥의 무공은 마천각 여관도들 중에서도 발군에 속하는 것이었지만 그녀에게는 그보다 더 무서운 무기가 존재했다. 그것은 바로 그녀를 흑도사화의 하나로까지 불리게 만들어준 미모였다. 게다가 그녀는 자신의 사부 천기련(千妓聯) 련주 홍화선자(紅花仙子) 옥교교에게 그 미모를 가장 효과적이고 치명적인 방법으로 이용하는 법을 배워

이 날 이 순간까지 익혀왔다.

어떤 남자도 그녀가 짓는 봄날의 훈풍 같은 미소와 버드나무가지처럼 하늘하늘하고 풍만한 몸매에서 눈을 떼지 못했다. 그녀의 미소는 젊은 후기지수들의 마음속 호수를 두드리고 휘젓고 파도치게 만드는 거센 바람이었다. 그 미소와 그 눈빛을 받고도 계속해서 평정을 유지할 수 있는 이는 희귀하다해도 좋았다. 그녀는 언제나 큰 힘 들이지 않고 수많은 사내들의 마음을 정복해왔다. 최후의 무기는 쓸 필요조차 없었다.

때문에 이번 건도 낙승이라고 미리부터 장담하고 있었다.

하지만 혈심란 교옥이 자신의 판단이 틀렸다는 사실을 아는 데는 그리 오랜 시간이 걸리지 않았다.

사람을 매료시키는 가장 간단한 방법이자 가장 어려운 방법이면서도 최고의 방법은 자신이 지닌 순수하고 개성적인 매력의 빛에 상대방을 감화시키는 것이다.

즉, '첫눈에 반했다!' 가 바로 이런 경우에 해당된다.

첫눈에 반한 사람들에게는 이유가 필요 없다. 그냥 그저 좋으니깐! 전생의 인연이니 운명이니 뭐니 하는 추상적인 이유를 붙이긴 하지만 사실은 알 수 없는 원인에 의해 상대방에게 끌리게 되는 것이다. 형이상학적 이유는 대체로 논리적 근거를 통해 설명하기가 불가능하기 때문에 설명할 필요가 없다는 장점이 있다. 그래서 우기기 편하고 억지 부리기도 쉽다.

반면 이유를 댈 수 있는 것은 '사랑' 이 아니라는 주장도 있다. 형

이상학적인 것을 설명하는데 형이하학적인 이유를 근거로 드는 것은 언어도단이기 때문이다.

어차피 세상은 무의미한 것. 의미가 부재(不在)하는 이 세상에 의미를 부여할 수 있는 것은 자기 자신뿐이다. 자신이 무작정 좋다고 결정하면 그것은 세상에서 가장 좋은 게 되는 것이다(물론 세상에서 가장 좋은 것은 마음이 변함에 따라 함께 변하는 경향이 있지만).

어쨌든 사람이 사람에게 반하는 데는 수천 가지 원인과 수만 가지 취향이 존재한다. 하지만 몇 가지 공통된 분모가 없는 것도 아니다.

그 중에서 의심할 여지없이 가장 확실한 공통 기준은 바로 아름다움(美)이다. 사람은 본능적으로 아름다운 것을 취하고, 추한 것을 배척한다. 그 원인에는 여러가지 철학적 이유가 있지만 남녀상열지사를 논하는 여기서는 별 필요 없는 이야기다.

문제는 '과연 무엇을 기준으로 아름다움을 칭할 것이냐?' 라는 건데, 솔직히 그 결정 기준은 사람 수만큼 있다고 보면 된다. 그런데도 그 기준이 중구난방이 아니라 어느 정도 공통된 부분이 있는 것은 인간은 자신이 살고 있는 사회와 조직의 영향을 아주 쉽게, 많이 받기 때문이다.

예를 들어 목이 길쭉한 게 아름답다고 생각하는 관념을 지닌 마을에 사는 사람은 목이 지나치게 긴 여자를 보고도 미인이라고 생각하지만, 목이 짧은 게 미인이라고 생각하는 관념을 지닌 마을에 사는 사람에게는 그만한 추녀도 없는 것이다.

때문에 인간의 미모란 멀게는 국경, 가깝게는 지역만 벗어나도 쉴 새없이 변하는 아주 신뢰하기 힘든 기준이다. 그래도 같은 나라 안에 사는 사람에게는 대충의 보편적인 미의 기준이 있고, 그것은 강호도 마찬가지다.

　자신이 속한 세계의 미적 보편기준이란 녀석을 보다 많이 만족시킨 자가 미인이라 불린다. 즉 다수결이 속세의 아름다움을 결정하는 것이다.

　다수결로 아름다움을 결정하다니……. 어찌 보면 참으로 우스운 일이 아닐 수 없다.

　그리고 보다 쉽게, 보다 효과적으로 이 보편적 미적 기준을 만족시키는 여인을 육성하는 게 바로 혈심란 교옥이 속한 단체 천기련이다. 내면이 아닌 외면에만 그 수고를 집중한다는 게 문제긴 하지만…….

　그 중에서도 그녀는 천기련이 만들어낸 최고 걸작품 가운데 하나라 할 수 있었다. 그렇지 않으면 흑도사화의 일인으로 뽑히지도 못했으리라.

　사람을 첫눈에 반하게 만들기 위해 가장 중요한 것은 첫 대면이다. 여기서는 얼마나 좋은 환상을 상대방에게 많이 심어줄 수 있는가 하는 것이 관건이다.

　그래서 그녀는 최고의 눈빛과 미소로 무장하고 그와 만났다.

"어머, 비 공자! 안녕하세요! 처음 뵙겠습니다, 저는 마천각 소속의 교옥이라고 합니다."

　환한 미소와 함께 교옥은 자신이 가진 모든 매력의 빛을 한곳에 집중시켰다.

　비류연과 같은 조에 속한 몇몇 사람이 놀란 눈으로 그녀를 바라보았다. 저 비류연에게 왜 또 저런 미인이! 나예린만으로도 충분히 불가사의하거늘! 그들의 얼굴은 모든 근육을 전력으로 사용해 '이건 사기다!' 라고 외치고 있었다.

본인도 어리둥절한지 잠시 말을 잊은 채 물끄러미 교옥의 얼굴을 바라보았다.

'훗, 간단하군!'

너무 감격해서 말이 나오지 않는 건가! 이번 일격은 대성공이라고 그녀는 확신했다.

그러나 그것은 이른 판단이었다.

"아! 누구신가 했더니 전에 저에게 예고도 없이 108개의 바늘을 뿌린 그 무례한 아가씨로군요. 그런 분께서 여긴 어쩐 일이시죠?"

'큭! 무, 무례한이라고!'

이것은 그녀로서도 예상치 못한 사태였다.

'잊고 있었다!'

비류연과 교옥 사이에는 이미 아주 좋지 않은 첫 만남이 있었던 것이다.

'그걸 잊고 있었다니……. 게다가 이 남자…, 어떻게 그때 던진 비침의 수를 알고 있는 거지? 설마?!'

그녀는 금세 자신이 세웠던 가정을 무시했다.

'에이…, 설마 그럴 리는 없겠지! 그만한 안력이 이 남자에게 가능할 리가 없어!'

사람은 너무나 쉽게 자신의 직감을 무시한다. 그것을 가장 신용해야 함에도!

가장 믿어야 할 것을 가장 먼저 배제하는 대신, 가장 의심하고 신중히 대해야 할 남의 말은 쉽게 믿고 따르고 마는 모순투성이의 행동 역시 인간답다고 하면 지극히 인간다운 모습이었다.
'어쨌든 이 난관을 헤쳐나가지 않으면…….'
이대로 물러날 수는 없었다. 그래서 일단은 웃기로 했다.
"아하하하하! 그건 오해에요, 오해! 그럴 의도가 전혀 없었는데 그만……. 사고였어요, 사고!"
어떻게든 얼버무리려는 노력은 가상하다 해야 할 것이다. 하지만 그 때문에 분위기는 엉망진창이 되고 말았다. 이런 얼빠진 모습으로 사내를 매료시킬 수 있을 리가 없었다.
"흐흠…, 사고라…….."
"네, 사고예요! 사고! 아하하하하!"
"사고라……. 뭐, 그럼 일단 그렇다고 해두죠!"
뭐가 일단이냐, 임마! 하고 외치고 싶었지만 그녀는 가까스로 그 욕망을 억눌렀다. 아무래도 이미 좋지 않은 인상이 머릿속 깊이 박혀 있는 모양이었다.
게다가 아무리 나쁜 인상이 박혀 있다고 해도 이토록 간단하게 자신의 미소를 떨쳐낼 수 있는 사람이 있다니……. 조금쯤은 동요하거나 기뻐해줘도 좋지 않은가! 그래서 교옥은 더욱더 당황할 수밖에 없었다.
'설마 이 녀석…, 불능?'
그녀가 그렇게 생각한 것도 무리는 아니었다.
그때였다.

"이분은 누구시죠, 류연?"

조용하지만 마음을 울리는 신비한 목소리.

교옥을 향해 쏠려 있던 사람들의 시선이 일제히 한곳으로 돌아갔다. 그곳에는 마치 초설이 내려앉은 듯한 새하얀 백의를 걸치고 학처럼 우아한 자태로 서 있는 한 사람이 있었다.

'빙백봉 나예린!'

교옥은 침음성을 삼켰다.

과연 범상치 않은 미모. 분하지만 여자인 자신이 봐도 매력적인 모습이었다.

"아, 예린! 뭐 별거 아니에요. 그냥 저번에 나한테 침 던진 분인데 이번 기회에 사과하러 왔다나봐요."

'벼, 별거······.'

그녀로서는 좀처럼 받아볼 수 없는 모욕적인 언사였다. '그게 아니야, 이 바보야!' 라고 면상에 대고 외쳐주고 싶었지만 속으로 외치는 것으로 참았다.

"아··· 아, 그래요! 그때 일은 아무래도 사과해둬야 할 것 같아서요."

식은땀을 흘리며 교옥이 말했다.

나예린의 무심한 시선이 교옥을 향했다. 그녀와 눈이 마주친 순간 교옥은 마치 그 눈동자 속으로 빨려들어갈 것만 같은 착각을 느꼈다. 그 눈동자의 심원한 빛이 마치 자신의 마음을 샅샅이 파헤치고 있는 것 같았다.

간신히 정신을 차린 교옥은 재빨리 고개를 돌렸다. 더 이상 바라봤다가는 왠지 큰일이 날 듯한 기분이 들었던 것이다.

'그런데 이 바보가 백도제일미라는 나예린하고 이렇게 친근한 사이였단 말인가?'

단순히 아는 사람 정도가 아니었다. 보통 사람의 눈에는 보이지 않을지 모르지만 두 사람 사이에는 어떤 모종의 감정적 교류가 존재하고 있었다.

'틀림없어! 이 두 사람! 뭔가 있어!'

그것은 아직 미숙하고 초보적인 교류일지도 몰랐다. 하지만 전문가인 그녀의 눈을 속일 수는 없었다. 이 분야에 비상하게 단련된 그녀의 본능은 자신만이 알아볼 수 있는 몇 가지 미세한 징후들을 통해 그것을 알려주고 있었다.

그녀의 세계에서도 '빙백봉 나예린' 하면 남성기피증으로 유명했다. 그래서 그 미모는 단순한 관상용일 뿐이라고 말하는 여자들도 있었지만 그건 질투와 시기에 불과했다는 것을 오늘에야 알 수 있었다. 직접 만나보니 과연 명불허전이었다.

단순한 외면의 미를 뛰어넘어 있었다. 그것은!

질투가 나지 않는다면 거짓말일 것이다. 그리고 그녀는 자신의 행사에 최대 걸림돌이 될 것이 분명해 보였다.

두 개의 태양은 동시에 뜰 수 없다는 말은 남자들만의 전유물이 아닌 것이다.

'하지만… 아무리 뛰어난 아름다움이라 해도 약점은 있어!'

그것이 승부점이 될 터였다.

"그, 그럼 다음에 또 뵙죠! 앞으로 자주 보게 될 테니까요!"

"자주?"

비류연이 고개를 갸우뚱했다. 그 모습에 교옥은 잠시 어이가 없어졌다.

"어머? 모르고 계셨나요?"

"뭘?"

비류연이 질문했음에도 교옥은 나예린을 바라보며 또박또박 선언하듯 말했다.

"저도 이제부터 같은 7조가 되었거든요! 앞으로 잘 부탁드려요!"

그러고는 싱긋 웃는다.

"그랬어?"

비류연이 효룡을 향해 되물었다. 나예린 외에는 별 관심이 없어서 제대로 확인하지도 않았던 것이다. 친구는 한숨을 푹 내쉬며 고개를 끄덕였다.

이 행태를 목격한 교옥은 자신이 완전 무시당하고 있다는 기분을 지울 수 없었다. 이렇게까지 그녀의 존재가 참을 수 없이 가볍게 취급된 적은 이제껏 한번도 없었다. 식어 있던 투지가 맹렬히 불타오르는 게 느껴졌다.

"그, 그럼 종종 뵙지요!"

인사를 마친 교옥이 도망치듯 그 자리를 피했다. 더 이상 이 자리에 있다가는 억누르고 있던 분노가 폭발할지도 몰랐기 때문이다. 이 이상 인내심력 한계수치 측량시험을 속행(續行)하다가는 더 이상 자신을 제어할 수 없을 것 같았다. 이성이 폭발하기 직전에 시험을 중단한 그녀의 용단은 칭찬받을 만한 것이었다.

하지만 그 용기 있는 결단에 너무 많은 기력을 소모한 교옥은 더 이상 다른 곳에 신경 쓸 힘이 남아 있지 않았다. 결국 그녀는 계산 외의 돌발 상황들에 이리저리 휘말리기만 하다가 아무런 성과도 올리지 못하고 전술상 후퇴를 단행하고 만 것이다.

그건 다 좋은데…….

"그래서… 저 사람 결국 왜 온 거죠?"

비류연의 질문에 나예린은 고개를 가로저었다. 그 이유에 대해서는 자신도 알고 싶을 정도였다.

"…이상한 사람이네요!"

허둥지둥 사라지는 교옥의 뒷모습을 바라보며 비류연은 조용히 감상을 피력했다. 그것은 혈심란 교옥이 지금껏 받아온 평 중에서도 단연 독보적이라 할 만큼 최악이었다.

나예린도 그에 동의한다는 듯 조용히 고개를 끄덕였다. 하지만 그녀는 멀어져 가는 교옥의 뒷모습에서 시선을 떼지 않은 채 계속해서 물끄러미 바라보고 있었다.

챙그랑!

내던져진 옥빛 찻잔이 바닥에 부딪쳐 산산조각 났다.

조금 전 그 찻잔을 집어던진 손은 부르르 떨고 있었다. 얇은 손목, 길고 가느다란 손가락. 그것은 여인의 손이었다.

광택이라도 날 것처럼 윤기가 도는 우윳빛 피부, 흠잡을 데 없이 다듬어진 손가락과 손톱, 이 섬섬옥수가 얼마나 엄중한 관리를 받고 있는지 대변해주었다.

'자신의 미모를 가꾸는 데는 시간과 노력을 아끼지 않는다!'

그것이 이 손의 주인 혈심란 교옥의 지론이자 천기련의 최우선 문규였다.

"나답지 않은 실수였어!"

석류처럼 붉은 입술을 짓씹으며 교옥이 뇌까렸다.

참담했다. 그리고 수치스러웠다. 일 단계는 보기 좋게 실패로 끝나고 말았다.

"그런 방해꾼이 있으리라고는……."

가장 중요한 정보가 누락되어 있었던 것이다.

"설마 그 얼음공주로 소문난 빙백봉 나예린과 그렇게까지 가까운 사이였을 줄은……."

단순한 지인의 감정은 아니었다. 그러나 아직 연인의 감정도 아니었다. 나예린의 성정이 얼음조각상에 가깝다 보니 정확한 감정의 교류 정도를 읽어내지는 못했지만 평범하지 않다는 것만은 확실히 알 수 있었다.

"하지만 그 잘난 빙백봉 나예린도 완벽한 것은 아냐! 그녀에게도 약점은 있지!"

이번 일로 인해 비류연을 꼬신다는 것은 그녀에게 있어 나예린을 뛰어넘는다는 것과 동일한 의미가 되었다. 만일 나예린 본인이 들었다면 그런 걸 자기 멋대로 정하는 것은 민폐라고 할 게 분명했지만 교옥의 결심은 확고했다. 말려드는 사람은 이미 안중에도 없었다.

"두고 보자, 비류연! 널 반드시 내 치마폭 아래 무릎 꿇게 만들고 말겠다!"

그 맹세가 성취될지 아닐지는 좀더 두고 봐야 될 일이었다.

"가야 하나… 말아야 하나……?"

"아니면 여기서 포기?"

왜 뽑는 사람 모두가 만족할 수 있는 제비뽑기는 아직 발명되지 않은 것인지에 대해 독고령은 불평을 터뜨리며 대흉(大凶)을 지향하는 자신의 운을 저주했다. 평소답지 않게 안절부절못하는 모습이었다.

애초에 그 조 추첨이 원흉이었다. 빛이 있으면 그림자가 있듯, 자신의 조 편성에 팔불출처럼 기뻐하는 이가 있는가 하면 엄청나게 당황하는 사람도 있는 것이다.

그녀의 신은 여전히 그녀에게 불공평했다.

"이건 부당해! 왜 임의로 조 편성을 바꿀 수는 없단 말이야?"

'이 사람하고만은 절대 같은 조가 되고 싶지 않아!' 라는 생각을 품게 만드는 존재가 사람이라면 누구나 한 사람쯤은 있기 마련 아닌가? 그런 사람에 대한 배려 정도는 운영자 측에서 당연히 해줘야 하는 것 아닌가? 이것은 운영자 측의 책임방기에 해당될 수 있는 일이다.

하지만 그녀의 주장은 이 대회의 운영을 맡고 있는 율령자들에게 단번에 거절당했다.

"그런 사람하고일수록 더욱 관계 개선을 위해 노력하지 않으면 안 되는 것입니다. 그 과정을 좀더 원활하게 진행시키기 위해 마련된 것이 바로 이 대회입니다. 한번 정해진 조는 어떤 경우에도 바꿀 수 없습니다. 아니면 이 화산지회를 포기하시겠습니까?"

세상은 과반수 이상의 확률로 자신이 원하지 않은 방향으로 흘러가는 심술쟁이였다. 독고령은 '아니요'라고 대답할 수밖에 없었다.

절대로 같은 조가 되고 싶지 않은 사람과 별수 없이 한 조가 되자 사람이 으레 그렇듯 독고령 역시 무척 당황한 표정을 지으며 그의 얼굴을 바라보았다. 두 사람의 시선이 허공 중에 부딪쳤다.
"전에 본 적이 있는 분이시구려."
대공자 비가 어떤 감정도 느껴지지 않는 목소리로 말했다. 그의 옆에는 마천칠걸 중 몇 명이 서 있었다. 아무래도 같은 조인 듯했다. 독고령은 차마 입이 떨어지지 않았다.
"설마 1조?"
대공자 비의 짧은 질문에 독고령은 대답 대신 고개를 끄덕였다. 차라리 누군가 이건 꿈이라고 말해줬으면 좋겠다는 생각이 들었다.
비의 표정이 한번 재빠르게 변했다가 다시 원상태로 돌아왔다.
"환영합니다. 이번이 두 번째로 보는 것 같군요."
무기질적인 목소리. 내용에 전혀 신빙성을 심어주지 못하는 어조였다.
"그, 그렇군요."
"잘해봅시다."
떨떠름한 표정을 채 지우지 못한 얼굴로 독고령은 마지못해 고개를 끄덕였다. 앞으로는 절대 어떤 제비뽑기에도 끼지 않겠다고 맹세하며……

오행(五行) 제1관 목요관(木曜關)
-소년의 부화(孵化)

오행에서 목(木)이라고 할 때 그 '목'은 단순한 나무가 아니다. 목을 단순한 '나무'라는 '형상(形象)'을 지닌 물질에 한정해서 생각한다면 그것은 목의 가장 작은 한 단면밖에 보지 못하는 안타까운 일이 될 것이다.

오행의 목은 봄을 상징하기도 하고, 인간의 본질적 성(性)인 '인(仁)'을 상징하기도 하지만 가장 전체적인 성질은 '생산'이라 할 수 있다.

그렇다면 생산이란 무엇일까? 그것은 일종의 끊이지 않는 생명의 연속적인 활동이 아닐까?

식물의 열매를 보라. 그 열매는 식후 후식이나 간식거리가 되어 인간의 혀를 즐겁게 하기 위해 자연이 친절하게 만들어준 것이 아니다 (만일 그런 생각을 지닌 이가 있다면 그는 인간이 자연계의 지존인 줄 착각하는 오만무도한 가치관을 지닌 사람임이 분명하다). 열매란 종을 번성시키고 생명을 이어나가기 위한 씨, 즉 자손을 퍼트리기 위한 식물의 자궁인 것이다.

나무가 잎사귀로 햇살을 받고 뿌리로 물과 영양을 흡수하여, 그 생명의 편린들을 모아 결실(結實)의 열매를 맺는 것처럼 '무엇인가를 모아 다른 무엇인가를 만들어냄으로써 어떤 가치를 이어나가는 행위'의 총칭을 우리는 비로소 생산이라 부를 수 있을 것이다.

그러므로 생산을 하기 위해서는 흩어져 있던 것을 모으고 하나로 '연결'하는 행위가 선행되지 않으면 안 된다. 쉽게 말해 끊이지 않고 계속해서 이어나가는 것이야말로 생산의 본질이라 할 수 있을 것이다.

그런 연유로 인해 율령자의 정점인 '천율십령'은 면면부절(綿綿不絕)한 이 '연속성' 이야말로 오행의 '목'을 가장 잘 나타낸 속성이라는 결정을 내렸다. 그리고 그 속성을 체현하기 위해 그들은 아주 전위적인 방법을 선택했다.

그것은 바로 이어달리기, 경공계주(輕功繼走)였다.

경공계주라는 이 독특한 시합방식이 제시되었을 때 맨 처음 나온 질문은 이것이었다.

"그럼 안 싸웁니까?"

그에 대한 답은 이랬다.

"싸우잖나?"

"예? 안 싸우잖습니까?" 라고 반문했더니……

"계주 역시 승패를 다투는 투쟁(鬪爭)의 한 방편이네. 그러니 싸우는 것이긴 마찬가지지. 설마 꼭 도검권각을 휘두르며 남을 상처 입히는 것만이 '투(鬪)'라고 생각하는 건 아니겠지?"

당연히 그렇게 생각하고 있던 그 청년은 부끄러움을 느끼며 당장 입을 다물었다고 한다.

"정말 의외로군……. 달리기 같은 간단한 걸로 승자를 결정한다니 말일세."

장홍이 신음하며 말했다.

이번 대회는 그가 알던 과거의 화산규약지회와는 전혀 다른 모습으로 흘러가고 있었다. 변덕스런 바람 같은 이 대회가 과연 앞으로 어느 목표를 향해, 무슨 목적을 가지고, 어떤 방식으로 흘러갈지는 그의 짐작 범위 내에 들어 있지 않았다.

"과연 간단할까? 의외로 어려울지도 몰라, 이번 관문!"

비류연은 장홍의 선부른 단정이 아직 이르다고 생각하는 듯했다.

"어렵다고?"

"그래, 이곳 화산은 오악 중에서도 가장 험하기로 유명하다며? 실제로 이 천무봉만 봐도 여기저기가 울퉁불퉁한 암석투성이에 절벽 천지. 그런 화산 전체를 이용한 이어달리기라고!"

그렇다. 이번 목요관은 화산오봉의 정상 전체를 아홉 개의 구간을 나누어 달리는 방식이었다. 달리는 진로는 자유, 굳이 주어진 길을 따라 달릴 필요는 없다. 능력만 된다면 나무 위를 원숭이처럼 뛰어다니든 절벽 사이를 날아다니든 상관하지 않는다. 다만 다음 선수가 모여 있는 곳은 율령자 측이 결정한다.

그 점이 비류연은 계속해서 신경 쓰였다.

"그냥 장거리를 달리고자 한다면 자신의 능력에 맞게 체력을 보존하고 내공을 아끼면 돼. 그러면 시간은 좀 걸릴지 몰라도 무사히 목적지까지 도착할 수 있지. 반대로 단거리를 짧은 시간 내에 주파하고자 한다면 비축된 체력과 내공을 한순간에 폭발적으로 방출하지 않으면 안 되지. 그런데 지금 이 경공계주는 장거리를 달리면서도 단거리 때처럼 빨리 달리지 않으면 안 돼. 게다가 달려야 하는 장소는 길도 제대로 나 있지 않은 화산의 다섯 봉우리. 절대 간단한 일은 아닐걸? 예감이긴 하지만 아마 적어도 1박2일은 소요되는 시합일 거야. 즉……."

"밤에도… 달려야만 한다는 거군."

장홍의 침음성을 삼키는 대답에 비류연이 고개를 끄덕이며 말했다.

"그렇지. 그런데 난 아무래도 그 사람들이 밤길 조심하라고 손에 횃불을 쥐어줄 만큼 친절하다고는 별로 생각되지 않거든."

그 부분에 대해서는 장홍도 동의하는 바였다.

피가 흐르지 않는다고 해서 너무 안일하게 생각하고 있었다. 처음 들었을 때는 그답지 않게 너무 옳은 소리만을 해서 좀 혼란스럽고 당황했지만—아마 이건 같은 7조인 윤준호와 이진설도 동의하는 바일 것이다—다시 생각해보니 과연 비류연의 말대로였다. 그의 견해에 반박할 곳은 없었다.

장홍은 자신이 이 관문을 얕본 데 대해 부끄러움을 느껴야만 했다.

"이 목요관을 쉽다고 생각한 것에 대해서는 사과하지 않을 수 없겠군. 그럼 이제 어떻게 하면 좋을까?"

장홍이 물었다. 어느새 비류연의 의견을 중시해서 듣고 있는 자신을 그는 자각하고 있을까?

다만 그런 행위가 다수의 맹렬한 반대와 강대한 저항을 부를 것이라는 것은 의심의 여지가 없을 듯하다.
"음… 우선 순번(順番)을 정해야 하지 않을까?"
비류연이 말했다.

오악(五嶽) 중 서악(西嶽)이라 불릴 만큼 화산의 경관은 빼어나다. 특히나 이런 가을이면 온 산이 붉고 노랗게 날염(捺染)된 화려한 옷을 걸친다. 구름의 평원을 뚫고 솟은, 검을 거꾸로 세워놓은 듯한 깎아지른 높은 봉우리들은 보는 이로 하여금 자연의 웅장함을 몸 전체로 느끼게 해준다. 때문에 많은 사람들이 이 빼어나고 수려한 경관을 보기 위해 사계절에 나누어 먼 길을 움직여 여기까지 오는 것이다(물론 이런 호사스런 행차는 주머니가 넉넉한 부호들이나 가능하지 평범한 일반인들은 불가능할 것이다).

모처럼의 화산이었다. 사문을 떠난 지 이 년 만이었다. 게다가 지금 그가 있는 곳은 천무봉이 아니라 사문 화산파가 있는 옥녀봉이었다. 하지만 윤준호에게는 이런 거침없이 휘둘러진 신의 붓에 의해 창조된 듯한 자연경관을 느긋하게 감상할 여유가 없었다. 자연의 오묘함과 광활함을, 저물녘의 고즈넉함을, 구름의 평원을 물들이는 황혼을, 나뭇잎과 나뭇잎을 타고 꽃을 희롱하며 불어오는 뺨을 스치는 바람도 느낄 여유가 없었다.

화산은 그의 곁을 주마등처럼 빠른 속도로 지나쳐 가고 있었다. 잠깐 앞에 있다 싶으면 벌써 옆이고, 옆인가 싶으면 벌써 저 뒤로 가버리고 만다. 멈춰 서서 다소곳이 그를 기다려주는 법은 결코 없다.

왜냐하면 그는 지금 전속력으로 화산을 주파하고 있기 때문이다.

하지만 그는 조금도 속도를 늦출 수 없었다. 왼발과 오른발이 앞을 다투어 화산의 대지를 박찼다. 서로가 대지를 놓고 질투 경합이라도 벌이는지 두 발이 동시에 땅에 닿는 일은 없었다.

'달린다'고 하는 행위가 어느 정도까지 힘든 일이 될 수 있는지 그 한계에 대해 그는 지속적인 체험을 통해 계속해서 새롭게 발견해나가고 있었다. 지식의 탐구에는 언제나 그에 상응하는 대가가 따른다. 이번 발견에 대한 대가는 격렬하게 맥동하는 심장이 파열하는 듯한 극심한 고통과 공기가 모자란 폐가 참지 못하고 입 밖으로 튀어나가는 게 아닌가 걱정될 정도의 숨막힘, 쉽사리 경험할 수 없는 근육통을 골고루 겪는 것이었다.

그는 지금 몰이꾼에게 몰린 여우처럼 쫓기고 있었다. 뿐만 아니라 그 역시 추월하지 않으면 안 될 사람이 넷이나 있었다.

"알겠지? 사람을 앞지르는 것까지는 기대하지 않아. 그렇게 무리할 필요도 없고. 다만 자신의 순위를 유지하는 데 전력을 다해줘! 그것으로 충분해. 그러니 무리는 하지 마."

옆에서 그 밥맛없는 위지천이 '과연 저런 얼뜨기를 믿어도 될까? 포기하라고.' 하는 등의 몇 마디 말로 그에게 모멸감을 심어주었지만 다른 사람들은 오히려 그 밥맛 검객을 무시하고 그의 편을 들어주었다.

"저런 소인배의 말에 신경 쓸 필요 없어. 우린 널 믿는다. 지금까지 네가 헤쳐온 사선은 결코 평이한 곳이 아니었어. 좀더 자신을 믿어. 그렇지 않으면 그것이야말로 너를 믿는 우리들에 대한 배신이야. 우리는 네가 신의를 아는 남자라고 믿고 있다."

눈물이 날 정도로 고마웠다. 아직도 그의 어깨를 단단하게 쥐어주었던 장홍의 듬직하고 따뜻한 손의 온기가 남아 있는 듯했다. 그것은 우정이라는 이름의 신뢰였다.

언제나 '왕따'였던 그를 믿고 지탱해주는 소중한 이들이었다. 때문에 그는 그들을 실망시키고 싶지 않았다.

'좀더 적극적이 되지 않으면!'

순위 유지만으로는 성이 차지 않았다. 지금까지 자신은 매사에 너무 소극적이었다. 자신을 믿지 못했다. 언제나 놀림만을 당했다. 하지만 그런 자신을 믿어주고 받쳐준 이들이 있었다. 그들을 봐서라도 좀더 자신을 믿지 않으면 안 되었다.

부화를 앞둔 새가 껍질을 부수기 위해 발버둥치고 있었다. 껍질은 세계다. 자신을 둘러싸고 있는 한없이 강하면서도 한없이 약한 세계, 자신을 둘러싼 이 세계를 부수지 않으면 더 넓은 세상으로 나갈 수 없다. 필사적인 새의 부리가 한 점을 집요하게 노렸고, 그것은 결국 금의 시작점을 만들었다. 이 최초의 작용점을 중심으로 껍질이 방사선으로 갈라지기 시작했다.

"뭐? 빨리 달리려면 어떻게 해야 하냐고?"

끝이 말려 올라가는 비류연의 반문에 윤준호는 고개를 끄덕였다.

"일단 조언을 들었으면 해서… 솔직히 말해 자신이 없어서……."

말끝을 흐리며 윤준호가 말했다. 비류연에게 감히 조언씩이나 들으려 하다니 장홍이나 효룡이 알았으면 잘도 그런 무모한 짓을 저지를 수 있구나 하며 뜯어말렸을 일이었다. 무슨 용기로 이 비상식의 결정체라 할 만한 녀석의 조언을 따른단 말인가!

그러나…….

"음, 조언을 듣고 싶다면 장소를 제대로 찾아왔다고 할 수 있지! 이제 봤더니 너도 꽤 안목이 있잖아?"

매우 만족한 얼굴로 흐뭇한 미소를 지으며 비류연은 흔쾌히 고개를 끄덕였다. 거절하는 것이 윤준호의 인생에 더 도움이 될지도 모름에도 그는 자신의 척추뼈를 긍정의 방향으로 움직이고야 말았던 것이다.

"그럼… 어떻게 해야 빨리 달릴 수 있지요?"

여전히 동기에게 존댓말을 쓰는(잘 고쳐지지 않는 버릇이다.) 그를 향해 비류연은 쯧쯧 혀를 차며 손가락을 흔들었다.

"너 뭔가 잊고 있는 것 아냐?"

"잊다니요?"

"이번 목요관은 빨리 달려야 할 뿐만 아니라 오래 달려야 한다고!"

그제야 윤준호도 깨닫는 바가 있었다.

"화, 확실히 그렇군요."

짧은 거리가 아니다. 무슨 생각인지 아홉 개로 나눠진 구간은 그 길이가 들쭉날쭉 제멋대로였다. 나예린의 말로는 적재적소에 얼마나 적절한 인재를 배치할 수 있는가를 보기 위해서인 것 같다고 했다. 많은 사람들이 그녀의 견해에 동의를 표시했고, 그 역시 그들 중 한 사람이었다. 그가 맡은 곳은 화산오봉 중 가운데 봉우리인 옥녀봉이었다.

"너 예전에 화산에 살았다며?"

"살았다기보다 화산파 제자였습니다만······?"
"'였습'니다? 그럼 지금은 아냐?"
"아, 아뇨! 지금도 당연히 화산파 제자죠."
"자, 그럼 결정!"

그렇게 정신없이 결정된 순번이었다. 옥녀봉 입구에서 옥녀봉 정상까지─그래도 아홉 개의 구간 중 가장 짧은 구간이었다─그곳에 있는 가장 길고 험한 거리를 달려야만 하는 마지막 주자인 비류연─그가 달려야 할 거리는 옥녀봉 정상에서 천무봉 정상까지였다. 그것도 밤에 달려야 하는─에게 계주봉을 전해주는 것이 그의 임무였다.

사실 자신이 속한 7조는 이 순번을 정하기가 쉽지 않았다. 자신의 조에 하필이면 그가 끼어 있었던 것이다. 빙백봉 나예린에 미친 사나이들의 모임, 비류연을 증오하다 못해 찢어발기고 싶어 안달이 난 집단, 빙봉영화수호대의 대주 선풍검룡 위지천이란 남자가.
"이봐 류연, 저 녀석이 왜 여기에 있는 거야?"

떨떠름한 얼굴을 한 장홍이 귀엣말로 속삭였다.
"글쎄······."
"글쎄라니, 그런 무책임한 말을! 자네를 잡아먹으러 온 게 아닐까? 아까부터 안절부절못하고 있는 게 꼭 아편 중독자 같군그래. 저기 봐, 저기! 눈에 핏발이 서 있는 게 제정신이 아니라고."
"아마, 류연 자네가 일장 안에 있어서 그런 게 아닐까? 지금까지 한 번도 그런 적이 없었잖아? 이 의외의 본인의 살기를 주체하지 못하는 거야."

옆에서 효룡이 끼어들었다. 그 역시 7조였다.

"룡, 자네의 말… 일리가 있구먼! 확 납득이 가버렸어! 그러니깐 약물 복용 때문은 아니었단 이야기로군."

장홍이 고개를 끄덕이며 말했다.

"류연, 어떻게 된 건가? 난 사실 자네의 장담대로 되어서 무척이나 놀라고 있던 차였네. 자네는 물론이고, 나 또한 이 소저와 같은 조가 되어서 놀란 참이었다네. 아, 물론 너무 그 문제로 오해는 하지 말고……."

붙여도 안 될 말을 굳이 하나 더 붙이는 효룡이었다.

조 추첨 당시 비류연이 앞으로의 조 편성을 이미 벌어진 일인 것처럼 장담했을 때도 긴가민가하기만 했다. 하지만 놀랍게도 그 말대로 되었다. 비류연은 나에린과 같은 조가 되었고, 자신은 이진설과 같은 조가 되었다. 물론 이 네 사람 다 같은 조가 되기도 했지만 말이다. 그것은 무척이나 신기한 체험이었다. 혹시 같은 조가 되지 않았으면 무슨 변명을 하려고 했느냐고 물어보자 그런 건 이미 실패를 전제한 사고이기 때문에 생각해본 적이 없다고 했다. 보면 볼수록 이상한 친구였다.

"부작용 같은 건가……."

나직한 목소리로 효룡이 물었다. 원하는 사람과 한 조가 되기 위해 확률을 조작한─무슨 수를 썼는지는 모르지만─대가를 지불한 건지도 몰랐다.

"그건 아냐!"

비류연이 고개를 가로저었다.

"그럼?"

"사실……."

"사실?"

"음… 사실 난 같은 조가 되고 싶은 사람 쪽에만 의식을 집중했거든. 이런 건 집중 대상이 적으면 적을수록 좋아. 너무 커지면 힘이 분산되니 효과도 적거든. 성공확률도 떨어지고……."

"그래서?"

"그래서 나머지 부분은 전혀 신경 쓰지 않았지. 눈곱만큼도 말이야."

"흐음…, 그래서?"

"아마 나머지 사람들은 무작위의 법칙에 의해 뽑혔을 거야. 아니면 저 녀석도 비슷한 걸 빌었거나."

"그렇다는 이야기는……."

비류연이 하늘 위를 손가락으로 가리키며 말했다.

"뭐, 신의 장난이라는 것이지. 아니면 어떤 망할 '존재'의 농간이거나!"

"뭐야, 그건……!"

장홍과 효룡이 동시에 대답했다. 전혀 납득이 되지 않는다는 표정이다.

"잘해나갈 수 있을까?"

불안감을 감추지 못하는 표정으로 장홍이 말했다.

"글쎄……."

그 누구도 보장할 수 없는 문제였다.

"이거 영 불안하구먼……."

장홍이 인상을 일그러뜨리며 뇌까렸다. 무리도 아니었다.

"뭐, 걱정 마!"

비류연의 말에 효룡이 불만 섞인 목소리로 대꾸했다.

"잘도 그런 태평한 소리를 지껄이는군. 제일 문제되는 건 자네라고. 게다가 이 경공계주의 순번 정하기조차 제대로 될지……."

"걱정 말라니깐! 어떻게든 될 거야. 어떻게든."

"어떻게!"

장홍과 효룡이 언성을 높여 반문했다. 그러자 비류연이 손가락을 하나 올리며 말했다.

"단 한마디만 있으면 돼!"

"한마디?"

"응, 그녀의 한마디!"

비류연의 손가락 끝은 나예린의 얼굴을 똑바로 가리키고 있었다.

그녀가 그것을 보더니 검지로 자신의 턱 쪽을 가리키며 약간 갸우뚱한 얼굴로 의아한 표정을 지었다. 비류연이 그 모습을 보며 싱긋 웃으며 손을 장난스레 흔들었다. 그녀는 더 모르겠다는 표정이 되었고, 그걸 지켜본 위지천은 뭔가 알 수 없는 불쾌감에 사로잡혔다.

"과연!"

장홍과 효룡, 두 사람이 주먹으로 손바닥을 탁 치며 탄성을 터트렸다. 저거라면 효과가 확실했다.

윤준호가 맡은 구간이 짧다는 것은 아홉 개의 구간 중 상대적으로 그렇다는 것이지 실제로 짧다는 이야기는 결코 아니다. 게다가 평탄하지도 평범하지도 않은 길이었다. 엄청난 체력과 진기가 소모될 것이 분명했다. 그것은 화산에서 생활한 그가 누구보다도 제일 잘 알고 있는 사실이었다.

자신이 그 부분을 간과하고 있었다는 사실을 윤준호는 순순히 시인했다.

"하지만 이제 걱정은 무용! 이 몸의 조언대로만 하면 틀림없다고! 그 점에 있어서 다행히도 넌 매우 유리한 입장에 놓여 있다고 할 수 있지!"

자신만만한 얼굴로 비류연이 말했다.

"어떻게…요?"

마른침을 꿀꺽 삼키는 윤준호의 몸이 자연스레 앞으로 쏠렸다. 과도한 자신감—그 근거는 좀 불확실하지만—이 발생시키는 기이한 인력이 그를 끌어당기는 듯했다.

"그건 말이지……."

천지탄생의 비밀이라도 말하는 듯한 어조로 비류연이 나직하게 속삭이기 시작했다.

"소곤소곤! 쑥덕쑥덕! 쏼라쏼라……!"

"오오! 과연! 음음! 헤에……."

비류연의 말을 듣는 윤준호의 표정이 사계절의 화산처럼 시시각각으로 변하기 시작했다.

"화산과 하나가 된다!"

자신이 좇아야 할 목표를 바라보며 윤준호가 단호한 목소리로 말했다.

"경공의 기본은 자신의 몸을 가볍게 해서, 최소한의 진기로 최대한의 속도를 얻는 것이라 할 수 있지. 여기서 중요한 것은 몸을 한없이 한계에 가깝도록 가볍게 만드는 거야! 이렇게 말이야!"
 두 손을 하늘 위로 활짝 펴며 비류연이 말했다. 하지만 윤준호가 보기에는 아무런 변화도 없었다.
"어떻게요?"
 그가 보기에는 단지 팔의 위치가 변한 것뿐이었다. 당연히 그런 건 변화의 축에도 들지 못한다.
"그러니깐 이렇게!"
 다시 한번 비류연이 만세라도 부르듯 두 손을 활짝 폈다. 그러나 윤준호의 인식체계에서는 전과 동일했다.
"……???"
 멀뚱한 그 모습에 비류연은 한숨을 내쉬었다.
"에휴… 알았어. 직접 체험시켜주지. 그 편이 빠를 테니."
 아무래도 아직은 일렀던 모양이다. 그래서 좀더 직접적인 정보전달 수단을 사용하기로 했다.
"자, 가만히 서 있을 테니 한번 가볍게 밀어봐!"
 윤준호가 그 말대로 비류연의 가슴을 가볍게 밀었다. 밀었다고는 해도 팔꿈치를 구부렸다가 천천히 편 정도였다. 하지만…….
"어?!"

놀라운 일이 벌어졌다. 요술 같은 일이었다. 그 가볍고 작은 동작에도 비류연의 몸이 발꿈치를 한데 붙인 채 아무런 저항 없이 일장이나 뒤로 밀려났던 것이다. 마치 허공중에 투명한 빙판이라도 드리워져 있는 것처럼.

그에게 갑자기 괴력이 생겨난 것은 분명 아니었다. 이 소심쟁이 소년은 믿을 수 없다는 표정으로 자신의 손끝을 뚫어져라 바라보며 중얼거렸다.

"저항이 없어!"

약간 있었지만 극미(極微)해서 무시해도 좋을 정도였다. 마치 물 위에 떠 있는 작은 종이배를 민 듯한 그런 느낌이었다. 비류연의 움직임은 밀려났다기보다는 미끄러졌다는 표현이 더 정확할 듯했다.

비류연이 싱긋 웃으며 말했다.

"어때? 이제 확실히 알겠지?"

하지만 윤준호는 망설이지 않고 고개를 가로저었다. 그래서 비류연은 약간의 수고를 더 하기로 결정했다.

"왜 사람의 몸이 물에 뜬다고 생각해?"

알 리가 없었다. 그래서 다시 고개를 저었다.

"그건 사람 몸의 구 할 이상이 물로 이루어져 있기 때문이야. 물과 거의 성질이 같기 때문에 뜨기 쉬운 상태라는 것이지. 거기에 물보다 가벼운 폐의 공기가 더해져 인간의 몸이 뜨게 되는 거야. 그리고 팔다리를 저으면 물속을 헤엄칠 수 있지. 경공도 같은 이치야."

비류연의 말은 보이지 않는 밧줄이 되어 그의 정신을 옭아매고 있었다. 잠시 호흡을 고른 그가 다시 말을 이었다.

"너도 알다시피 이 세상은 모두 기(氣)의 응집과 분산으로 이루어져 있어. 모두가 기야. 너와 나는 물론이고 이 세상 전부 기라 할 수 있지! 이(理)에 따라 움직이는 기(氣), 그것이 바로 이 존재계야. 딱딱하거나 부드러운 것은 다만 밀도 차의 영향일 뿐이지."

비류연이 계속해서 말을 이었다.

"달린다고 하는 것은, 경공을 발휘한다는 것은 기의 바닷속을 헤엄치는 행위랑 동일한 거야. 하지만 인간의 몸은 일단 대기보다 밀도가 크지. 때문에 밀도와 '속성'이 더 가까운 땅에게 끌리지. 이 둘 사이에 끌어당김의 힘, 즉 인력이 작용하는 거야. 하지만 무인은 그래서는 안 되지. 우리는 대기 중에 흩어져 있는 기를 호흡을 통해 몸 안으로 끌어당기고, 그것을 보다 효과적으로 보존·관리해 몸 안의 밀도를, 그 성질을, 속성을 보다 더 대기에 가깝게, 기의 근원적 존재 상태에 가깝게 만드는 거야. 기의 바다를 헤엄치기 위해 몸을 보다 '기화' 시킬 필요가 있어. 이것이 바로 경공 공부의 가장 기본이자 제1요결이지. 다들 이것을 제대로 배우고는 있어. 다만 그렇게 하는 '이유'는 까먹고 있는 듯하지만 말이야. 이유를 몰라도 나름대로 효과는 있으니깐 그다지 문제가 없을지도 모르지만……. 하지만 그것만으로는 대지의 속박, 인력에서 완전히 벗어날 수 없어."

단호한 목소리로 비류연이 말했다.

윤준호는 정신없이 그 현기 가득한 이야기 속으로 빠져들었다. 비류연이 한 말치고는 비상할 정도로 현기가 가득한 가르침이었다. 그는 본능을 통해 그것을 느끼고 있었다.

"그렇기 때문에 동화(同化)할 필요가 있는 거야!"

"동화?"

동화, 별개의 것이 하나로 합쳐지는 것을 뜻한다.

"둘의 속성이 가까워지면 가까워질수록 좋아! 그만큼 저항이 줄어들거든."

"그러니 준호 네가 해야 할일을 이제 알겠지? 네가 해야 되는 것은 단 하나뿐이야!"

"하나?"

"그래, 이 화산과 하나가 되는 거야!"

잠시 윤준호는 비류연의 말을 제대로 이해할 수가 없었다. 잠시 그것을 곱씹어보고 나서야 그 전모를 파악할 수 있었다. 하지만 그에게는 피부로 직접 와닿지 않는 말이었다.

"그, 그게 가능할까?"

"에휴…, 또 그 자진 한계짓기냐? 이제 질릴 만도 하지 않냐? 슬슬 그 재미없는 세계에서 깨고 나오는 게 좋지 않겠어? 그렇지 않으면 평생 발전할 수 없어!"

"미, 미안……."

윤준호가 사과했다.

"그 사과는 나한테 할 게 아니라 너 스스로에게 해야 되는 게 아닐까?"

"미, 미안……."

어디선가 끙 하는 신음이 흘러나왔다.

아무도 남의 껍질을 대신 깨줄 수는 없다. 자신의 세계는 자신이 깨지 않으면 안 되는 것이다. 옆사람은 다만 계기를 만들어줄 수 있을 뿐이다. 더 이상은 무익한 참견이었다. 심한 경우 유해해질 수가 지 있는…….

"기를 한가득 받아들인 후 화산과 하나가 된다고 상상해봐. 화산을 네 안에 들이마시는 거야. 자신을 잊고, 무아의 상태에서 자연과 이 화산과 하나가 되는 거지. 그럼 작은 바람에도 호수의 물결이 움직이 듯 너의 몸도 작은 미풍을 타고 아무런 힘도 들이지 않고 가볍게 움 직일 수 있을 거야. 어때 쉽지?"

간단하다니 어디가? 그것은 눈이 팽팽 돌아갈 만큼 엄청나게 어려 운 주문이었다.

처음에 그것은 불가능할 것이란 생각이 들었다. 하지만 그런 그에 게 그 친구는 말했다.

"자신의 한계를 자꾸만 한정지으면 더 이상 그 위로는 절대 갈 수 없어! 그렇게 네가 결정하는 순간 그것이 너의 한계가 돼버리지. 스 스로에게 제약을 가하지 마. 아직 그 끝에 가본 사람은 아무도 없으 니깐."

바람을 가르는 몸은 가볍고, 정신은 푸른 하늘만큼이나 맑았다. 이 곳은 내가 자라난 고향. 나무 한 그루 한 그루, 돌 하나 하나… 주위의 모든 것이 눈에 익었다. 2년 만의 화산이지만 고향은 변함없는 모습 으로 그를 맞아주었다. 지금이라면 왠지 가능할 것 같았다. 전혀 이 해할 수 없었던 비류연의 말이 지금은 이해될 것 같았다.

"그래, 한번 해보는 거야!"

윤준호는 마침내 자신의 이해를 체현해보기로 결정했다. 사람은 자신이 믿는 것에 한해 그것을 이룰 수 있다. 믿음이란 그것이 현실에 '존재한다'는 자기 선언이기 때문이다. 존재하지 않는 것을 탐구하고 추구할 수는 없는 노릇이다. 그러기 위해서는 가장 먼저 자신을 믿지 않으면 안 된다. 그것이 모든 것의 시작이다. 그것을 자신에게 가르쳐준 사람이 있었다.

"남아로서의 의지를 걸고 무슨 수를 써서라도 추월해보이겠어!"

마침내 껍질이 부서지고 새가 부화했다.

윤준호는 어머니의 자궁에서 삶의 빛을 향해 기어나온 이래 처음으로 진취적인 사고방식을 가지고 움직이기 시작했다. 영혼의 화로에 의지의 풀무질이 가해지자 본연의 불꽃이 거세게 타오르기 시작했다.

"뭐, 뭐지? 저건?"

마하령은 기겁했다.

갑자기 무엇인가가 그녀의 뒤에서 다가와 옆을 지나 앞으로 나갔던 것이다.

처음에는 바람인가 했다. 하지만 이렇게나 빠른 속도로 달리는데─그녀는 자신이 낼 수 있는 최고의 속력으로 달리고 있었다─뒤에서 부는 바람이라니……. 그러나 그녀는 그것이 곧 사람이라는 것을 알 수 있었다. 누군가가 건방지게 철옥잠 마하령을 추월한 것이다.

한 사람도 아니고 두 사람씩이나 감히 그녀의 앞을 달린다는 사실을 용납할 수가 없었다. 그전에 그녀의 앞을 달리고 있던 사람은 마검익 추명이라는 작자였다. 하지만 그것은 본인의 무능이라기보다 그녀가 속한 2조 자체의 무능이라고 봐야 옳았다. 엄청나게 멀었던 거리 차를 여기까지 줄인 것은 바로 마하령 자신의 능력이었다. 그러나 원래부터 뒤에 달리는 것과 추월당한 까닭에 뒤에서밖에 달릴 수 없는 것은 엄연히 다른 별개 차원의 문제였다.

"감히……."

그녀는 먼저 불같이 분노하려 했지만 여의치가 않았다. 방심의 허(虛)에 의외성의 기습을 당한 그녀는 노하기에 앞서 어이가 없어지고 말았던 것이다. 그 이유는 방금 자신을 추월했던 존재가 누구인지 알아챘기 때문이었다.

'이건 무슨 농담이지?'

그녀가 아는 얼굴이었다. 특별히 관심이 있어서 알게 된 것은 아니었다. 비류연이란 말종에 대해 이를 갈고 있다보니 자연히 눈에 함께 들어온 인간이었다. '덤'이라는 느낌이 강하게 드는 인간, 화산지진아 윤준호였다.

"마, 말도 안 돼……."

저런 녀석에게 추월당하면 가문 대대로 망신, 조상님께 얼굴을 들 수 없다. 그렇게 생각한 마하령은 더욱더 진기를 불사르며 속도를 높였다.

"가벼워! 몸이 깃털보다 가벼워!"

자아를 속박하던 무거운 족쇄가 떨어져나간 것처럼 몸이 한없이 가벼웠다. 마치 날아갈 것 같았다. 바람을 가르며 나아가는 화살처럼 그는 빠르게 달렸다. 마치 새로 태어난 듯한 느낌이었다. 오만 가지 관념으로 감금되고 속박되고 짓눌려져 있던 자아가 개방되는 그 감각은 그가 지금까지 경험했던 어떤 희열보다도 벅찬 느낌이었다.

지금까지 이토록 자신에게 충실했던 적이 단 한 번이라도 있었던가? 미혹(迷惑)의 잠에서 깨어나서야 비로소 자신이 눈을 감고 인생을 걸고 있는 동안 얼마나 스스로를 기만하고, 외면하고, 홀대하며 살아왔는지 깨달을 수 있었다. 이제부터라도 외면하고 무시했던 나 자신을 좀더 아끼고 사랑해주자. 그런 의지가 전신의 기맥을 통해 신경의 뿌리까지 다다랐다. 넘치는 듯한 충만감이 전신을 지배했다.

하지만 그 의지가 너무 지나쳤는지도 모른다.

새는 이제 막 자신을 둘러싼 껍질을 깨고 부화했을 뿐이었고, 신세계를 비상하기에는 그 날개가 아직 약했다.

"다행히 무사히 진행되는 것 같군요. 염 노사님!"

은설란이 전망이 탁 트인 곳에서 화산 주변을 둘러보며 말했다. 염도가 별호임에도 그녀는 그것을 이름처럼 사용하고 있었다. 사실 그의 본명을 직접 입에 올리는 것보다 훨씬 현명한 행동이었기에 많은 이들이 그렇게 하고 있었다.

이상이나 특별한 사고가 발생했을 때는 신호가 올라오기로 되어 있었으므로 무소식은 희소식을 의미했다. 직접 화산지회에 참가할 수 없는 그녀로서는 이렇게 지켜보는 것이 고작이었다.

"음……."

염도가 대답이라 부르기에도 민망한 짤막한 한마디를 신음처럼 내뱉으며 고개를 끄덕였다.

"경공 이어달리기라니……. 독특하고 개성적이긴 하지만 별 위험이 없는 시합이라 안심했어요."

확실히 도검권각을 휘두르는 것보다는 훨씬 안전했다. 하지만 염도의 생각은 그렇지 않은 모양이었다.

"글쎄? 그건 두고 봐야 알 일일세."

"그 말씀은?"

염도가 시선을 돌려 이 아름다운 아가씨를 쳐다보았.

끊임없이 분노와 울분이 소용돌이치던 그 야수 같던 눈빛도 지금은 깊이가 생길 정도로 많이 누그러져 있었다. 최근 몇 년 들어 어떤 악연과 얽히고 난 이후로 별별 고생을 다한 탓인지도 몰랐다. 본인도 참 성질 많이 죽었다고 생각하고 있던 차였다. 때문에 과거보다 훨씬 이성적으로 생각할 수 있게 되었다.

"은 소저, 사고는 자연이 일으키는 게 아니라 사람이 일으키는 거라네."

환경을 조성하는 것도, 그 환경에 대처하는 것도 모두 사람이다. 때문에 대부분의 사고는 사람과 사람 사이에 얽힌 '관계의 일그러짐(왜곡)'에서 발생한다. 올바른 인간관계에서 문제가 일어날 리 없다. 만일 문제가 일어났다 해도 그들은 합심하여 그 문제를 해결할 수 있을 것이다. 그런 측면에서 볼 때 지금 이곳에 얽힌 인간관계의 왜곡율은 최악이라 할 수 있었다.

"그렇다면 문제가 일어날지도 모른다는……."

듣고 보니 충분히 납득이 갔다. 지금 이곳 화산에 얽힌 인간관계는 비정상적이라 해도 좋을 정도였다. 언제 문제가 일어나도 이상하지 않을 상황인 것이다.

"확신할 수야 없지. 하지만 세상에는 반칙이란 자신이 벌린 비합법적인 행위가 발각되는 건 조심성 없는 우행(愚行) 때문이라고 생각하는 족속들도 있으니깐 말이야!"

안타까운 일이지만 이 세상에는 '정정당당'이란 자신의 욕망을 충족시키기 위한 가장 멀고 지루한 어리석은 여정이라고 생각하는 무리들이 존재한다. 그런 자들은 규칙을 지키는 것보다는 어기고 들키지 않는 쪽이 더 현명하다고 생각한다. 역사 이래로 그들이 항상 소수보다 다수의 위치를 고수하고 있다는 사실은 인류에 있어 무척이나 불행한 일이 아닐 수 없다.

물론 때때로 어처구니없는 규칙들도 많지만……. 적어도 이런 시합에서는 공정한 경쟁을 위해서도 규칙을 준수해야 하는 것이다. 그것이 당연한 정론임에도 세상에는 얄궂게도 당연한 것을 당연한 줄 모르는 사람들이 너무나 많다. 그것은 우매한 대중이 만들어낸 최악의 비극이라 아니할 수 없다.

"방심은 금물. 끝까지 가봐야 아는 것이지!"

이성적일 뿐만 아니라 신중해지기까지 한 모양이었다. 물론 그 본성이 완전히 뒤바뀐 것은 아니지만 이것만으로도 충분히 놀라운 변화였다.

"아무 일 없이 끝났으면 좋으련만……."

그 부분에 대해서는 회의적이었다.

"글쎄…, 워낙 적이 많은 위인이라……. 무슨 일이든 이제껏 한번도 조용히 끝내본 적이 없다는 게 자랑인 녀석이거든!"

"조용한 게 죄라고 생각하는 게 아닐까요?"

"그 녀석, 아마 평온의 신에게 잔뜩 미움받고 있을 거야, 분명!"

묘하게 확신에 찬 어조로 염도가 말했다.

"모용 공자하고는 정반대네요. 그 사람은 규칙을 어기면 하늘이라도 무너지는 것처럼 행동하잖아요? 그런 면이 귀엽기는 하지만······. 참 많이 대조되는 두 사람이에요, 쿡쿡!"

전혀 성질이 상반된 두 사람인데 같이 어울려 있는 것을 보면 참 신비가 아닐 수 없었다. 그것이 비류연이란 한 인간이 가진 매력인지도 몰랐다.

"귀여워? 그 딱딱하고 퍼석퍼석하기만 한 마른 호떡 같은 녀석이? 호오?"

말꼬리를 길게 올리며 수상한 시선으로 바라보자 은설란이 화들짝 놀라며 손을 가로저었다.

"아, 아니··· 전··· 그냥······. 그게··· 저······."

당황이 눈에 보였다.

"흐···음?"

염도는 여전히 짓궂은 시선을 거두지 않은 채 은설란을 골려먹었다.

"아이 참! 그게 아니라··· 그······."

그러나 이번에도 역시 적당한 변명거리를 찾지 못했다.

"그럼 그 녀석이 싫어? 뭐 규범과 예의밖에 모르는 재미없는 녀석이니 싫어해도 할 수 없지."

한스럽다는 목소리―변조되었을 것이 분명한―로 염도가 말했다.

그의 가라앉은 눈빛은 모용휘에 대한 무한한 동정―조작되었을 것이 명백한―으로 가득했다.

"아, 아뇨! 싫은 건 절대 아니에요, 절대로!"

대답한 은설란은 자신도 놀랄 만큼 큰 목소리였다.

"싫지 않다?"

은설란이 고개를 끄덕였다.

"그럼 좋은 거네!"

갑자기 단정해버린다. '어, 어째서!' 라고 반문할 기회조차 없었다.

"아니, 그게 제 생명의 은인이기도 하지만… 구해주기도 했지만… 등에 업혀보기도 했지만……."

그리하여 그녀는 자신의 변론 기회를 영원히 박탈당하고 말았다. 이제 이것은 염도의 뇌리 속에서 기정사실로 확정되어 기억창고에 보관될 것이 분명했다. 은설란의 어깨가 축 늘어졌다. 자포자기의 심정이 된 듯하다.

그러고 보니 자신은 그를 어떻게 생각하고 있는 것일까? 지금껏 한 번도 그 문제에 대해 고민해보지 않았다는 사실에 생각이 미쳤다. 갑자기 그의 존재가 특별하게 다가오기 시작했다.

"그래도 그 바른생활 휘도 그 사람이랑 얽히고 나서 많이 변했지."

"그 사람?"

"평온의 신에게 미움받고 있는 사람!"

"아아! 그 사람!"

그제야 은설란이 고개를 끄덕였다.

"그 녀석이랑 만난 이후로 지금은 그나마 여유가 많이 생긴 거야.

옛날엔 훨씬 더 지독했지."

"어머 정말요?"

염도가 단호하게 고개를 끄덕였다.

"지금은 그래도 숨구멍이 좀 트였다고 할 수 있지. 옛날에는 가죽 끈으로 자신의 목을 꽉꽉 졸라매는 듯한 모습이었거든."

왠지 그 모습이 쉽게 상상이 되어 웃음이 나왔다.

"그 녀석이 얽히면 다 그래. 아무리 평범한 것도 조용하게 끝나지가 않거든. 꼭 뭔가가 생겨나고 말지. 지루하지 않아서 좋긴 하지만……."

'적당히'를 몰라서 항상 문제였다.

무당산 때도 그랬고, 환마동 때도 역시 그랬다.

지금까지의 경험을 미루어볼 때 사고가 일어나지 않는 쪽이 오히려 이상했다. 그의 주변에는 항상 폭풍이 몰아치고 있었다. 아니, 불러들이고 있다는 쪽이 옳을 것이다. 그의 존재는 자의든 타의든 주변의 관계에 왜곡을 발생시킨다. 자칫 잘못했다가는 함께 휩쓸려 날아가는 수가 있으니 주변사람들도 각별히 주의할 필요가 있었다.

"과연 이번에는 조용히 끝날 수 있을까……."

염도의 불길한 예감은 적중했다.

마지막의 마지막

마지막 주자 중 가장 먼저 출발하는 영예를 안은 사람은 대공자 비였다. 그가 1조의 마지막 주자였다. 그에게 봉을 건네준 사람은 마검익 추명이었다. 그는 그의 주인만큼이나 무뚝뚝한 얼굴로 증표를 건네주었고, 그것을 받아든 비 역시 감정이 몽땅 사라진 듯 무정한 얼굴로 달려나갔다.

두 번째로 출발한 것은 2조 용천명이었다. 그는 자신에게 계주봉(이걸 상대에게 직접 넘겨줘야 한다.)을 넘겨주는 분한 얼굴의 마하령에게 어떤 불평도 하지 않고 달려나갔다. 세 번째는 구정회의 무절 삼절검 비천룡(飛天龍) 청혼이었다. 그는 5조였는데, 그에게 봉을 넘겨준 사람은 같은 회의 문절 지룡(智龍) 백무영이었다.

네 번째는 모르는 사람이었다. 다만 남들이 그가 바로 마천각의 성전외검 '안낙긴'이라고 수군대는 이야기를 들었다. 화음현 안목품 평회장에 올라온 이름을 본 적이 있었다. 경쟁자였다. 그와 함께 이름이 올라가 있던 오비완은 얄궂게도 같은 7조였다. 그래도 그는 의외로 괜찮은 사내였다. 그 얼굴, 그 덩치에 동물을 좋아하는 무척 특이한 인간이었다.

다섯 번째와 여섯 번째가 출발했다. 이들은 둘 다 본 적이 있는 인간들이었다. 마천칠걸인지 칠칠인지 뭔지 하는 무리에 속한 인간들이었다.

'잘도 이런 인간을 마지막 주자로 내세울 생각을 했군.'

몇 조인지는 모르겠지만 그 조에 속한 인간들의 정신상태를 해부해보고 싶었다. 아마 정상은 아니리라. 이들의 주인은 그들 자신이 아니었다. 그들의 주인은 따로 있었고, 그 주인은 안타깝게도 이 마지막 구간에서 맨 처음으로 출발해버렸다. 과연 이 정도로 충실하게 훈련된 개가 주인을 물려고 할까……. 이빨을 세워 다른 사람의 다리나 물어뜯지 않으면 다행이었다.

'하다못해 '맹견주의'라는 표시라도 달아놓았으면 좋았을 것을…….'

저 멀리서 일곱 번째 주자가 달려오고 있는 게 보였다. 그 뒤로 맹렬하게 추격해오는 여덟 번째 인간이 보였다. 모두 지친 기색이 역력하다. 앞서 왔던 넷과는 무척 비교되는 조합이었다. 하지만 그 어디에도 자신에게 계주봉을 전달해줄 윤준호의 모습은 보이지 않았다.

"이 녀석, 무슨 일이라도 생긴 건가……."

옥녀봉의 정상은 이미 황혼으로 붉게 물들었다. 밤이 다가오고 있었다.

비류연은 팔짱을 낀 채 눈을 감고 묵묵히 기다렸다.

중도에 무슨 일이 발생했다는 것은 주지의 사실이었다. 하지만 규칙상 이곳 마지막 출발선에서 삼장 이상 떨어지면 감점이었다. 이미 열 명이 이곳을 출발했다. 열한 개 조였으므로 그는 이곳에 남은 마지막 한 사람이었다.

"흥, 그 녀석은 오지 않아! 기다려도 소용없을걸?"

코웃음을 치며 날카롭게 외친 사람은 철옥잠 마하령이었다. 그녀는 아직도 비류연에게 감정이 남아 있는 모양이었다.

"무슨 이야기?"

비류연의 반문에 그녀는 득의양양한 미소를 지으며 말했다.

"그 녀석, 아마 윤준호란 이름이었지? 화산의 저능아로 유명한? 아까 아주 성대하게 옥녀봉을 굴러내려 가던데? 아마 지금쯤 옥녀봉 입구에 도착해 있지 않을까? 오호호호호호!"

즐거워 죽겠다는 듯 마하령이 소리 높여 웃었다. 잠시 침묵하던 비류연의 입이 조용히 열렸다.

"당신이 그랬나?"

낮고 고요한 목소리였다.

순간 마하령은 심장이 주저앉는 듯한 느낌을 받았다. 몸이 일순간 경직됐다. 북풍에서 뽑은 차가운 실로 엮은 그물에 사로잡히기라도 한 것처럼 얼어붙었던 것이다. 차가운 얼음의 창이 자신의 심장을 관통한 것만 같은 서늘한 기운을 느꼈다.

"아, 아니! 내, 내가… 그런 비겁한 짓을 할 것 같아? 이 천, 천하의 철옥잠 마하령이!"

혀마저 얼어붙었는지 말이 띄엄띄엄 나왔다. 그녀의 본능이 그녀의 의지에 반하여 육체를 움직이고 있었다. 그러자 비류연에 대한 증오가 더욱 끓어올랐다. 하지만 지금의 그녀는 화내는 것조차도 제대로 할 수 없었다. 더 이상 그를 자극하는 것은 좋지 않다고 그녀의 본능이 시끄럽게 경고를 보내고 있었던 것이다.

도대체 이 비류연이란 놈은 뭐하는 작자란 말인가? 왜 천하의 철옥잠 마하령이 이런 수모를 겪지 않으면 안 되느냔 말이다. 생각하면 생각할수록 열 받지 않을 수 없었다.

비류연은 그녀의 얼굴이 다채롭게 변화는 것에 전혀 신경 쓰지 않은 채 묵묵히 옥녀봉 아래를 바라보고 있었다. 자신이 무시당했다고 생각하니 이건 이것대로 또 화가 났다.

"이제 그만 포기하지 그래?"

"……."

비류연은 대답하지 않았다.

"이미 늦었어. 지금 출발해도 꼴찌인 자신의 순위를 재확인할 수 있을 뿐이야."

"……."

이번에도 비류연은 대답하지 않았다. 그녀 자신이 마치 공기라도 되는 양 그는 전혀 신경 쓰지 않고 있었다.

"이제 그 녀석은 오지 않아! 포기해!"

신경질적인 목소리가 튀어나왔다. 그러나 비류연은 들은 척도 하지 않고 말했다.

"아니, 그 녀석은 온다!"

그가 산 구릉의 한 지점을 손으로 가리켰다. 그의 시선이 머무르는 곳에서 사람의 그림자가 나타났다. 그 그림자는 절뚝절뚝거리며 필사적으로 이쪽으로 다가오고 있었다.

"거, 거짓말!"
 마하령의 입에서 부정을 통해 긍정을 재확인하는 말이 튀어나왔다.

"헤에헤엑헤헥, 헤헤…, 제가… 좀 늦었죠?"
 몸의 이곳저곳 모두가 엉망진창이었다. 옷은 여기저기 찢어지고, 먼지에 더럽혀져 있었다. 머리도 밀짚인형처럼 부스스하다. 여기 저기 긁혀서 생긴 찰과상들이 보였다. 심하게 구른 것이 분명했다. 다리도 다쳤는지 절뚝절뚝거리고 있었다. 그래도 포기하지 않고 여기까지 왔다. 성한 곳이 없을 텐데도 억지로 웃으며 계주봉을 내밀었다.
"헤헤…, 항상… 난… 항상 이렇다니깐…….."
 웃고 있는 윤준호의 눈에서 눈물이 방울방울 쏟아졌다. 억지로 참으려는 기색이 역력했지만 이미 눈물의 홍수는 안와의 제방을 넘고 있었다.
"부… 분해요, 내가 좀더 제대로 달렸다면, 좀더 강했다면……. 그 녀석들의 암수 따위에 바보같이 당해버리고……."
"그 녀석들?"
"그 왜… 마… 마천칠걸이라는……."
'호오, 그렇게 나오셨단 말이지?'
 비류연의 입가에 차가운 미소가 걸렸다. 얼음처럼 차가운 소리 없는 웃음이었다.
 여전히 오열하며 분함에 몸을 떨고 있는 윤준호의 얼굴을 비류연은 조용히 바라보았다. 그러고는 묵묵히 손을 뻗어 그의 어깨를 툭

쳐주었다.

"……?!"

윤준호가 얼굴을 들어 비류연을 바라보았다. 앞머리에 가려져 입만 보이는 그 얼굴이 무슨 생각을 하고 있는지 짐작조차 가지 않았다.

어리둥절해 하고 있는 윤준호로부터 계주봉을 받아든 비류연이 단호한 목소리로 말했다.

"준호, 넌 틀렸어!"

"헤헤… 여, 역시 난 틀려먹은 걸까요?"

이제 더 이상 흘러나올 눈물도 없었다. 그러자 비류연이 고개를 가로저으며 말을 이었다.

"넌 아까 자신이 늦었다고 말했지? 아냐, 넌 늦지 않았어. 딱 좋을 때 온 거야. 고수가 하수랑 맞바둑 두는 거 봤냐? 몇 점 정도는 깔게 해줘야 체면이 서지 않겠어? 그러니 걱정하지 마. 네가 늦지 않았다는 것을 지금부터 내가 증명해주지."

"류, 류연……."

그가 알던 그 비류연이 아닌 것 같았다. 마치 다른 세계에서 온 이종(異種)의 존재 같았다. 그 미소를 보고 있으니 왠지 힘이 솟았다.

"부, 부탁합니다!"

윤준호가 반듯한 자세로 포권지례를 취하며 힘차게 외쳤다. 좀 전의 풀죽은 모습은 이미 그의 전신에서 사라지고 없었다. 그러자 비류연도 포권으로 답하며 의지가 깃든 목소리로 말했다.

"맡겨두라고, 친·구!"

이제 밤이 시작되고 있었다. 복수의 신이 방문하기에 좋은 시간이었다.
"이거나 잠시 맡아줘!"
그렇게 말하며 비류연은 다리에 차고 있던 두 개의 묵룡환을 풀었다. 이 지경이 되어서도 손에 있는 것까지 풀 생각은 없는 모양이었다.
가볍게 다리를 움직여본다. 장난이라도 치는 듯하다.
"오래간만에 푸니까 가볍고 좋은걸."
마음속에 길이 그려진다. 정신이 그가 가야 할 길을 알려주고 있었다. 오감을 통해 자연이 느껴졌다. 비류연의 눈빛이 빛나는 순간, 그의 몸이 사라졌다. 질풍 같은 움직임이었다.
윤준호는 멍한 눈으로 그가 사라진 궤적을 쫓았다. 그러고는 코로 깊게 숨을 들이쉰 다음, 폐부에 저장된 공기를 몽땅 쥐어짜낼 기세로 외쳤다.
"반드시 이겨줘……! 친·구!"
멀리서 비류연이 손을 흔들어준 것 같은 느낌이 들었다.

그 둘, 칠련창 종리추와 사갈검편 도추운이 그의 존재를 인식한 것은 지금은 천무봉이라 더 자주 불리는 낙안봉을 막 오를 때였다.
해가 검은 지평선 아래로 그 몸을 숨긴 지는 이미 오래였다. 지금은 음(陰)이 지배하는 밤의 영역이었고, 그들은 미약한 별과 달에 의지한 채 달리고 있었다.
그는 귀신처럼 느닷없이 나타났고, 빠르게 접근했다. 종리추는 안력을 돋워 힐끗 고개를 돌렸고, 어둠을 꿰뚫은 다음 그자의 얼굴을 확인했다. 그자는 친절하게도 5장 거리 안까지 바싹 다가와 밤의 그림자 때문에 흐릿해질 수 있는 얼굴의 윤곽을 보다 확인하기 쉽도록 해주었다.

두 사람에게 있어서 이것은 괜한 친절이었고, 고로 전혀 고맙지 않았다.

자신들 일곱의 공격을 미꾸라지처럼 피해낸 자, 바로 비류연이란 인간이었다.

"여, 안녕!"

비류연이 손을 들어 인사했다. 이 둘은 그 인사를 무시했다. 뒤에서 '인사성이 바르지 못하구먼' 하고 중얼거리는 소리가 들려왔다. 그래서 그렇게 원하는 답례를 해주기로 했다. 그가 원하는 방식은 아니겠지만.

종리추와 도추운은 서로 마주보았고, 지금 두 사람이 같은 생각을 품고 있음을 확인했다. 전략적 제휴가 보다 좋은 효과를 가져오는 것은 백짓장을 맞들 때뿐만이 아니다.

"떨어져라!"

그들은 비류연의 접근을 저지하기 위해, 내딛는 발로 암석을 바스러뜨렸고 손을 휘둘러 나무를 쓰러뜨렸다.

부서진 돌이 가파른 경사를 굴러 비류연의 얼굴을 압박했고, 부러진 나무들이 울타리가 되어 발길을 가로막았다. 하지만 그는 얼굴을 요리조리 흔들고 허리를 이리저리 뒤틀며 돌 세례를 피해냈고, 쓰러지는 나무들을 발판 삼아 그 위를 달렸다. 그의 몸은 굴러오는 돌을 피할 만큼 충분히 유연했고, 쓰러지는 나무가 걸리적거리지 않을 정도로 재빠르고 가벼웠다. 그것만으로도 종리추와 도추운에게는 충분한 위협이었다.

"끈질기군! 어떡하겠나, 추?"

"공자의 앞길을 막는 자를 용서할 수는 없지."

이대로는 곧 따라잡힐 것 같았다. 두 사람의 경공 속도도 범인은 따라오지 못할 정도로 빠를 텐데 비류연의 속도는 그들을 훨씬 상회했다. 무서운 속도였다.

설마 대공자가 이런 놈에게 추월당할 리는 없지만 화근은 미리 제거해두는 게 좋았다.

"지금은 밤. 밤에 산을 오르는 것은 매우 위험한 일이지. 종종 사고가 일어날 수도 있거든!"

종리추의 말에 도추운은 눈에서 기광을 번뜩이며 허리춤에 있는 검편의 손잡이를 잡았다. 종리추가 등에 걸려 있던 일곱 개의 창 중 하나를 끌러내는 것이 보였다.

그들은 다시 눈을 마주쳤고, 시선으로 적정 시기를 교환한 뒤 다시 타협했다. 무언의 신호를 통해 두 사람이 의식이 연결되는 순간, 두 개의 입에서 하나의 말이 동시에 터져나왔다.

"죽어라!"

마천칠걸 중 두 명을 개떡으로 만든 비류연은 또다시 속도를 높였다. 그는 바람을 밟고, 높은 구릉을 넘고, 높다란 절벽을 뛰어내렸다. 인간에게 허락되지 않은 천험의 지형도 그의 발 아래에서 새로운 지름길을 만들어내야 했다.

　차례차례로 5명을 제치고―이들은 자신이 추월당하는 것조차 인지하지 못했다―2명에게 인과응보의 선물을 안겨준 그는 또다시 비천룡 청혼의 입에 짤막한 경호성을 발설하게 만들었다.

"어?"

　청혼이 이변을 감지했을 때 이미 비류연의 몸은 저 멀리 멀어진 이후였고, 잠시 후 그는 몇 번 안면을 익힌 사람을 시야 안에 둘 수 있었다. 바로 구룡 중 최고의 실력자라는 구정회주 용천명이었다.

"누구지?"

　용천명은 자신의 지각 범위 안에 새로운 존재가 끼어들었음을 감지했다.

　조금 전까지 그의 뒤에 있던 존재는 청혼이었다. 물론 청혼은 구정회의 인물이었지만 이런 시합에서 일부러 져주는 그런 사람은 아니었다. 물론 용천명도 그런 꼴사나운 일을 부탁할 생각은 없었다. 그들이 전력을 다했는 데도 이길 수 없을 때만 회주로서 자신의 존재가치를 인정받을 수 있는 것이다. 때문에 청혼은 전력을 다해 쫓아왔고, 그 역시 최선을 다해 떨어뜨리려 애썼다. 물론 그 사이 유일하게 자신을 앞서고 있는 사내 대공자 비를 쫓아가는 것도 결코 소홀히 하지 않고 있었다.

　대공자 비…….

　상상 이상으로 놀라운 자였다. 옥녀봉에서 출발한 이래 계속해서 그와의 거리를 좁히려 노력했지만 추월 가능 범위 내로 근접한 적은 한번도 없었다. 그와 자신의 사이가 더 벌어지지는 않았지만 좁혀지지도 않았던 것이다. 그래서 현재까지는 거리 유지에 힘을 쓰면서 호시탐탐 기회를 엿보고 있는 중이었다.

하지만 그는 의식을 다시 한번 자신의 배후로 돌릴 수밖에 없었다. 청혼과 자신 사이의 공간에 새로운 존재가 끼어들었던 것이다. 그것은 곧 누군가가 구정회의 무절을 추월했다는 이야기였다. 청혼의 그 비상한 속력을 익히 잘 알고 있는 용천명으로서는 놀라지 않을 수 없었다.

'도대체 누가?'

그러나 더 많은 신경을 쓰기란 불가능했다. 자신의 속력이 전혀 떨어지지 않았음에도 그 존재가 점점 더 그것과 자신 사이에 놓인 거리를 탐욕스럽게 집어삼키며 압박해오고 있었던 것이다.

거대한 바람이 자신의 배후에서 자신을 향해 불어오는 듯한 느낌이었다. 그는 최후의 승부수를 위해 저장해두고 있던 진기의 일부를 개방할 수밖에 없었고, 그것을 이용해 속력을 배가시켰.

'이제 떨어졌겠지…….' 라고 생각하는 순간, 그는 '헉!' 하고 놀라고 말았다. 어느새 그것은 자신이 안심한 사이 그에게 보다 가까이 다가와 있었던 것이다. 결국 용천명은 궁금증을 참지 못하고 고개를 돌렸고, 의외의 존재를 그곳에서 발견했다.

'비류연!'

그의 눈이 휘둥그레졌다.

용천명은 어떻게든 비류연을 떨어뜨려보려고 했다. 그는 아직도 충만한 단전의 화로에 든 진기를 불살라 근육에 힘을 불어넣으며 밤의 중간을 한줄기 유성처럼 갈랐다.

하지만 비류연 역시 만만치 않았다. 그는 용천명이 속도를 두 배 높이면 자신도 그 두 배를 높였고, 세 배를 높이면 세 배를 높였다.

용천명으로서는 무슨 일이 있어도 자신의 등에 붙은 이 찰거머리를 떼어내지 않으면 안 되었다. 만일 그러지 못하면 회주로서의 체면은 물론이고, 자신에게 계주봉을 건네준 마하령에게 무슨 험한 소리를 들을지 몰랐던 것이다. 그는 무슨 일이 있어도 그것만은 사양하고 싶었다. 그래서 그는 묘책을 짜내기 위해 머리를 굴렸다.

그가 선택한 건 일부러 비류연의 승부욕을 자극해 험한 지형으로 유인하는 것이었다. 지형이 거칠고 험난해지면 그만큼 고역을 치를 거라고 생각했던 것이다. 하지만 그것은 패착이었다. 고역을 치른 것은 오히려 용천명 자신이었다. 비류연은 천년 묵은 원숭이조차도 감히 따라오지 못할 만큼 날렵한 동작으로 솟아난 암벽과 암벽, 계곡과 계곡 사이를 발에 날개가 달린 게 아닐까 의심 갈 정도의 속도로 날아 넘었던 것이다. 그것도 바로 자신의 머리 바로 위를!

마침내 비류연이 용천명을 추월한 것이다.

'앞으로 남은 것은 단 한 사람!'

비류연이 고개를 들어 위를 올려다보았다. 돌로 이루어진 구릉 너머로 달이 뜨고, 함성이 울려퍼지기 시작했다.

산 정상의 여기저기에서 타오르는 횃불, 결승점이었다.

"이런!"

깜박 잊고 있었다. 비류연답지 않은 실책이었다. 용천명과의 대결에 너무 신경을 쓰는 바람에 남은 거리를 염두에 두지 않았던 것이다.

아직 두 사람 사이의 거리는 멀었고, 결승점은 비에게 너무 가까웠다. 비류연의 마음이 초조해지기 시작했다. 이제 비는 조금만 더 가면 결승점에 도착할 것이다. 이쯤 되면 방심이라도 해주면 좋으련만 그는 전혀 그런 기색도 없이 최고의 속도로 자신의 영광을 향해 날아갔다.

점점 더 함성이 높아지고 있었다. 그것은 대부분 마천각 소속의 인물들에서 터져나온 것이었지만 비류연은 그 사실을 눈치 챌 만큼 여유가 없었다.

그는 윤준호와 철석같이 약속한 게 있었고, 일단 약속을 한 이상 그것을 지켜야만 했다.

'달려라! 달려라! 달려라!'

벌써 상대는 결승점이 지척이었다. 아무리 자신이 빠르다 해도 도저히 무리였다.

'무리? 내가? 불가능?'

그런 생각은 지금껏 한번도 해본 적이 없다.

'지금 내가 미쳤나? 준호 녀석에게 자신의 한계를 짓지 말라고 했으면서 내가 그런 생각을 해?'

갑자기 정신이 얼음물이라도 끼얹은 듯 차가워졌다.

절대로 포기할 수 없었다. 여기서 포기하면 모든 것이 끝장이다. 스스로 자신의 정의를 배반한 꼴이 된다. 스스로도 믿어주질 않는 자신을 누가 믿어준단 말인가? 자신을 포기하는 자는 가장 먼저 하늘에 버림받고 만다.

믿어라! 나를 믿어라! 그동안 쌓아왔던 땀과 길러왔던 힘을 믿어라. 넌 할 수 있다. 넌 할 수 있다.

너에게 불가능은 없다. 너의 육체는 아직 한계를 넘지 않았다. 너의 몸으로 무한을 구현하라. 믿어라! 믿어라!

나는 바람보다 빠르다. 나는 빛보다 빠르다. 나의 의지는 시간을 제압한다.

나의 몸은 빛보다 빠르게 시간을 가르고 공간을 뛰어넘어 저편에 '지금' 존재한다.

그것이 바로 '나(我)'이다!

그 순간, 세계가 일그러지기 시작했다. 그로서는 세계가 일그러진 것인지, 자신의 감각이 일그러진 것인지 알 수 없었다. 다만 한 가지 확실한 것은 어떤 변화가 찾아왔다는 것이다.

'뭐… 뭐지 이 감각은?'

순간 비류연은 자신의 몸이 가장 미세한 존재 단위로 분해, 전이(轉移)되는 것 같은 강렬한 감각을 느꼈다.

'이것은 무엇?'

형용할 수 없는 감각 속에서 그는 미세하게 나눠진 자신의 존재가 저편의 한 점을 향해 빨려가는 듯한 기묘한 감각을 맛보았다. 그것은 빛과 시간과 별을 빨아들이는 칠흑의 소용돌이 같은 흡입력으로 그를 끌어당겼다. 빛과 시간이 그와 함께 그 일점을 향해 빨려들어갔다.

빛과 소리가 사라지고 정적(靜寂)이 찾아왔다.

이윽고 거대한 함성이 화산에 울려퍼졌다.

"아깝게 됐네요……."
조용히 그의 곁으로 다가온 나예린이 위로했다. 바위 위에 앉아 있던 비류연의 입가에 고소가 맺혔다.
"상심하지 말아요, 류연! 그런 모습 어울리지 않아요."
그녀의 말에 자신을 다시 한번 되돌아봤다. 어둠침침한 곳에 앉아 있는 것은 궁상이나 할 법한 짓이었다.
"확실히 나답지 않을지도……."
그래도 화는 잘 가라앉지 않는다.
"난 분명히 이겼어요. 그 바보 같은 심판관들이……."
그는 알고 있었다. 자신이 그를 순간적으로 앞질러 들어왔다는 것을. 하지만 심판관들은 자신의 눈앞에 펼쳐진—그것은 너무나 순식간에 벌어진 일이었다—사실을 믿지 않았다. 아니, 그 순간 인지하지 못했다는 게 더 정확한 서술일 것이다. 그 소실된 인지의 순간에 두 사람 모두 결승점을 통과하고 말았던 것이다.
도저히 쫓아올 수 없다고 생각하고 있었는데 어느 순간 두 사람이 함께 들어와 있었던 것이다. 심판관들이 당황하게 된 것도 무리는 아니었다. 몇몇 율령자들의 갑을논박을 시작으로 긴 토의가 이루어졌다. 문제는 누구도 제대로 그 도달 순간을 포착한 사람이 없었다는 점이었고, 그 때문에 토의는 열기를 더하며 길어졌다.
그리고 마침내 판정이 나왔다.
비와 비류연, 모두 공동 1위로 인정한다는 것이었다. 진실이 아닌

타협으로 이루어진 결정이었다.

판정이 나왔을 때 비류연은 율령자에 앞서 또 다른 당사자에게 먼저 질문했다.

"이름이 비라고 했던가? 당신은 어때?"

"뭐?"

"이 시합의 승패에 대해서 어떻게 생각하냐고 묻고 있는 거지. 뭔가 할말은 없나?"

잠시 입을 닫고 사고(思考)의 수레바퀴를 머릿속으로 몇 바퀴 돌린 다음 대공자 비는 말했다.

"…난 심판관들의 판정에 승복한다."

고저가 느껴지지 않는 목소리였다. 하지만 망설임의 잔재가 약간이라고는 하나 의식의 심층구조 서너 단계 아래에 자리하고 있는 듯했다.

"그것이 부당하다 해도?"

다시 비류연이 질문했고, 비가 대답했다.

"부당하다 해도."

모든 감정이 침묵한 목소리였다. 비류연의 입꼬리가 살짝 올라갔다.

"그것이 자기 자신을 속이는 일일지라도?"

"……."

비는 정적의 대리석 위에 무언의 끌로 침묵을 조각했다.

"난 심판관의 판정에 승복한다. 불만은 없다."

다시 자신이 조각한 침묵의 상을 망치로 깨부순 비가 처음에 했던 말을 다시 한번 기계적으로 반복했다. 이번에는 비류연이 침묵의 사원을 지을 차례였다. 하지만 그에게는 사원을 지을 생각이 전혀 없었나보다.

"그래? 좀더 자존심이 있는 인간이라 생각했는데……. 당신의 자존심도 겨우 그 정도인 것 같군. 좋아, 당신이 정 그렇게 말한다면 그렇다고 해주지. 당신의 마음이 얼마만큼 이 일을 승복할 수 있을지 모르겠지만 말이야! 오늘의 일을 평생 잊을 수 없을걸? 그래도 좋다면 그렇게 하도록 해. 평생 오늘의 패배감을 가슴에 안고 살아가라고!"

냉정함이 푸르스름하게 빛을 발하는 싸늘한 목소리로 비류연이 말했다.

그리고 그 말은 분한 비의 뇌리 속에 그대로 새겨져 한동안 그의 귀를 떠나지 않는 메아리가 되었다.

천무삼성(天武三聖) 편
-여로(旅路)

"여정을 떠나기에 좋은 날씨로구나."
눈부실 정도로 파란 가을 하늘을 올려다보며 노인은 흐뭇한 미소를 지었다.
정말 좋은 날씨였다.

"아버님, 검은… 안 가져가십니까?"
노인이 외출할 때 일신상에서 검을 떼어놓은 적은 한번도 없었기에 그의 의문은 정당했다.
청수한 용모를 지닌 중년인의 물음에 새하얀 학창의(鶴氅衣)를 걸친 노인은 온화한 미소로 말했다.
"허허허, 이미 내 마음속에 검이 있는데 그 무겁기만 하고 거추장스러운 걸 굳이 들고 갈 필요가 있겠느냐? 이거 하나면 족하다."
그러면서 노인은 아무렇지도 않게 '그것'을 집어들었다.
"할, 할아버님! 그, 그것은……!"
중년인과 옆에 나란히 서 있던 이십대 후반쯤 되어 보이는 청년의 눈이 휘둥그레졌다. '할아버님, 백세를 넘긴 지 얼마나 되셨다고 벌써 노망나셨습니까? 아직 오십 년도 채 안 되지 않으셨습니까?'라고 묻지 않은 것은 평소 노인에 대해 품고 있던 존경의 염(念)이 신앙에 가까웠던 탓이다. 그럼에도 청년은 신성모독을 고려해보지 않을 수 없었다. 그도 그럴 것이 노인이 집어든 것은 아무렇게나 쳐낸 나뭇가지 하나였다.

노인은 나뭇가지를 들고 잠시 이리저리 살펴보더니 이윽고 흡족한 미소를 띠며 만족한 듯 고개를 끄덕인다. 무게도 적당하고, 길이도 적당하고, 모양도 적당한 것이 나무랄 데가 없었다. 그러다 한 가지 미처 하지 못한 일이 있음에 생각이 미쳤다.

"흠…, 이름이 있어야겠구나. 이제부터 '은하(銀河)'라 하도록 하자."

불쏘시개 정도로나 쓰일 별 볼일 없던 나뭇가지의 인생(人生), 아니 '지생(枝生)'에 있어서 두 번 다시 얻기 힘든 거창한 이름이었다. 무척이나 호강이 아닐 수 없었다. 나뭇가지 주제에 언제 이만큼 막무가내일 정도로 황당하고 거창한 이름을 받을 수 있겠는가.

그러나 지금 중요한 건 그게 아니었다.

"하, 하지만… 할아버님, 그것은 검이 아닙니다."

그러자 노인은 갸우뚱한 시선으로 자신의 손자를 바라보았다. 호기심을 감추지 못하는 천진난만한 어린애 같은 얼굴이었다.

"이상한 소릴 다 하는구나! 검이 아니라니… 그럼 검이란 무엇이더냐?"

"그, 그것은……."

막상 대답하려 하니 말문이 막혀버렸다. 검에 대한 지식이라면 그 누구에게도 지지 않는다고 자부하고 있던 이 청년으로서는 크나큰 충격이었다.

"재료가 철(鐵)로 만들어지면 검이더냐?"

노인이 물었다.

"아닙니다."

청년이 대답했다. 금으로 만들어졌든 은으로 만들어졌든 성능의 차이는 있을지언정 검은 검이었다.

"그럼 길이가 삼 척이고 폭이 이 촌이면 검이더냐?"

다시 노인이 물었다. 이번에도 역시 청년은 고개를 저었다.

"아닙니다. 길이가 삼 척이든 사 척이든, 폭이 일 촌이든 삼 촌이든 그런 건 검의 정의와는 아무 상관이 없습니다."

그렇지 않다면 소검, 중검, 대검이라는 개념은 나오지도 않았을 것이다.

"그럼 손잡이가 가죽이든 어피(魚皮)로 되어 있든, 쇠로 되어 있든, 나무로 되어 있든 상관이 없겠구나. 그렇지?"

"물론입니다, 할아버님!"

만족한 듯 고개를 끄덕인 노인이 다시 말을 이었다.

"너는 지금 철로 만든, 길이 삼 척에 폭이 일 촌, 손잡이는 어피로 되어 있는 쇠붙이라는 사실만으로는 검이 될 수 없다고 했다. 재료도 형태도 검을 구성하는 가장 중요한 요소는 아니라고 대답한 것이다. 그럼 무엇을 과연 검이라 칭할 수 있겠느냐? 그럼 너는 무엇을 검이라 부르겠느냐?"

청년은 감히 대답할 수 없었다.

"가르침을 주십시오."

노인이 조용히 고개를 끄덕였다.

"재료나 형태는 그 사물의 중요한 구성요소이기는 하나 그것은 표면일 뿐 본질이라 할 수 없다. 그 재료나 형태만으로 어떤 사물을 정의할 수 없다면 그 목적과 기능에 좀더 주목해야 된다고 생각하지 않느냐?"

"목적과 기능이라 하시면……."

"사물에 대한 정의는 사회의 약속이다. 그리고 그 정의의 대부분은 그 목적과 기능이 지닌 기호에 초점을 맞추고 있지. 그렇다면 검의 기호는 무엇이겠느냐?"

청년은 자세를 바로하고 조용히 가르침을 기다렸다. 노인이 다시 말을 이었다.

"검이란 베고 찌르는 물건이다. 일부에서는 여러가지 주술적 의미를 지닌 도구로 사용되기도 하지만 무인에게 검이란 냉정하게 볼 때 베고 찌르는 것으로, 사람을 살상하거나 제압할 수 있는 도구를 말한다. 좀더 엄밀하게 말하면 물체를 베거나 찌르는 기능을 수행하는 모든 것이 바로 검인 것이다. 베고 가르고 찌르는 것이야말로 검의 본분, 검의 본성인 거지."

청년은 경건한 마음으로 경청했다.

"그렇다면 그 형태나 재료가 무엇이든 무슨 상관이 있겠느냐? 비록 남들이 보기에는 평범한 나뭇가지라도 노부가 이것으로 물체를 베고 찌를 수 있다면 이미 훌륭한 검이라고 할 수 있지 않겠느냐? 이렇게 말이다."

노인이 나뭇가지를 가볍게 한번 휘둘렀다. 그러자 삼 장 너머쯤에 떨어져 정교한 세공을 뽐내고 있던 화려하고 고풍스런 석등 하나가 깨끗하게 반으로 갈라졌다. 그 절단면은 거울을 보는 듯 소름끼치도록 매끄러웠다.

"흡!"

청년과 중년인의 눈이 크게 부릅떠졌다. 청년은 그 신기에 새삼 놀란 것이지만 중년인은 다른 의미에서 경악한 것이었다. 노인의 아들이자 청년의 아버지인 그는 현재 말을 잊을 정도로 기겁해 있었지만 그의 이상을 눈치 챈 사람은 아무도 없었다.

노인은 다시 시선을 돌려 자애로운 눈으로 손자를 바라보았다.

"어떠냐? 이런데도 너는 아직도 이것을 검이라 하지 못하겠느냐?"

"아닙니다. 할아버님의 손에 그것이 들려 있는 이상, 당신께서 그것을 검이라 명명하신 이상 그것은 이미 훌륭한 하나의 신검(神劍)입니다."

존경과 경애를 소리에 담아 청년이 대답했다. 이 노인의 손에 들린 이상 그것이 무엇이든 별 볼일 없는 종이쪼가리든, 다 떨어진 천 조각이든, 풀잎이든 갈대든 상관없이 그것은 더할 나위 없이 날카로운, 지나치게 잘 드는 명검인 것이다.

"감사드리거라!"

다시 신색을 회복한 중년인의 말에 퍼뜩 정신이 든 청년이 깊게 허리를 숙이며 포권지례를 취했다.

"깊은 가르침, 감사드립니다, 할아버님!"

"됐다. 별것도 아닌 것을……. 예가 너무 지나쳐 받는 사람이 불편하구나."
 노인이 웃으며 과례를 물렸다. 이 조손지간의 화기애애한 모습을 옆에서 지켜보고 있던 중년인이 노인을 향해 조심스럽게 말을 걸었다.
 "저…, 그런데 아버님!"
 노인의 시선이 아들을 향했다.
 "응? 왜 그러느냐?"
 "이런 말씀 꼭 드려야만 될는지 송구스러워 망설였습니다만……."
 중년인은 용건을 꺼내기가 아주 힘겹다는 듯 말끝을 흐렸다. 자신이 이 말을 내뱉기 위해 얼마나 고심했는지 알아달라는 뜻 같았다. 이렇게까지 나오는데 거부할 사람은 없다.
 "무슨 일이냐? 아비와 자식 간에 대화를 나누는데 어려울 게 무에 있겠느냐? 말해보거라!"
 어떤 이상 징후를 미처 발견하지 못한 노인이 온화한 미소를 지으며 말했다.
 "그럼 아버님의 말씀을 받자와 기탄없이 말씀드리겠습니다."
 어떤 결의마저 느껴지는 그 말에 노인은 '음, 그래!' 하며 고개를 끄덕였다.
 "조금 전 아버님께서 보여주신 검기는 역시나 더없이 훌륭한 것이라 그 고절한 경지에 이 아들은 언제나처럼 감탄하지 않을 수 없었습니다."
 서론이 수상할 정도로 길었다. 이쯤 되면 아무리 마음씨 좋은 노인도 약간 경계의 빛을 띠지 않을 수 없었다. '커흠!' 하는 출처를 알 수 없는 헛기침소리가 울려퍼졌다.

 맹인인 아버지의 눈을 뜨게 만들기 위한 공양미 삼백 석 때문에 인당수에 몸을 던졌다는 이국 처녀 심모 양의 예를 본받아 효심을 발휘하여, 이 건에 대한 언급을 여기에서 그만두고 덮어둘 수도 있었지만 그러지는 않았다. 그에게는 가솔들을 이끄는 가주로서의 막중한 책임이 있었던 것이다. 그래서 그는 힘겹게, 비통한 마음으로 진실을 전해야만 했다.

 "그런데 여기까지는 무척 좋은데 말입니다… 아버님께서 너무나 깨끗하게 절단하신, 그 운남 대리석을 깎아 만든 당나라 양식의 석등 말입니다……."

 '컥!' 하는 표정이 노인의 얼굴에 떠올랐다. 어쩐지 절단면이 너무 지나치게 매끄럽다고 생각했던 것이다.

 "비, 비싼 거냐?"

 떨떠름한 얼굴로 노인이 반문했다. 좀 전에 손자에게 가르침을 내리던 신기 넘치던 얼굴은 이미 온데간데없었다.

 아들은 진실을 감춰서는 안 된다는 신념과 다시는 이런 비극이 되풀이되어서는 안 된다는 사명감 아래 힘차게 고개를 끄덕였다.

 "무·척·이나요!"

 경각심을 다시 한번 일깨워주려는 의도일까? 부담감이 가중되길 바라기라도 하듯 또박또박 힘주어 대답했다.

 "커흠… 그, 그건… 미안하게 됐다……."

 노인의 입에서 연신 헛기침이 터져나왔다. 속에 켕기는 게 있으면 아무리 이런 초고수라도 당당해질 수 없는 것이다.

"다음부턴 부디 주의해주시길!"

중년인의 태도는 좋게 보면 공평무사, 나쁘게 보면 냉혈무정이었다. 그럼에도 노인은 감히 뭐라 토를 달지 않았다. 혈연, 지연에 얽매이지 않고, 만사를 공평무사하고 냉정하게 처리하라고 가르친 것은 다름 아닌 노인 자신이었다. 자신이 옳다고 생각하고 믿고 따르는 사상을 아들이 고스란히 행하고 있는데 어찌 감히 아비라는 지위를 이용해 억압할 수 있겠는가! 그것은 그가 가장 혐오하는 행위 중에 하나임과 동시에 스스로의 정의를 뒤집어엎는 번복행위이기도 했다. 그래서는 낯부끄러워 하늘도 제대로 올려다볼 수 없게 된다.

"그, 그럼 다녀오마. 오랜만에 친구들이나 만나야겠다. 다들 오랜만의 나들이인데 너무 기다리게 하면 안 되지! 자, 그럼!"

불편한 자리를 한시라도 빨리 벗어나려는 듯 노인은 서둘러 몸을 뺐다.

"다녀오십시오, 아버님."

"다녀오십시오, 할아버님."

등뒤에서 아들과 손자의 배웅인사가 이어졌지만 노인은 손만 한번 가볍게 흔들어보였을 뿐 뒤돌아보지는 않았다.

"즐거워 보이시는군요."

아들의 느낌에 중년인도 동의하며 고개를 끄덕였다.

"오랜만의 재회가 아니시냐! 즐거우실 만도 하시겠지!"

"삼대 거물회동이군요."

"그래, 그 세 분이 만나면 강호무림도 내일 당장 전복시킬 수 있을 거다."

"가능하죠!"

청년이 너무나 진중한 표정으로 고개를 끄덕이자 중년인이 피식 웃었다.

"뭐, 동창회 수준이겠지. 무림정복은 아마 귀찮아서 안 하실 게다."

"확실히!"

아버지의 말이 진실임을 알고 있는 아들은 당장 납득했다.

보고서를 읽어내려가는 사영뇌 치사한의 얼굴은 크게 찌푸려져 있었다. 그 안에 적힌 내용은 그를 불쾌하게 만들기에 충분했다.

"이게 사실인가?"

당연히 사실일 것이다. 이런 중대한 사실을 거짓으로 보고할 만큼 멍청한 부하는 둔 적이 없었다. 그럼에도 다시 한번 물은 것은 재차 확인할 만큼 사안이 중대했던 탓이었다.

"예, 군사! 아무래도 꼬리를 잡힌 것 같습니다."

'특일급' 극비 보고서를 가져온 장본인인 사마혼이 힘겹게 말을 꺼냈다.

"증거는 화평장과 함께 재가 되었을 터! 그 존재를 알아채고 거기까지 역추적해올 수 있을 만한 흔적은 남기지 않았을 텐데?"

기둥뿌리까지 재가 되는 것을 확인했다는 보고를 전에 분명히 받았던 것이다.

"설마 그때의 '사고'가 놈들 귀에 들어갔나?"

주위 군영의 병사들까지 진압을 위해 동원될 정도로 요란법석을 떨었으니 가능성은 충분했다.

'운반할 때 그렇게 조심하라고 일렀거늘! 바보 같은 놈들!'

최악의 경우 연결선을 끊어야 할지도 몰랐다. 그러나 지금은 한가하게 그들이나 욕하고 있을 때가 아니었다.

"어디 개인가?"

치사한이 다시 물었다.

"아무래도 무림맹인 것 같습니다."

"쳇, 백도의 개들이……. 이번 놈들은 제법 냄새를 잘 맡는 견종들이로군! 어디까지 냄새를 맡은 것 같나?"

"아직 우리의 존재까지는 밝혀내지 못한 듯싶습니다. 하지만 그것도 시간문제일지 모릅니다."

치시한이 고개를 살짝 숙이고 숙고에 들어갔다. 사마혼은 잠시 기다렸다가 다시 말문을 열었다.

"어떻게 하시겠습니까?"

"몇 명인가?"

개들의 숫자를 말하는 것이다.

"모두 열여덟 명입니다."

"우두머리는?"

"구척철심안(九尺鐵審眼)입니다."

"그 도굴꾼 녀석이……. 근데 그놈이 그렇게 유능했나?"

도굴꾼은 그자에게 악감정이 있는 자들이 즐겨 사용하는 비하용 단골손님이었다. 그 존재는 정보로야 알고 있었지만 그의 명성은 업무능력보다는 특이한 그만의 능력에 기인한 바가 더 컸다.

"소가 뒷걸음질치다 쥐를 잡을 수도 있는 노릇이지요."

우연도 능력 중 하나였다.
"얌전히 도굴이나 하고 있었으면 목숨이나 부지했을 것을!"
치사한이 이를 갈며 말했다. 결론은 이미 정해져 있었다.
"선택은 하나뿐이다. 전원 말살시킨다. '멸성대(滅聖隊)'의 사용을 허가한다. 2개 대대를 주지!"
'멸성대'라는 말에 평정을 유지하고 있던 이 사내가 깜짝 놀라 고개를 처들었다.
"멸성대 말씀이십니까? 그것도 2개 대대씩이나!"
사내가 놀라는 것도 무리는 아니었다. 그건 소 잡는 칼로 닭 잡는 격이었다. 격이 달라도 너무 달랐다. 애초에 멸성대는 그 이름에서도 알 수 있듯 그런 조무래기를 상대하기 위해 육성한 조직이 아니었던 것이다. 이번 사건 정도는 반 개 대대만 나서도 충분했다.
그러나 치사한은 자신의 결정을 번복할 생각이 없는 듯했다.
"그래! 그 살인기계들을 보낸다. 이번 기회에 얼마나 제대로 훈련됐는지 확인해볼 수도 있겠지."
"하지만… 그분의 허가도 없이 그들을 쓴다는 것은……."
그 부분이 이 사내 사마혼을 껄끄럽게 만드는 모양이다. 사실 그건 치사한도 마찬가지였다. 이번 건은 그의 독단에 월권까지 겹쳐질 가능성이 있었다. 하지만 그는 다급해 하고 있었다.
"그분의 재가를 받을 시간 여유는 없다. 이기는 게 아니라 한 집단을 완전히 몰살시키기 위해서는 적어도 다섯 배 이상의 힘이 필요한 법. 압도적인 힘으로 단숨에 정리한다! 이번 작전이 제대로 성공하면 그들을 쓸 일도 없을 터. 총력을 쏟아 완벽을 기하도록."

그만큼 이번 작전은 중요했다.
"알겠습니다!"
단호한 목소리로 사마흔이 대답했다.
"은밀히 처리하게. 이 실수가 만일 공자께 알려지기라도 한다면……."
상상만으로도 목이 서늘해진다. 두려움 때문인지 치사한의 몸이 부르르 떨렸다. 애써 불안감을 떨쳐내며 그는 나직하고 은근한 목소리로 못 다한 말을 끝맺었다.
"나는 물론이고 자네도 아마 무사하지 못할 것일세."
"명심하겠습니다."
치사한이 강렬한 눈빛으로 그를 쏘아보며 힘차게 외쳤다.
"'용연(龍燃)'의 존재는 아직 그 누구도 알아서는 안 된다. 그것에 대해 알려 하는 모든 존재를 말살시켜라. 그것이 자네의 역할, 자네의 사명일 것이다. 가라! 천겁의 검, 천참마검 사마흔이여!"
"명을 받겠습니다!"
동시에 그의 존재는 방 안에서 허깨비처럼 사라졌다.

"헉, 헉, 헉!"
목이 갈라지는 것 같은 갈증, 터질 듯이 고통스런 폐, 당장이라도 뼈와 살이 분리될 듯한 다리……. 그냥 제자리에 풀썩 주저앉고 싶었다. 그러나 멈출 수는 없었다.
"허억, 허억, 허억!"
아직 숨이 넘어가지 않은 게 오히려 신기했다. 그래도 안명후는 단전의 내공을 있는 대로 전부 뽑아올리며 달리고 또 달렸다.

"칫, 들켜버리다니! 헉, 헉!"

후회막급이었지만 멈출 수는 없었다.

"…나답지 않은 실수를!"

그러나 이미 배는 나루를 떠난 이후였다. 후회는 살아남은 다음에 해도 늦지 않았다.

"대장님, 이 잡일은 우짠다죠? 헤엑헤엑!"

옆에 바싹 붙어 달리던 개코가 숨을 몰아쉬며 물었다. 엉덩이에 연기 나기는 개코도 마찬가지였다. 애초에 그의 코가 너무 성능이 좋았던 게 문제였다.

최대한 은밀하게 추적한다는 마음으로 임했는데……. 상대의 이목은 그의 상상 이상으로 영민했다.

"제길, 아직 내막조차 제대로 알아내지 못했는데!"

내막이라도 완전히 파악했더라면 이보다는 덜 억울했을 것이다.

"대장, 헥헥! 어떡할깝쇼, 헥헥? 아직도 따라옵니다요, 헥헥!"

개코가 다급하게 외쳤다. 그의 숨은 이미 턱밑까지 차오른 듯 매우 힘겨워 보였다. 벌써 3일째였다. 추적은 3일 밤 3일 낮 동안 계속되었던 것이다. 그들은 일월의 운행에는 전혀 상관하지 않은 채 그들의 뒤를 집요하게 추적하는 데만 몰두했다. 사냥개도 그들만큼 끈질기지는 않을 것이었다.

"돌아가면(만일 돌아갈 수 있을 때 이야기지만) 궁지에 몰린 인간의 도주 한계 체력에 대한 보고서나 새로 써야겠군."

3일 밤낮 동안 직접 인체실험도 했으니 자료는 충분했다. 그래, 만일 돌아갈 수만 있다면…….

"젠장, 그놈들은 잠도 안 자냐?"

음모의 수원(水原)에 닿기도 전에 그들은 장애에 부딪치고 말았다. 느닷없이 어둠 속에서 나타나 그들을 공격하기 시작한 흑의복면인들……. 그놈들은 정말 악마처럼 무서운 자들이었다. 이십 명이었던 부하들 중에 남아 있는 건 단 일곱 명. 그들도 지금은 사방으로 흩어져 생사를 알 수가 없었다.

"이제 그만 포기해도 좋잖아! 더 이상 못 달린다고!"

안명후가 어금니를 갈며 외쳤다. 그래도 그렇게 말하는 와중에도 아직 발은 멈추지 않는다. 여기서 달리기를 멈춘다는 것은 곧 죽음을 의미한다는 것을 잘 알고 있었던 것이다.

사방으로부터 살기의 그물이 그의 전신을 옥죄어오고 있었다. 몰이꾼들에게 이리저리 휘둘리며 몰이당하는 사슴의 심정이 이러할까?

숨이 턱 밑까지 차올랐다. 몸은 이미 비 오듯 흐르는 땀으로 흥건했다.

"헥헥! 아이고, 대장님! 이제는 더 이상 못 달리겠습니다요, 헤엑, 헤엑!"

숨을 헐떡거리며 개코가 우는 소리를 했다. 그의 숨은 곧 꼴딱꼴딱 넘어갈 것 같았다. 안색도 염한 시체처럼 창백한 게 곧바로 숨이 넘어가도 이상하지 않을 만큼 최악이었다. 그의 눈동자는 점점 풀려가고 있었다. 경공의 속도도 눈에 띄게 느려져 곧 굼벵이한테도 추월당할 것만 같았다.

"바보 자식! 지금 멈추면 죽어! 달리다가 숨이 넘어가는 한이 있더라도, 심장이 터지는 한이 있더라도 달려! 어차피 달려도 죽고 멈춰도 죽는다면 조금이라도 더 달아나란 말이야!"

악에 받친 목소리로 안명후가 외쳤다.

"히익 히익, 임마! 너 때문에 고함지르다가 나까지 숨이 차고 있잖아!"

안명후가 투덜거리며 말했다. 그의 호흡 역시 눈에 띄게 악화되고 있었다. 자신의 몸도 이제는 한계였다.

'역시 그 수단밖에 없는 건가……'

위험한 것을 알지만, 반작용으로 돌아오는 부작용이 심하다는 것도 알지만 그래도 이대로 달리다 게거품 물고 쓰러진 채 추적자에게 잡혀 개죽음당하는 것보다는 나았다.

마침내 결단을 내린 안명후가 개코와 약간 거리를 두고 달려오는 부하 두 명을 향해 외쳤다.

"별수없다. 모두 '기폭환(氣爆丸)'을 복용한다!"

"기, 기폭환을 말입니까?"

"그래! 이제 육체는 한계다. 더 이상 달아날 기력은 남아 있지 않아! 체력도 진기도 모두 바닥, 그 수밖에는 없어!"

기사회생의 수단임에도 껄끄러운 표정을 지을 수밖에 없는 그 사정을 이해 못하는 바는 아니었다.

'무리도 아니겠지! 나 자신부터가 이렇게 찝찝한 것을……'

기폭환은 말 그대로 몸 안의 진기가 고갈된 육체에 남겨진 잠력을 격발시키는 약으로, 단전의 우물이 바닥났을 때라도 그것을 복용하면 단기적으로나마 초인적인 힘을 발휘할 수 있게 만들어주는 비약

(秘藥)이다. 하지만 그 힘은 생명을 깎고 짜내어 강제로 순간의 힘을 발휘시키는 약이라 사용 후 엄청난 부작용이 따르고, 최악의 경우 폐인이 될 수도 있는 위험한 약이었다. 때문에 이 양날의 검은 최후의 순간이 아니라면 함부로 쓰지 않는 비장의 수였다.

"울 엄마가 불량식품은 먹으면 안 된다고 그렇게 주의를 줬는데……."

개코가 투덜거리면서 품에서 밀봉된 나무갑에 들어 있는 '기폭환'을 꺼내들었다. 방수밀봉처리가 되어 있어서 우천시나 물속에서도 끄떡없는 물건이었다. 안명후와 나머지 두 명도 경공 전개를 멈추지 않은 채 그것을 꺼내들고 엄밀한 밀봉을 벗겨냈다. 단환은 그 위험성을 경고라도 하듯 피처럼 붉은색을 띠고 있었다. 애교도 없는 녀석이라고 개코는 속으로 투덜거렸다.

"그럼!"

네 명의 시선이 동시에 마주쳤다. 그들은 약속이라도 한 듯 고개를 끄덕였고, 그것을 복용했다. 그 맛은 무척이나 썼고 냄새 역시 강력했다. '큭, 좋은 약은 입에 쓰다지만 나쁜 약까지 이렇게 쓸 필요는 없잖아!' 라고 누군가가 투덜거렸다. 나중에 돌아가면—역시 '돌아갈 수 있다면' 이지만— 기폭환의 맛에 대한 개선책을 요망하는 탄원서를 상부에 올려야겠다고 안명후는 결심했다. 아무래도 현장에 대한 배려가 너무 부족한 듯했다.

"이거 만든 놈들은 어떤 맛인지 짐작도 못할 거야. 이래서 책상물림 녀석들은 틀려먹었다니깐."

쓸데없는 데까지 트집을 잡아 투덜거린다. 하지만 좋아서 이러는 건 아니다. 그의 취향이 미식 부분에 있어서 특히나 까다로워 그런 것은 더더욱 아니었다. 이런 쓸데없는 불평이라도 늘어놓고 있지 않으면 지금 느끼고 있는 절망감을 견뎌낼 수 없기 때문이었다. 모두들 필사적인 것이다.

효과는 즉시 나타났다. 긴급시 복용하는 약이 일반 보약처럼 그 효과가 느리면 말이 되지 않는다.

약은 복용과 동시에 순식간에 분해되고 몸 안으로 흡수되었다. 그다음 순간 단전으로부터 엄청난 힘이 폭발적으로 터져나왔다.

"헉!"

그 노도같이 밀려오는 힘의 물결에 안명후는 기함을 터뜨렸다. 텅비었던 단전 속이 마치 홍수라도 난 것처럼 소용돌이치고 있었다. 기의 소용돌이였다.

"효, 효과 하나는 끝내주는군!"

즉시 호흡이 안정되고 땀이 멎었다. 쌓였던 피로가 단숨에 날아가고 천 근 만 근 같던 사지에 활력이 넘쳐흘러 몸이 깃털처럼 가벼워졌다.

독약에 가까운 약이지만 지금 이들에게 있어서는 어떤 명약보다도 고마운 존재였다. 그래서 맛이 더럽게 없었던 것은 관대하게 잊어주기로 했다.

"지금부터 우린 흩어진다. 우리의 사명을 잊지 마라. 우리의 사명은 적을 물리치는 게 아니라 정보를 전달하는 것이다. 한 명이라도 살아남아서 이 정보를 꼭 맹에 전해야 한다. 알겠느냐?"

"예, 대장님!"

가서 써야 할 불평불만 서류도 많았다. 대부분이 기각되어 휴지통에 들어갈 게 분명하지만 그런 건 아무래도 좋았다. 책상에 앉아 실실 얼굴을 쪼개며 기각되고 외면당할 게 당연한 불평불만을 일필휘지로 갈겨쓰며 일상을 음미한다는 게 중요했다.

'빌어먹을! 반드시 상신소 여관(女官)의 눈이 휘둥그레질 정도로 상신서를 한아름 듬뿍 안겨주고 말리라!'

그 여관이 그 일로 인해 자신을 증오하게 된다 해도 그는 기쁘게 웃어줄 수 있었다.

"무슨 수를 써서라도 살아남아라! 살아서 화산에서 만나자! 어떤 모습으로, 어떤 형태로, 어떤 비굴한 모습으로 변해도 살아남아라."

모두의 얼굴에 비장함이 떠올랐다. 그러나 그 비장함은 곧 사라지고 웃음이 떠올랐다. 넘치는 활력이 그들에게 잠깐의 여유를 찾아준 것이다.

"야, 개코! 살아서 만나자! 살아서 외상값 갚아야지!"

느닷없는 빚 독촉에 개코가 웃었다.

"물론입죠. 대장도 살아남으쇼. 등쳐먹을 사람이 한 사람은 필요하게 말이오. 근데 이런 때까지 외상값 타령입니까? 그거 꼭 받아야 하는 거요?"

"물론이지. 이 세상에 외상값 남겨두고 죽으면 저승 가서 찝찝해!"

안명후가 망설이지 않고 말했다.

"그러니 각오해! 살아남아서 이자까지 쳐서 반드시 다 받아낼 테니깐!"

"혹독하네요! 대장에게 외상값을 갚기 위해서라도 반드시 살아남아야겠구먼요!"

고개를 절레절레 흔드는 개코의 너스레에 안명후가 땀에 젖은 고개를 힘차게 끄덕였다.

"당연하지! 넌 내 외상값 갚고 죽을 운명이야! 멋대로 죽지 말라고!"

"어, 치사하게 대장님께만! 나에게도 은자 석 냥 빚진 것 있는데!"

뒤에 따라오던 부관 이명이 사이로 끼어들며 말했다.

"나, 나도, 나도! 난 은장 두 냥! 석 달 전에 확실히 빌려줬다고!"

이번엔 부부장 오정이 끼어들었다. 개코를 바라보는 안명후의 눈이 게슴츠레해졌다.

"너 도대체 몇 사람에게 얼마나 빚진 거냐?"

"헤헤!"

속도가 종전보다 세 배 이상 빨라진 개코가 뒤통수를 긁적이며 바보처럼 웃었다. 제대로 셀 수 없다는 표시였다.

안명후는 그 모습에 피식 실소를 터뜨리고 말았다. 생사의 경계에 서 있는 탓일까? 이런 사소한 일 하나하나도 무척이나 소중하게 느껴졌다. 그러나 더 이상 이런 감상적인 기분으로 있을 수는 없었다.

"그럼 여기서 흩어진다! 집결 장소는 모두 알고 있겠지?"

세 사람이 동시에 고개를 끄덕였다.

"그럼 무운을!"

네 사람의 동지가 서로를 바라보며 씨익 웃었다.

모두들 알고 있었다. 그들 네 명 모두가 다시 이렇게 마주보고 웃는 날은 다시 오지 않을 것이라는 사실을!

그래도 그들은 웃었다.
그것이 사선으로 향하는 전우에 대한 예의였다.

녹림왕의 도시 나들이

화음객잔에는 오늘 손님이 별로 없었다. 어느 정도냐고 묻는다면 파리가 날아다닐 정도로 횅하다고 대답할 지경이었다.

특이한 건 지나가는 행인이 적지 않음에도 손님은 이상할 정도로 뜸하다는 것이다. 사실 같은 식탁을 쓰는 단 두 사람이 현재 이용중인 손님의 전부였다.

'이상해…, 정말 이상해……'

화음객잔의 주인 두칠은 이 괴현상에 대해 고찰하지 않을 수 없었다.

'역시 저 두 사람 때문인가?'

두칠의 시선이 한쪽 구석에서 음식을 먹고 있는 두 사람의 장한을 향했다. 우락부락한 근육, 철근을 꼬아놓은 것 같은 무식한 팔뚝. 그 팔뚝에는 갖가지 도구로 만들어졌음이 분명한 가지각색의 상처들이 흉측한 모양으로 이리저리 불규칙하게 새겨져 있었다. 더욱이 큼직

한 얼굴에 강침처럼 뻣뻣해 찔리지나 않을지 걱정되는 수염에다가 그것도 모자라 여기저기 새겨진 흉측한 얼굴의 상처들까지! 마지막으로 결정적인 것은 두 사람의 허리춤에 달린, 보기만 해도 전율이 흐르는 무시무시한 거도였다.

척 보기만 해도 흉악무쌍해 보이는 인물들이었다. 저런 모습으로 할 수 있는 직업은 매우 한정되어 있으며, 그것은 매우 위험하고 사나운 특별한 것임이 분명했다.

아까 전부터 객잔에 웃으며 들어왔던 손님들이 안색을 바꾸고 부리나케 발걸음을 돌리는 것도 모두 저 둘 때문임에 틀림없었다. 그렇다고 해도 차마 나가달라고 말할 수 없었다. 아무리 더 높은 매상과 더 나은 이익 창출을 위한 상인의 혼이 새빨갛게 불탄다고는 하지만 그보다 더 중요한 것은 역시 목숨이기 때문이었다.

'부디 빨랑빨랑 처먹고 후딱후딱 꺼져주길!'

맘에 안 드는 손님이 올 때마다 언제나 그랬던 것처럼 두칠은 조용히 속으로 기원했다.

"이야, 오랜만의 도시라 그런가… 좋구먼! 역시 우리 녹림처사들도 영업실적을 올리기 위해서는 예비지역탐사 같은 걸 해서 사전정보를 많이 모아놓지 않으면 안 돼. 이제는 녹림처사들도 구태의연한 영업방법을 버리고 새롭게 의식을 개혁하지 않으면 안 된다고! 암 그렇고말고! 그렇게 생각하지 않나, 모경?"

조금 전부터 이곳 객잔의 매상에 심대한 영향을 주고 있던 중년인 중 더 큰 몸집을 지닌 사내가 찰랑거리는 술잔을 호탕하게 들이켜며 평소보다 과장된 몸짓으로 말했다.

녹림처사(綠林處士)란 게 무엇인가?

처사(處士)란 아직 과거에 급제하지 못하고 집에 머물러 있는 선비를 가리킨다. 아직 '집에 머물러[處] 있는 선비라는 뜻이다. 나쁘게 말하면 무직업자, 백수인 것이다. 그렇다면 깊은 산속 녹림에 거처하는 무직업자는? 희한하게도 그들에게는 직업이 있었다. 바로 산적이라는 엄연한 직업이! 녹림처사는 산적들이 자신들을 높이 칭하는 은어였다.

그리고 이 우락부락한 호목의 사내야말로 중원에 널리 퍼진 산적들 중에서 제일 높은 사람이라 할 수 있는 자였다. 그래서 별호도 거창하게 녹림왕(綠林王)이었다.

녹림칠십이채의 우두머리이자 마랑채의 채주인 녹림왕 임덕성의 말은 조직을 책임지는 수괴(首魁)답게 사업확장 의지에 불타는 진지함으로 가득 찬 것이었다. 그러나 그의 맞은편에 앉아 함께 술잔을 기울이던 폭랑삼십육도(暴狼三十六刀)의 대장 폭랑귀도(暴狼鬼刀) 모경은 그 말에 동의할 수 없었다. 그는 이 변덕스럽고 갑작스런 이번 암행감찰(?)의 호위역이었다.

"크크크. 그냥 아들내미가 보고 싶으면 보고 싶다고 솔직히 까놓으면 되지 않소, 형님!"

곰처럼 거대한 몸집의 사내 모경이 킥킥대며 웃자 그의 등뒤 허리춤에 매달린, 살벌하게 생긴 늑대머리 장식의 거도가 쩔그렁거렸다. 그 실룩거리는 모습이 마치 자신을 골려먹으려는 듯해서 임덕성은 심히 기분이 나빠졌다.

그런데도 모경은 그 변화를 눈치 채지 못했는지 계속해서 말을 이었다.
"뭐니뭐니해도 그 유명한 화산규약지회 아니오. 강호의 기재들이 서로의 기량을 다툰다는 십 년에 한 번 있는 큰 축제 아니겠소? 산적 나부랭이의 아들로 태어나 백도의 대표로 그런 큰 대회에 참가한다니 그것만으로도 가문의 영광 아닙니까! 개천에 용, 아니 뒷동산에 호랑이 나온 격 아니겠습니까?"

'나부랭이?'

저놈의 천박한 주둥아리는 어째서 매번 해야 할말과 하지 말아야 할 단어를 가리지 못한단 말인가.

'기냥 확 저노무 주둥아리를 잡아째고, 다리몽댕이를 분질러버릴까?'

생긴 건 미련퉁이 곰 같은 게 눈치는 여우보다 빠르다. 영업중에는 무척이나 도움이 되는 능력이지만 이런 상황에서는 절대 아니올시다였다. 게다가 세치 혀를 다루는 분별력은 쥐뿔만큼도 없어 이런 사적인 자리에서는 말도 별로 가리지 않는다.

이 기회에 밥값을 줄이는 것—솔직히 그의 의동생은 혼자 10인분은 너끈히 해치우는 괴물이었다—도 산채의 재정 안정에 도움이 되는 일이리라. 하지만 그가 자신의 의제(義弟)임과 동시에 자신의 매부(妹夫)이자 진성곤 임성진의 의숙부이자 이모부라는 사실이 그의 결단을 훼방놓고 있었다.

때문에 그 모종의 충동은 계획되기만 할 뿐 제대로 실행된 적은 한 번도 없었다. 일단 저 입을 틀어막는 게 무엇보다 중요했다.

"시, 시끄럽다! 오해하지 마! 내가 여기에 온 이유는 단지 화산규약지회를 참관하러 오는 각계각파의 고수들의 면모를 확인하고 정보를 수집하기 위해서다. 우리가 앞으로 나아갈 바를 위해서 말이다. 결코 그놈의 활약을 보기 위해서가 아니란 말이다."

임덕성이 전에 없는 큰 목소리로 말했다. 화가 났기 때문인지, 아니면 정곡을 찔렸기 때문인지 그의 얼굴은 붉으락푸르락 다양한 색조로 변하고 있었다.

"아, 그렇습니까요? 그럼 일·단·은 그렇다고 해둡지요!"

그리고는 뒤돌아서서 들으라는 듯이…….

"킥킥킥! 만나고 싶으면 만나고 싶다고, 보고 싶다면 보고 싶다고 말하면 될 것을. 아직 화산규약지회가 시작되려면 날짜도 충분히 남았는데… 몸이 달아올라 부랴부랴 준비해서 나왔으면서……."

투둑!

임덕성의 이마에 돋아난 파아란 핏줄이 야생마처럼 사납게 맥동했다. 저건 고의가 분명했다. 그렇게 또박또박한 목소리로 중얼거리는데 고개 약간만 돌린 것만으로 가려질 리가 없었다.

역시 '식비절감'은 실로 매력적인 안건이 아닐 수 없다는 사실을 온몸으로 체감한 임덕성은 다시 한번 그 건에 대해 신중하게 고려해 보기로 했다. 그의 전신으로 그 기운이 노골적으로 폭출되었다.

'흐흐흐…….'

무럭무럭 피어오르는 식비절감을 향한 끝없는 갈망을 감지한 모경은 황급히 입을 다물었다. 더 이상 골려먹다가는 정말로 이 주둥이가 남아나지 않을 수도 있었기 때문이다. 그러나 이제 좀 때가 늦은 것 같았다.

"크ㅎㅎㅎㅎㅎ……."

아무래도 저 귀광이 번뜩이는 호랑이 눈동자가 심상치 않았다.

'지, 진심인가…….'

아무래도 자신의 의형은 구 할 이상의 확률로 이성을 상실한 것 같았다. 또르륵 하고 식은땀이 등줄기를 타고 흘러내렸다. 저 눈은 매우 위험했다.

"자, 자… 먹던 거나 마저 먹죠, 형님! 이 고기경단 참 별미네요, 얌얌!"

우걱우걱!

그는 접시에 남아 있던 여러가지 음식들을 집어 억지로 입안으로 마구잡이로 넣고는 우걱우걱 씹어댔다. 이 상태에서 제대로 소화가 될 리도 없었지만 그는 변비의 위험성을 무릅쓰고 계속해서 집어넣었다.

그러나 임덕성은 여전히 당장이라도 육안으로 식별 가능할 것만 같은 살기를 내뿜으며 먹이를 노리는 호랑이처럼 가세를 모으고 있었다.

'여, 여보…….'

모경이 절망감 속에서 아내의 늠름한(!) 모습을 그릴 바로 그때였다.

"어머, 여기가 좋겠네요! 여기서 좀 쉬었다 가는 게 어떨까요? 맛있는 것도 좀 먹고!"

객잔 문밖에서 요란스런 목소리가 들렸다. 꽤 나이가 든 여인의 목소리임에도 그것은 십팔 세 소녀의 목소리처럼 생기 넘치고 발랄했다.

"아, 정말 오늘은 너무 많이 걸었던 것 같아요. 나이가 드니깐 이런 긴 여행에는 금방 지쳐버리는군요. 아아, 정말 예전에는 그렇지 않았는데……. 정말 나이라는 건 먹을 게 못되는 것 같아요, 그렇게 생각하지 않으세요? 나이를 속일 수 있으면 참 좋을 텐데……."

숨은 언제 쉬는지 의심될 정도로 쉴새없이 수다를 떨며 일행 하나가 입구에 드리운 발을 젖히며 객잔 안으로 들어왔다.

"음?"

그 귓가에 쟁쟁 울리는 듯한 시끄러움이 격분에 떨던 임덕성의 귀에도 닿았는지 시선이 그 일행 쪽을 향했다. 동시에 모경을 향하던 살기도 씻은 듯이 사라졌다.

'사, 살았다!'

모경은 가슴을 쓸어내리며 자신의 은인인 시끄러운 아줌마를 주시했다. 일행은 모두 셋이었는데 중년으로 보이는 여인 하나에 키 차이가 상당히 나는 노인이 둘이었다. 세 사람 모두 하얀 면사가 둥글게 드리워진 챙이 넓은 죽립을 쓰고 있어 얼굴 생김새를 정확히 파악하기가 힘들었지만 대략 눈썰미만으로 짐작이 가능했다.

중앙에 서 있는 중년여인이 분명 그 수다스런 아줌마인 장본인이 분명했다. 그 옆에 키가 크고 가슴까지 드리운 수염이 탐스럽고 풍채가 좋은 노인은 학의 깃털처럼 눈부신 백의를 입고 있었고, 키가 작고 약간 통통한 축에 드는 노인은 허름한 청의 무복을 걸치고 있었다.

여인의 허리에는 검으로 보이는 물건이, 푸른 옷을 걸친 노인의 허리에는 도로 보이는 물건이 매달려 있었다. 다만 안타까운 점은 둘 다 칼집이 헝겊으로 감싸여 있어 얼마나 값나가는 물건인지는 파악할 수 없다는 것이다. 직업병 때문인지 그런 것이 맨 먼저 보이는 모경이었다. 마지막으로 백의 노인의 허리에는 이렇다 할 만한 병장기는 보이지 않았다. 그저 한 손에 나뭇가지 하나를 장난처럼 들고 있을 뿐이었다.

'지팡이인가, 저건?'

하지만 지팡이치고는 너무 짧았다.

'상당히 이색적인 일행이로군! 중년여인 하나에 노인 둘이라…….'

그때 주인 두칠이 이 간만의 손님을 향해 달려가 넙죽 절하는 모습이 보였다. 그의 깊숙이 굽어지는 허리와 싹싹 비벼지는 손바닥에는 이번 손님을 절대 놓치지 않겠다는 강한 의지가 물씬 풍겨나왔다.

중년여인이 객잔 내부를 한번 쓱 훑어보며 말했다.

"어머, 무척이나 한적한 객잔이네요! 조용한 게 아주 맘에 들어요."

그러다가 여인의 눈과 두 사람의 눈이 정면으로 마주쳤다. 면사 때문에 자세히 보이지 않았지만 각도로 볼 때 마주친 것이 분명했다.

모경은 감사의 뜻으로 씨익 웃어주었다. 보통 사람이라면 뒤도 돌아보지 않고 도망갈 만큼 아주 흉악해 보이는 미소였다.

두칠은 기겁하지 않을 수 없었다.

'서, 설마 이 손님들도 다른 손님들처럼…….'

그러나 여인은 도망치지 않았다. 그러기는커녕 오히려 살짝 미소를 지으며 고개를 살짝 숙였다. 인사인 듯했다. 무척이나 우아하고 기품 있는 이 의외의 모습에 모경과 임덕성도 얼떨결에 고개를 살짝 숙이며 답했다. 그러고는 자신들이 무슨 파렴치한 짓을 했는지 깨닫고 화들짝 놀랐다. 그들은 잠시잠깐이라고는 하지만 순간적으로 산적으로서의 자아정체성을 망각해버리고 말았던 것이다.

'이상한 아줌마……!'

모경과 임덕성 두 사람은 망설이지 않고 그렇게 결론을 내렸다. 그렇지 않고서는 귀신에게 홀리지 않은 이상 그들이 그런 행동을 할 리가 없었던 것이다.

"음, 저쪽 자리가 좋겠네요. 저쪽으로서 가서 앉도록 할까요?"

그 자리는 임덕성 일행으로부터 식탁이 네 개쯤 떨어진 곳이었다. 노인들은 아무 말 없이 고개를 끄덕였다. 지쳤다는 본인의 말과는 다르게 여인은 전신에 활력이 넘치고 있었다.

'정말 시끄러운 아줌마로군!'

나잇값도 정말 못한다는 생각이 들었지만 굳이 입 밖에는 내지 않았다. 그의 신경이 그쪽으로 환기된 덕분에 모경은 목숨을 부지할 수 있었던 것이다.

자리에 앉은 뒤에도 여인의 수다는 계속되었다. 두 노인은 조용히 듣는 역할이 주였고, 가끔 가다가 짧은 말로 대답할 뿐이었다.

"이상하군……."

임덕성이 눈에 이채를 띠며 중얼거렸다.

"뭐가 말입니까?"

고개를 갸우뚱하는 자신의 '수괴'를 향해 모경이 질문했다.

"저 여인의 말 말일세! 자넨 이상한 점 못 느끼겠나?"

"확실히 수다스럽긴 하지요. 제 마누라보다도 더 시끄러운 것 같은 뎁쇼!"
 확 한 대 후려갈겨줄려다가 임덕성은 간신히 참았다.
 "확실히 '그 애' 보다… 아, 아니! 그게 아냐! 저 여인, 아무리 면사로 얼굴을 가리고 있어도 목소리나 몸가짐으로 보아 사십대 정도로밖에 되어 보이지 않는데 쓰고 있는 말은 평대라고. 이상한 느낌 들지 않나?"
 "그, 그러고 보니 확실히 그렇군요!"
 그제야 모경도 약간 긴장한 눈빛으로 그 일행을 바라보았다. 여인을 제외한 두 사람은 변명할 여지 없는 노인이었다. 아무리 죽립의 챙이 넓고 하얀 면사가 드리워져 있다 해도 가슴께까지 드리워진 수염은 숨길 수 없는 법이었기 때문이다. 그것이 가짜라고는 생각할 수 없었다.
 "강호의 고인일까요? 인간의 범주를 넘은 초고수들 중에는 반로환동의 경지에 오른 이들도 많다고 하지 않습니까?"
 "글쎄… 그렇게 말하기엔 너무 약해 보이는데?"
 그렇다. 그도 무공이라면 꽤 익힌 축에 속한다고 자부하고 있었다. 그렇지 않다면 마랑채 같은 거대 녹림집단의 우두머리가 될 수도 없었고, 녹림왕이라고도 불리지 못했을 것이다.
 고수는 고수를 알아보는 법. 그 정도 수련한 무인이라면 아무리 약한 무인에게서라도 그 기를 읽어낼 수 있었다.
 그리고 그렇게 해서 읽어낸 기야말로 상대와 나를 비교, 평가하는 중요한 척도인 것이다.
 "…아무리 살펴봐도 무인 특유의 기를 느낄 수가 없어."

고수라면 누구나 갖고 있을 특유의 기세나 기백이 전혀 보이지 않았다. 허리에 차고 있는 두 개의 도검만 없다면 그냥 일반인이라 생각했을 것이다.

그러나 임덕성의 이런 의문은 오래 이어지지 않았다.

"여기 주문이요!"

빈 자리에 앉은 여인이 손을 들어 점소이를 불렀다. 여전히 기운 넘치는 목소리였다. 세 사람 모두 아직 죽립을 벗지 않은 상태였다.

그리고 그 주문이 시작되었다.

"음… 일단 차는 용정차(龍井茶)를 주시고요, 음식은 매콤하고 달콤한 돼지고기 요리인 어향육사(魚香肉絲), 얇게 저민 닭고기에 용정차를 부어 만든 용정봉편(龍井鳳片), 가지로 만든 야채요리 어향가화(魚香茄花), 누룽지로 만든 과파삼선(鍋巴三鮮), 발사금조(拔絲金棗), 팔과탕(八卦湯)……."

주문이 끝난 것은 그 주문이 시작된 후로 한참이 지나고 나서였다. 처음에는 희색이 만면한 채 주문을 받던 두칠의 얼굴이 점점 파랗게 질려가고 있었다. 여인의 입에서 나오는 음식의 양은 열 사람의 장정이 먹어도 족히 남을 정도였다. 부진했던 하루 매상이 획기적으로 개선된 데 대해서는 기뻐해 마지않았지만 그래도 두칠은 묻지 않을 수 없었다.

"저… 손님, 정말 이것들을 다 드실 생각이십니까?"

그도 업계의 소문은 들어서 알고 있었다. 굉장한 갑부들은 음식을 가짓수대로 시켜놓고 한 젓가락씩만 맛보고 버린다는 이야기를! 물론 그의 허름한 객잔에는 그럼 갑부들이 올 리는 만무했고, 그다지

기대하고 있지도 않았다.
"당연하죠. 세상에 먹지도 않을 음식을 시키는 사람도 다 있나요?"
오히려 이상한 걸 다 묻는다는 듯 중년여인이 반문했다.
"아, 그게… 저… 꼭 없다고는……."
그런 횡설수설하는 두칠을 보고 청의 노인이 한마디 쏘아주었다.
"이보게, 그 주문한 음식들을 먹고 안 먹고는 우리가 걱정할 일이지 자네가 걱정할 일이 아니네! 자네는 그저 신속하고 맛있게 음식을 만들어 내오는 것만 생각하면 되네. 주문한 음식의 처분은 여기 계신 여협께서 알아서 하실 것이니 걱정일랑 붙들어매게나! 그건 그렇고 지금 시장해서 그러는데 빨리 좀 내오면 안 되겠나? 뱃가죽이 등에 달라붙으려 하는군."
"아… 알겠습니다, 대인! 즉시 대령하겠습니다!"
허리를 깍듯이 숙이며 극공경의 예를 표한 두칠은 행여나 주문이 취소될까 저어하며 부리나케 주방으로 달려갔다.
"형님!"
은근한 목소리로 모경이 임덕성을 불렀다.
"왜?"
심드렁한 목소리로 사내가 대답했다.
"정말 다 먹을 수 있을까요?"
"그, 글쎄… 두고 보면 알겠지."
곧 음식이 나오기 시작했다.
세 사람은 음식을 먹는 와중에도 죽립을 벗지 않았다. 다만 면사가 둘러쳐져 있어 그대로는 먹기가 불편했다. 얼굴 양옆에 달린 두 개의 파란 끈을 잡아당기자 얼굴을 가리고 있던 면사가 삼각형의 공간을 만들며 좌우로 갈라졌다. 무척 온화해 보이는 인상의 사십대 정도 된 미부(美婦)의 얼굴이 그 틈새로 살짝 나타났다. 원래 그런 구조인 모양이었다.

이제 음식을 먹기에 아무런 불편함이 없게 되자 여인은 조용히 젓가락을 움직이며 음식을 먹기 시작했다. 두 노인도 그에 동참했다.

지켜보던 임덕성과 모경의 눈이 점점 더 휘둥그레지기 시작했다.

여인의 먹는 모습은 매우 우아했다.

허리를 곧게 편 완벽한 착석 자세, 차분하고 조용한 젓가락놀림, 살짝 눈을 감고 차분히 맛과 향을 음미하는 모습. 그 반듯한 식사예절은 어느 곳 하나 나무랄 데가 없었다.

다만 한 가지. 아까 전부터 주방으로부터 쉴새없이 나오는 음식들이 끊임없이 들어가고 있다는 사실만 뺀다면 말이다. 음식이 줄줄이 나오는 동안 그 여인이 젓가락을 쉰 적은 한번도 없었다. 그러면서도 표정이나 자세에는 어떠한 변화도 없었다. 경이적인 식욕이라 하지 않을 수 없었다.

평소 볼 거 못 볼 거 다 보고, 수전은 가끔 겪고 산전은 일상이라 자부하는 임덕성과 모경으로서도 이 인세를 초월한 광경에는 경의를 표하지 않을 수 없었다.

"저, 저 아줌마의 위는 우주(宇宙)란 말인가!"

임덕성은 무심결에 감탄성을 터뜨리고 말았다. 그것 외에는 달리 그 모습을 표현할 방법이 없었다.

"도대체 정체가 뭐지?"

인간에게 내재된 식욕과 위장의 한계에 관해서 이들 산적 두 사람은 오늘 안계를 크게 넓혔다 할 수 있었다.
"이보게, 동생!"
　임덕성이 자신의 의동생을 불렀다.
"예, 형님!"
　모경이 얼른 대답했다.
"만일 자네가 저렇게 많은 음식을 시켰다면 다 먹을 수 있겠나?"
　임덕성이 궁금증을 참지 못하고 모경에게 물었다. 모경에게 잠시 잠깐의 고민시간을 가지게 해주는 질문이었다.
"음, 아무리 저라도 그건 좀 힘들지도 모르겠네요. 하지만 도전해볼 가치는 있다고 생각합니다. 시켜만 주신다면 목숨을 걸고서라도 다 먹어 보이겠습니다, 형님!…시켜주실 건가요?"
　기대에 찬 눈빛으로 자신의 매형을 바라보며 모경은 밀애를 속삭이는 연인의 그것처럼 은근한 어조로 물었다.
　한때 마랑채의 귀신호랑이라고까지 불렸던 임덕성은 그 부리부리한 호목으로 자신의 처남을 쳐다보며 말했다.
"미쳤냐!"
　어떠한 타협과 굴종과 아부에도 흔들리지 않을 듯한 단호한 목소리였다.
"역시 그렇겠죠……."
　일말의 기대가 덧없이 무산되는 바람에 풀이 죽어 표정이 시무룩해진 모경을 향해 임덕성은 윗사람으로서 조용한 목소리로 충고했다.

"그런 헛된 꿈보다는 자기 눈앞에 존재하고 있는 현실의 접시부터 신경 쓰는 게 좋지 않겠냐?"

말이 떨어지기 무섭게 임덕성이 접시에 남은 마지막 고기 한 점을 날름 집어갔다. 제지할 틈도 없이 그것은 그의 커다란 아구 속으로 순식간에 사라지고 말았다.

"아악!"

강호뿐만 아니라 녹림칠십이채 내에서도 공포의 대상인 폭랑귀도 모경의 입에서 처절한 비명이 터져나왔다.

"형님! 너무하십니다요! 마지막에 먹으려고 아껴두었던 건데!"

당장 눈물이라도 쏟을 듯한 얼굴이었다. 그러나 이런 사소한 것에 일일이 신경 써서는 산적 일을 제대로 해낼 수가 없다는 사실을 임덕성은 매우 잘 알고 있었다.

"그런 게 어디 있어? 빼앗지 않으면 뺏기는 게 녹림의 법도인 것 모르나? 손 빠른 자가 이기는 거야!"

"그, 그래도……."

모경이 그냥 보기에도 부담스러운 험상궂은 얼굴을 시시각각 변용하며 시위했지만 임덕성은 애써 못 본 척 외면했다.

한 번 지나간 인생이 다시 올라오지 않는 것과 마찬가지로 한 번 소화된 음식은 두 번 다시 본래의 형태로 돌아오지 않는다. 다시 돌아온다 해도 그것은 이에 의해 짓밟히고, 위산에 의해 더럽혀진 별개의 물(物)일 뿐이었다.

멸성대 등장
-신위

객잔은 거지들의 걸식행위에 있어서 빠질 수 없는 전략 지점이다. 이곳을 빼놓고는 감히 걸식을 논할 수 없을 것이다. 필수경로인 셈이다.
이곳을 어떻게 공략하느냐에 따라 거지 생활의 빛깔이 정해진다 해도 과언이 아니었다.

드문 일이기는 하지만 객잔에서 요리하다 남은 부산물이라도 얻는 날이면 그날 그 거지의 인생은 단숨에 밝은 도홧빛으로 물든다. 반면 덩치 크고, 뚝심 좋고, 주먹 매운 어깨에게 걸렸다가는 그날 이후 며칠, 혹은 몇 주 동안은 그 생활이 칙칙한 잿빛으로 변해 우울해진다.
그럼에도 거지들의 객잔 공략 시도는 그칠 줄을 몰랐다. 늘상 있는 일이다. 그래서 객잔에 그 거지가 나타났을 때 손님 중에 그 존재에 대해 신경 쓰는 사람은 아무도 없었다. 주인 두칠을 빼면 말이다.
"야, 이눔아! 귀가 먹었냐? 빨리 냉큼 꺼지지 못해? 아니면 우리 화음객잔이 자랑하는 삼대 별미에도 뒤지지 않는 이 두칠 어르신네의 돌주먹 맛을 한번 보여줄까?"
두칠이 솥뚜껑만한 주먹을 빙빙 돌리며 으름장을 놓았다. 그러나 거지는 걸식을 위한 철면의 무심함을 익혔는지 꿈쩍도 하지 않았다.

"그러지 마시고 나으리! 이 불쌍한 거지를 위해 밥 한 숟갈만 적선해주십쇼! 벌써 이틀째 아무것도 먹지 못해 잘못하면 사람이라도 잡아먹을 것 같습니다요!"

기름때가 덕지덕지 앉은 머리카락과 꾀죄죄한 얼굴의 거지가 구구절절한 목소리로 애걸하며 말했다. 지병이라도 있는지 그의 몸은 가늘게 떨리고 있었다. 움직이는 것조차 무척 힘겨워 보여 더욱 동정을 유발하고 있었다.

그러나 두칠이 삼십 년 장사를 하며 상대한 거지가 어디 한둘이겠는가! 약간 과장하면 밤하늘의 별만큼 많다 해도 무리가 없을 지경이었다. 그것은 지겹고 지루하고 우아하지 못한 싸움이었다. 때로는 이기고 때로는 타협하며 그는 이 밥장사를 꾸려왔던 것이다. 단순한 심리공격에 넘어갈 만큼 그는 녹록하지 않았다.

"고런 얕은 수작에 이 두칠 어르신네가 넘어갈 것 같으냐? 빨리 꺼져! 경을 치기 전에!"

손님이 드글드글할 때라면 기분이 좋아서라도 밥 한 덩이 던져줄 수 있겠지만 오늘은 영 그럴 기분이 아니었다. 주먹으로는 모자랐다고 생각했는지 이번에는 몽둥이를 들고 휘둘렀다. 거지는 발을 엇갈라 두 번 뒤로 빼며 아슬아슬하게 그의 몽둥이질을 피했다.

"음? 저건!"

그것을 본 임덕성의 눈에 이채가 떠올랐다. 그 발의 움직임에서 어떤 법칙을 발견해냈던 것이다. 그러나 그것은 특이하게도 개방의 것이 아니었다. 비척거리는 몸을 지탱하고 있던 지팡이도 타구봉이 아니라 헝겊으로 둘둘 말린 막대기였다.
 화가 난 두칠이 씨근대며 소리쳤다.
"어쭈, 이놈이 피해? 기다려라! 내 네놈의 그 다리몽둥이를……."
 그때 퀭 하던 거지의 눈에서 기광이 번뜩였다.
"위험해!"
 다급한 목소리로 외치며 거지는 두칠을 향해 급히 쌍장(雙掌)을 내밀었다.
 '둥!' 하는 북 치는 소리가 객잔주인의 두툼한 가슴팍에서 울려퍼짐과 동시에 신형이 뒤로 일장 가까이 부웅 날라갔다. 그러나 날아간 것은 주인만이 아니었다. 쌍장을 쳐낸 거지 역시 그 반동인지 뒤로 일장 가까이 밀려나 있었다.
"컥! 이… 거지새끼가 감히 사람을……."
 온갖 욕설과 다양한 저주의 말들로 구성될 예정이었던 두칠의 발작적 언사는 끝까지 이어지지 못했다.
"히이이이익!"
 두칠의 입에서 혼비백산한 비명이 터져나왔다.
 묵빛 비수!
 보기만 해도 불길함이 넘치는 한 자루의 검은 비수가 그가 방금 전서 있던 바로 그 자리에 자루까지 깊숙이 박혀 있었던 것이다.
 거지의 소매는 예리하게 갈라져 있었고, 그 틈으로 드러난 팔뚝에 가느다란 붉은 선이 그어진 것이 언뜻 보였다. 비수가 스치고 지나간 자리인 듯한 그곳에서 한줄기 붉은 피가 흘러내렸다.
 그제야 영문을 알아차린 두칠이 감격한 목소리로 말했다.

"으, 은공! 밥은 얼마든지……."

거지가 한순간에 은공으로 돌변하는 순간이었지만 어째 그 보은이란 내용이 매우 신통치 않다.

그러나 지금 그 거지에게는 걸식해서 배를 채울 만한 여유도 없는 듯했다. 비굴한 얼굴은 온데간데없이 사라지고 얼굴 전체에 기백 서린 긴장감이 감돌았다. 도저히 동일인이라고 봐주기 힘든 변모였다.

철컹! 쾅!

갑자기 아무런 낌새도 없이 객잔의 정문이 닫혔다.

쾅쾅쾅쾅!

그 다음 차례로 사방을 향해 활짝 열려 있던 도합 열두 개의 객잔 창문이 일, 이층 모두 일제히 닫혔다. 그러나 낮이라 생각 이상으로 어두워지지는 않았다.

"귀, 귀신이다!"

두칠이 기겁하며 외쳤다.

이 귀신은 시간관념도 없단 말인가! 벌건 대낮에 웬 귀신질이란 말인가! 욕지거리가 샘물 솟듯 튀어나왔다.

"심령현상일까요?"

모경이 얼굴에 경계의 빛을 띠며 묻는 바람에 임덕성은 굳이 말할 필요도 없는 사실을 입의 번거로움까지 무릅쓰며 말해야만 했다.

"당연히 인간의 소행이지!"

그 말대로였다.

"상당히 수고를 끼치는군!"

나직하지만 객잔 전체를 진동시키는 힘이 담긴 목소리와 함께 이층 난간에서 한 사람이 나타났다.
"큭, 덜미를 잡힌 건가……."
거지가 신음하며 말했다. 들은 기억이 있는 목소리다. 아니, 결코 잊을 수 없는 목소리였다. 그는 저 목소리를 피해 이곳까지 달아났던 것이다.
그는 전신을 빛 샐 틈 없는 칠흑의 천으로 온몸을 둘렀는데 불청객답게 얼굴도 복면으로 가리고 있었다. 한눈에 보기에도 어둠을 벗삼아, 밤이슬을 맞으며 사는 어둠의 종복임을 알 수 있었다.
"우리의 추적을 피해 여기까지 도망친 것은 장한 일이나 이제 술래잡기는 그만 끝내야겠소! 이 몸도 아래에 있는 사람이라 너무 놀이에 열중하면 윗사람에게 책잡히고 만다오."
정체를 알 수 없는 어둠의 그림자답지 않은 목소리였다. 상당한 교양과 학식을 갖춘 사람임을 알 수 있었다.
"당신 혼자서 과연 가능할까?"
거지가 비웃음을 터뜨리며 말했다.
"기폭환의 부작용은 상당할 것이오만?"
흑의인이 대수롭지 않은 목소리로 말했다.
"그, 그걸 어떻게?"
그의 몸이 누더기 아래서 한 차례 부르르 떨렸다.
"우리의 정보력을 너무 과소평가하지 말아줬으면 좋겠소. 게다가 그런 건 별로 큰 비밀도 아니지 않소?"
흑의인은 여전히 태연한 목소리로 말했다.
"흥, 하지만 난 아직 잡힌 게 아냐! 그렇게 호락호락 잡혀줄 거라고 생각한다면 큰 오산일 것이다!"

불굴의 의지와 강인한 기백이 느껴지는 목소리였다. 그것은 신념에 생명을 건 자들에게서 종종 느껴지곤 하는 모습이었다.

"어머, 사나이라면 의당 그래야죠!"

이런 상황에서도 맛의 음미를 멈추지 않고 있던 중년여인이 박수를 치며 말했다. 전혀 긴장감이라고는 찾아볼 수 없는 모습이었다. 젓가락도 그대로 든 채였다.

이런 상황에서도 저런 범죄에 가까운 태연함을 보이다니······. 흑의인의 눈은 자연스럽게 중년여인을 향할 수밖에 없었다.

그러자 그 시선을 눈치 챈 여인이 활짝 웃으며 말했다.

"아, 그냥 지나가던 밥 먹는 사람이니 신경 쓰지 말아요. 자, 그럼 하던 용건이나 끝내세요. 호호호호!"

이런 살벌한 장소에는 어울리지 않는 어떤 구김살도 없는 환한 미소였다.

그렇게 말하고는 여인은 계속해서 음식을 먹는 데 열중하기 시작했다. 두 노인도 무사태평한 태도로 술을 홀짝이며 젓가락을 놀렸다. 주변에서 무슨 일이 일어나든지 자신들과는 전혀 상관없다는 태도였다.

흑의복면인은 이 무신경한 태도에 잠시 당황했지만 금방 신색을 회복했다.

"뭐, 그런 여유도 지금뿐일 거요. 다른 분들도 살려둘 생각은 없으니깐. 누구도 살아서 이 객잔을 나갈 수 없을 겁니다."

"너무 호언장담하는 것 아닌가? 겨우 당신 혼자서?"

가짜 거지가 이를 갈며 외쳤다.

"너무 성급한 결론? 소생은 혼자 왔다고 이야기한 적이 한번도 없소만?"

그의 신호와 동시에 수십 명의 흑의인들이 어둠 속에서 스며 나온 것처럼 일층과 이층을 사방에서 포위했다. 흑의복면인과 마찬가지로 그들 역시 온몸을 어둠의 색깔로 감싸고 있었다. 불길함이란 추상(抽象)의 관념이 그 속성(屬性)을 발휘하기 위해 인간의 형상(形象)을 갖춘 듯한 그런 모습이었다.

복면 속에 감추어진 그들의 눈은 그들의 본성을 대변하듯 무생물처럼 무감정했다.

"제길, 여기까지 왔는데……. 조금만 더 가면 되는 것을!"

자신을 포위한 흑의복면들을 둘러보면서 거지는 이를 갈았다. 압도적인 열세였다.

상황은 최악, 기사회생을 바라는 것조차 요원해 보였다.

"같이 갈 친구가 있으니 외롭지는 않을 거요!"

지휘자 흑의복면인의 손에서 어떤 것이 휘익 던져졌다.

툭!

데구르르르르!

피륙이 상접한 거지의 발치께까지 열심히 굴러서 도착한 그것은 놀랍게도 사람의 수급이었다. 목 아래를 잃어버린 수급의 두 눈은 한이 맺힌 듯 비통하게 부릅떠져 있었다.

그것을 본 거지의 홀쭉하고 지저분한 입가는 구겨진 종이처럼 일그러졌고 두 눈은 찢어질 듯 크게 떠졌다.

"알아보시겠소?"

물론 알고 있는 얼굴, 알고 있는 사람, 알고 있는 부하였다.

"개, 개코!"

비틀린 입술 사이로 비통한 울림이 흘러나왔다.

수급의 주인은 바로 얼마 전까지 동고동락하던 부하 개코 왕건이었다.

"바보 자식! 언젠가 반드시 외상값을 갚고야 말겠노라고 큰소리친 주제에……."

거지의 눈에서 뚝뚝 눈물이 방울져 떨어졌다.

"아직 남아 있는 나머지 두 개도 보시겠소? 정천맹 섬서지부 특급 감찰조사관 구척철심안 안명후 나으리?"

겨울 밤바다에 부는 싸늘한 해풍처럼 무심한 목소리로 복면인이 말했다.

"으아아아악! 사, 살인이다!"

두칠이 비명을 질렀다.

그러나 밖으로 도망가는 이는 아무도 없었다.

"어머, 저런 잔인한!"

입가에 손을 가져다 대며 여인은 고운 아미를 살짝 찡그리며 우아한 목소리로 말했다. 그러나 그다지 놀란 기색은 없는 듯했다. 일행인 두 노인 역시 무슨 일인지 파악하기 위해 조용한 시선으로 사태를 주시하기 시작했다.

"두목, 좀 위험한 것 같습니다만? 몸을 빼는 게 어떨까요?"

모경이 귀엣말로 속삭였다. 무림맹 소속 감찰조사관까지 연루된 이야기라면 얽혀서 좋을 게 하나도 없었다(이미 얼떨결에 얽혀버리고 말았지만). 상황이 더 나빠지기 전에 얼른 자리를 피하는 게 좋았다. 예감이 별로 좋지 않았다.

"시끄럽다! 이런 상황에서 어떻게 도망갈 수 있겠냐?"

"그럼 설마 도와줄 생각입니까?"

손가락으로 거지 몰골의 안명후를 가리키며 물었다.

"미쳤냐? 우리가 정천맹의 인물을 왜 도와줘야 하는데? 무슨 의리로?"

"확실히 그렇죠."

정천맹은 그들 녹림칠십이채의 천적이나 다름없는 존재였다. 만에 하나 그곳 소속 감찰조사관을 도와준다는 것은 전 녹림의 손가락질을 받을 만한 일이었다.

"그럼?"

"그렇다고 이 정도 일로 벌벌 떨며 꽁지를 빼서야 어디 체면이 서겠냐? 고렇겐 못해!"

임덕성이 팔짱을 끼며 단호하게 외쳤다.

"겨, 겨우 그런 이유로?"

"그럼 다른 이유가 뭐가 있냐? 내 체면보다 중요한 게 이 세상에 있을 것 같으냐?"

그런 지극히 개인적이고 사소하고 허접한 이유를 가지고 이런 중요한 순간에 판단을 그르치다니……. 억울하지만 힘이 약하다보니 항의할 수도 없었다. 상사가 무식하면 아랫사람이 고생이라더니 자기가 꼭 그 꼴이었다.

"아무래도 그 체면이란 것 때문에 오늘 고생문이 훤히 열린 것 같습니다요?"

빈정거리는 투로 모경이 말했다.

"뿔뿔히 흩어져 거지 흉내에 구걸이라도 하고 있으면 찾지 못할 줄 알았나? 우리 '멸성대'의 힘을 너무 얕본 것 같군."

멸성대라는 이름이 나온 대목에서 푸른 옷을 입은 노인의 몸이 잠시 꿈틀거렸다.

"천무삼성이라 할지라도 우리 손에 걸리면 죽음을 피해 가지 못한다. 우린 그런 목적만을 위해 만들어졌으니깐. 하물며 너희 같은 조무래기들이야! 이제 조금만 더 가면 목적지인데 안됐소, 안 감찰. 여기서 죽어줘야겠소!"

대단한 자신감이었다. 하긴 이 정도로 압도적인 전력차를 보이고 있으니 무리도 아니었다.

하지만…….

"어머, 무서워라! 들으셨어요? 천무삼성도 당해내지 못한데요."

무인에게 검이 생명이듯 자신에게는 젓가락이 생명이라는 듯 여전히 그것을 손에서 놓지 않고 있는 중년여인이 '어머나 깜짝이야!'라는 표정을 지으며 두 노인을 향해 '정말 놀랍지 않아요!' 하며 경탄성을 터뜨렸다. 말의 내용에 비해 전혀 긴장감 없는 목소리였다.

물론 여인의 일행 두 사람도 그 이야기를 확실히 들었다. 그것은 스쳐지나갈 수 없는 이야기였다. 특히나 청의 노인에게 있어 그것은 정말이지 그냥 듣고 있기에는 배꼽이 아파서 계속 들어줄 수 없는 이야기이기도 했다.
"푸, 푸풋……. 더, 더 이상은 안 돼……."
청의 노인의 배꼽을 간질이던 그 근질거림이 마침내 폭발했다. 그것은 홍수처럼 인내의 둑을 부수고 폭소가 되어 외부를 향해 터져나왔다.
"푸하하하하하하! 크헤헤헤헤헤헤헤! 낄낄낄낄!"
청의 노인의 앙천대소에 바늘 끝 같은 긴장이 단숨에 무너졌다. 지진이 난 게 아닌가 싶을 정도로 장내를 쩌렁쩌렁 울리게 만드는 노인답지 않게 패기 넘치는 웃음이었다.
"이거야 원, 더 이상 가소로워서 들어줄 수가 없구먼!"
작은 체구의 노인이 쭈욱 기지개를 펴며 말했다.
"뭐냐, 늙은이? 죽고 싶나?"
조금 전까지 가면처럼 유지하던 가식적인 예의가 온데간데없이 사라진 협박에 노인은 쩨쩨한 소리 하지 말라는 듯한 표정으로 손사래를 치며 말했다.
"어차피 다 죽일 생각 아닌가? 뭘 이제 와서 새삼스럽게!"
노인의 말은 한치의 틀림도 없는 사실이었다. 그들에게 증거인멸은 무엇보다도 최우선의 미덕이자 철칙이었다.
"잘 아시는군! 그럼 기다리시오! 곧 죽여드릴 테니!"
비정함이 넘쳐흐르는 목소리였다. 그러나 청의 노인은 눈썹 하나 까딱하지 않았다.
"과연 할 수 있을까? 천무삼성 뭐 어쩌고 어째? 푸헤헤헤헤헤!"
"그게 그렇게 우습나?"

"우습냐고? 당연히 우습지!"

벽력성 같은 일갈과 함께 순간 청의 노인의 몸에서 태산 같은 기백이 뿜어져나왔다. 장내를 일순간에 압도하는 거대한 기였다.

"이, 이런 존재감이!"

흑의복면인 사마혼은 기겁했다. 그것은 그가 태어나서 처음 느껴보는 압력이었다. 저 작은 체구의 노인에게서 뿜어져나온 기세라고는 상상하기조차 힘든 거대함이었다. 장내 모든 곳에 노인의 존재가 물샐 틈 없이 꽉 들어차 있는 것 같았다.

숨이 막혀왔다.

청의 노인의 입에서 으스스한 목소리가 새어나왔다.

"ㅎㅎㅎㅎㅎ, 쫄따구들이 입만 살아가지고 나불대다니! 흥, 네놈 같은 졸자들은 이 손가락 하나로도 충분해!"

노인은 자신의 귓구멍을 후비고 있던 둘째손가락을 장난처럼 내보이며 말했다.

"다, 당신이 뭐기에?"

떨리는 목소리로 사마혼이 물었다.

"네놈들에게 가르쳐줄 만큼 이름값이 폭락하지는 않았다. 몽땅 덤벼라! 충분히 귀여워해주마!"

정말 패기만만한 용력이었다.

"허허, 이것 참! 다 늙어서 그렇게까지 열을 내다니……. 자넨 아직도 청춘인 모양이네."

백의 노인의 말에 중년여인도 동의한다는 듯 고개를 끄덕였다.

"그래요. 청춘도 좋지만 너무 화내는 건 몸에 좋지 않아요. 애송이

들을 상대로 점잖지 못하잖아요! 그냥 좋은 말로 돌려보내세요."
 여인이 타이르듯 말했다.
 "그럼 말로 안 되면 어떻게 해야 하오?"
 "말 안 듣는 아이에게는 맴매밖에 없겠죠."
 중년여인의 망설임 없는 말에 부르르 흑의복면인의 몸이 한차례 떨렸다.
 아무리 점잖은 살인기계 사마혼이라도 더 이상은 인내의 한계였다.
 "다 같이 죽여라!"
 분노한 사마혼이 외쳤다.
 그것은 확실히 대실수였다.

 청의 노인이 손가락 하나를 운운했을 때 사마혼은 그것이 단지 비유적인 상징성을 지닌 말이라고 생각했다. 별로 희귀한 말도 아니었다. 그것은 허세를 부릴 때 무림인들 사이에서 종종 단골로 사용되는 말이었으니깐. 하지만 설마 그것이 직유적인 표현으로 사용된, 문자 그대로의 의미라고는 상상조차 하지 못했다.
 청의 노인은 오른쪽 어깨에서 시작해 팔꿈치를 지나 손목을 넘어 손금의 그물을 헤치고 도달한 마지막 지점인 다섯 손가락 중 두 번째 손가락을 들어 이층 우측에 있는 복면인 하나를 가리켰다. 그 끝에는 조금 전 후비다 만 귀지의 잔재가 아직도 끈질기게 남아 있었다.
 노인은 아무렇지도 않은 표정으로 빙글빙글 나선을 그리며 검지가락을 가볍게 돌렸다. 장난스런 움직임이었지만 그 반향은 결코 작지 않았다.

"응? 어, 어, 어?"

'저게 무슨 미친 짓거리지?'라며 처음에는 의아해 하던 복면인의 입에서 경악성이 터져나왔다. 검지가락이 빙글빙글 나선의 궤적을 그리며 움직인 것에 의해 발생한 보이지 않는 기류의 흐름이 그의 몸을 휘감고 있었다. 생각대로 몸을 가눌 수가 없었다.

"이, 이게……."

그러나 복면인의 말은 끝까지 이어지지 않았다. 청의 노인이 검지로 크게 한번 원호를 그렸던 것이다.

"으아악!"

지명 당한 복면인의 입에서 비명이 터져나왔다. 그의 몸이 순식간에 상하가 반전되었던 것이다.

이윽고 '쾅!' 하는 요란한 소리와 함께 복면인의 머리가 바닥과 조우했다. 두 발로 서는 법은 배웠어도 머리통 하나만으로 서는 법은 아직 배우지 못한 대가를 치르고 만 것이다.

두칠은 끔찍한 상상에 무의식적으로 현장으로부터 고개를 돌려 외면하며 눈을 질끈 감았다. 둘 중 하나는 가루가 났음직한 큼직한 소리였다. 마룻바닥에 스며든 피를 닦으려면 아무래도 허리가 휠 정도로 청소에 정진해야 될 듯했다.

"이, 이럴 수가…"

'흑의복면인반전두부작살사건'이라 임시 명명된 사고지점으로부터 얼마 떨어져 있지 않았던 사마혼으로서도 이게 어찌된 영문인지 제대로 파악할 수 없었다. 하지만 다만 한 가지 확실한 것은 방금 전 벌어진 의문의 사태가 저 청의 노인의 검지가 움직인 것과 모종의 관계가 있다는 사실뿐이었다.
 다시 청의 노인의 검지가락이 이층을 향했다. 이번에는 좌측 끝에 있는 복면인이었다. 선례가 있었기에 그 복면인은 몸을 피하려 했다.
 하지만 이미 노인의 검지는 원호를 그리고…….
 쾅!
 다시 한번 요란한 소리가 객잔 내에 울려퍼졌다. 이번에는 나름대로 방비를 하려고 했을 텐데도 속수무책이었다.
 "하나하나 잡으려니 귀찮군!"
 그렇게 말하며 노인은 손을 쭉 뻗었다. 여전히 펴진 손가락은 양쪽 다 검지 하나뿐이었다. 그것을 끓는 가마솥을 국자로 젓듯이 이리저리 획획 젓는다.
 "어, 어, 어, 어……."
 여기저기서 당황한 목소리가 터져나왔다. 무리도 아니었다. 노인의 손가락의 움직임에 따라 항거할 수 없는 흐름이 허공 중에 생겨나고 있었다. 그 흐름은 장마철의 거친 강물살보다도 거대하고 면면부절 유장했다. 때로는 파도 치고, 때로는 너울지며, 모였다가 다시 흩어지기를 반복한다. 자연의 거대한 힘을 눈앞에 둔 것 같았다.
 그 거대한 흐름에 복면인들은 속수무책으로 이리저리 휩쓸려 다녔다. 마치 해류에 휩쓸려 표류하는 공주(空舟)처럼…….
 "설마… 이 기(技)는……."
 그제야 사마혼의 머릿속에 한 사람의 이름이 떠올랐다. 아니, 잊고 있었다는 게 더 신기한 일이었다.
 사실 그런 가정이 되어 있지 않았기에, 그런 일은 일어날 수 없다고 믿고 있었기에 감히 생각하지 못했던 것이다. 이들이 오직 그들을 상대하기 위해 만들어진 부대임에도 그들은 자신들의 존재의의조차 망각하고 있었던 것이다.

"설마 이것은 표류무상기?"

표류무상도법이 펼쳐지기 전에 반드시 따른다는 독특한 기류, 기의 흐름. 그 흐름에 대한 속박이야말로 표류무상도법의 진정한 힘인 것이다.

"용케도 알아보는구나!"

나름대로 칭찬인 모양이지만 사마혼의 귀에는 이미 들어오지 않고 있었다. 노인의 정체를 알아낸 순간 그의 사고는 그 충격으로 인해 일시적으로 마비되고 말았던 것이다.

"도성… 하후식……."

표류무상기로 장내의 전 기류를 자유자재로 휘저을 수 있는 능력을 지닌 사람은 강호무림에서도 오직 그 한 사람뿐이었다. 하지만 강호를 정처 없이 주유하며, 지난 수년 동안 소식이 묘연했던 그가 왜 이런 허름한 객잔에서 식사를 하고 있단 말인가? 그것도 하필이면 바로 지금 이 시간에!

그래도 사마혼의 충격회복은 빨랐다. 그는 신속하게 명령을 내렸다.

"만근검익진(萬斤劍翼陣)을 펼쳐라!"

그러자 일, 이층에 있던 흑의인들이 한 사람을 중심으로 앞사람의 등에 왼손을 대고 한손에 검을 든 채 날개 모양으로 모여들었다.

"발동(發動)!"

기합과 동시에 우지끈 하는 소리가 울려퍼지며 흑의인들의 발이

마룻바닥에 방사상으로 어지럽게 펼쳐진 그물을 만들어냈다.

"음? 음? 음? 어라?"

도성에게 이것은 상당히 의외의 일이었다. 한곳에 뭉친 흑의복면인의 무리가 감히 자신의 검지가 펼치는 조화를 거부하고 있었다. 조금 전과 다름없이 그의 검지는 원을 그리며 회전했지만 그들은 바닥에 뿌리를 내린 거목처럼 움직이지 않았다. 그들은 합심해서 그 검지가 발생시키는 기류의 움직임에 저항하고 있었다.

"흐음…, 단체 천근추란 건가?"

이변의 원인을 파악한 도성이 뇌까렸다. 사마혼이 고개를 끄덕이며 대답했다.

"그렇소. 개개인의 천근추 공력을 하나로 묶어 엄청난 무게를 만들어내는 철벽의 합력진이오. 여기에 표류무상기는 통하지 않소!"

그가 이끄는 멸성대 삼 개 조는 원래 도성 하후식의 봉쇄를 담당하기 위해 특별 사육된 전사들이었던 것이다.

"통하지 않는다? 과연 그럴까?"

조용한 목소리로 도성이 반문했다. 이 정도에 곤란을 겪을 거라면 애초에 도성이라 불리지도 못했다.

"모래는 아무리 뭉쳐도 모래, 결코 굳센 바위가 될 수는 없는 법. 꽤 재미있는 장난이었다. 하지만 놀이는 끝이다."

도성이 마음을 검지의 끝에 집중시키면서 손가락과 어깨를 크게 휘둘렀다. 검지의 끝에 모인 그의 마음이 내면의 한 점을 향해 거대한 소용돌이를 일으키며 몰려들었다.

내재된 우주가 영혼의 축을 중심으로 거대한 회전을 일으키며 돌아가기 시작했다.

표류무상기(漂流無相氣) 오의(奧義)
나선용권풍(螺旋龍㢧風)

　손목의 튕김과 동시에 그 검지 끝으로부터 발생한 거대한 회오리 바람이 일, 이층의 흑의인들을 차례로 휩쓸고 지나갔다. 그것은 축소형 재해나 다름없이 위력적이고 무차별적이었다. 이 나선으로 소용돌이치는 용권풍은 사람도 주위의 기물도 상관치 않고 모든 것을 한꺼번에 휩쓸고 지나갔다.
　사마혼이 자랑하던 멸성대의 만근검익진은 이 한 수에 의해 유리조각처럼 산산조각 나버렸다. 회오리바람이 휩쓸고 지나간 자리는 차마 눈뜨고 보지 못할 정도로 처참했다.
　"이, 이럴 수가……. 검익진이 이처럼 허무하게 부서지다니……."
　마치 넋이 나간 사람처럼 사마혼이 중얼거렸다.
　의외로 살상력은 적어―손속에 사정을 둔 것이 분명했다―부상자는 많았지만 사망자는 거의 없었다. 하지만 내심 자부하던 비장의 수 하나가 너무나 간단하게 박살났기에 그의 당황은 이만저만이 아니었다. 그도 방금 전 객잔 내부에 불어닥친 소형 회오리바람의 영향으로 전신의 여기저기가 기물들에 두들겨 맞고 찢겨져 장난이 아니었다. 인간의 한계를 벗어난 경지를 목도하자 두려움과 공포가 엄습해 왔다. 더 이상 도성을 맞상대할 용기는 나지 않았다. 그리고 해봤자 무모한 발버둥에 불과할 것이 뻔했다.

사마흔은 즉시 차선책을 선택했다.

[이…이대로 그냥은 절대 이길 수 없다. 저기 저 여자를 인질로 잡아라!]

그는 즉시 전음으로 일층에 배치되어 있던 부하들에게 명령했다. 이유는 물론 이 아귀를 연상케 하는 식성을 보유한 그녀가 셋 중 가장 만만하게 보였기 때문이다. 가장 젊어 보인다는 것도 그 이유 중 하나였다.

그의 부하들이 즉시 명령실행에 들어갔다.

쉬익!

매서운 검이 중년여인의 뒷머리를 향해 날아갔다. 청의 노인과 백의 노인은 이것을 눈치 채지 못한 건지 전혀 신경 쓰지 않고 있었다.

사실 전혀 관심이 없었다. 왜냐하면 헛수고란 걸 알면서 굳이 힘을 낭비하는 것은 지독히 비경제적인 일이기 때문이다. 그녀의 능력은 단지 '인지를 초월한 무한의 먹성' 뿐만이 아니었던 것이다.

"어머? 끼악!"

가볍게 건성으로 비명을 지른 중년여인은 고개를 살짝 트는 것만으로 기습의 검을 흘려보내더니 그것도 모자라 들고 있던 젓가락(음식이 나온 이후 그녀는 이것을 놓은 적이 한번도 없었다.)을 들어 뒤도 돌아보지 않고 기세등등하게 찔러들어오는 검신의 끝부분을 잡아챘다.

우뚝!

주술에 걸리기라도 한 것처럼 검이 우뚝 멈췄다. 조금 전까지만 해도 천 명을 벨 듯 살기등등했던 기세가 겨우 여인의 나무젓가락 하나에 의해 온데간데없이 사라진 것이다.

"마, 말도 안 돼!"

검의 주인이 망연자실한 표정으로 외쳤다. 그러고는 임무중에 졸다가 꿈을 꾸다니 시말서감이라고 생각했다. 요 며칠 추적 때문에 잠을 못 잔 탓인가 하는 생각이 들었다.

그러나 안타깝게도 그가 겪고 있는 이것은 현실이었다.

여인이 복면인의 눈앞에 검지를 하나 꺼내들었다. 사내는 그 서슬 퍼런 기세에 흠칫했지만, 그가 상상했던 끔찍하고 잔인하고 참혹한 별다른 일은 일어나지 않았다.

다만 눈앞에서 갖다댄 검지를 좌우로 흔들었을 뿐이었다.

"쯧쯧쯧, 나쁜 어린이로군요. 기습은 나쁜 아이나 하는 짓이에요! 게다가 그런 오명을 무릅쓰고 한 기습이 실패라니…, 더욱더 최악이네요."

"이, 이익!"

사내는 검을 빼내기 위해 이리저리 온갖 용을 써보았다. 그러나 그런 행위는 자신의 무력함에 대한 재확인일 뿐이었다. 아무리 내공을 쏟아부어 밀고 당기고 흔들어도 그것은 바위에라도 꽂힌 듯 꿈쩍도 하지 않았다.

"소용없습니다!"

쉬이이이익!

여인의 말과 동시에 젓가락이 집고 있던 검신으로부터 하얀 서리가 끼기 시작했다.

"기습에 더해 식사 방해까지! 기습은 용서해도 이 점은 용서할 수가 없군요."

챙강!

여인이 젓가락을 쥔 섬섬옥수에 살짝 힘을 주자 모루와 불꽃 위에서 천 번을 단련했던 사내의 검은 과자처럼 너무나 어이없이 분질러져버렸다.

젓가락에 집힌 검편을 바라보던 여인이 애석하다는 투로 말했다.

"이건 못 먹는 거네요!"

'당신이라면 가능할지도…' 라는 누구의 말을 무시한 채 여인은 아무렇지도 않은 얼굴로 손목을 튕기는 가벼운 동작으로 젓가락으로 집고 있던 검편을 날려보냈다.

피이이이잉!

공기를 가르는 매서운 파공성과 함께 검편은 무시무시한 속도로 허공을 선회하며 날아갔다.

"크아아아아아악!"

각기 다른 음계를 지닌 네 개의 비명이 검편이 지나간 은빛 궤적으로부터 순차대로 터져나왔다.

용무를 끝낸 여인은 아무렇지도 않은 얼굴로 어향육사 위에 다시 젓가락을 놀렸다.

"아아, 이것 참! 소란은 원하는 바가 아닌 것을……."

백의 노인이 혀를 차며 말했다.

"어른으로서 체통을 지켜야 한다고 생각하지 않으시오? 이렇게 아이들과 드잡이질을 하는 것은 품위를 해치는 일이라고 생각되오만……."

말은 그렇게 하면서 백의 노인은 들고 있던 나뭇가지를 가볍게 이리저리 휘둘렀다.

그냥 까딱까딱 가벼워 보이는 동작이다. 전혀 힘겨워 보이지도 않는다. 눈에 확 띄는 화려한 검기도 없었다. 펼쳐진 별의 바다를 보는 것 같다는 그 명성 높은 검기는 보이지 않는다. 오히려 지나치게 간단하고 단조로울 뿐이었다. 멋도 별로 없다. 그럼에도 그 효과는 절대적이었다.

흑의인들이 지닌 어떤 날카로운 도검도 그의 나뭇가지를 이겨내지 못했다. 토막 나기는커녕 흠집 하나도 나지 않았다.

한 번도 맞부딪히지 않은 채 끝장냈으니 당연한 일일지도 모른다. 가볍게 휘둘러지는 노인의 나뭇가지가 복면인들의 이마와 머리를 때릴 때마다 그들은 밀짚인형처럼 픽픽 쓰러졌다. 죽이지는 않았다. 이 정도 실력차면 저항은 무의미할 뿐이었다. 그래도 그들은 도망가지 않고 계속해서 덤벼들었다. 끈질겼다.

"피는 보고 싶지 않군."

백의 노인은 그렇게 말하며 다시 가볍게 나뭇가지, '은하'를 휘둘렀다. 마음의 검이 사방을 향해 무한한 조화를 부리며 뻗어나갔다.

암수(暗手)

"이, 이럴 수가… 지금 도대체 무슨 일이 벌어지고 있는 거지?"
임덕성이 경악한 목소리로 말했다. 이 제멋대로기만 한 무법자에게도 경이를 느끼는 감각은 아직 남아 있었던 모양이었다.

"도, 도대체 저 두 사람의 정체는 뭐지? 조금 전까지는 아무런 기세도 느끼지 못했거늘……. 게다가 그 셋 중 한 사람이 도성님이라니……."
그의 우락부락한 입은 그 큼직한 턱이 빠지지나 않을까 하는 걱정이 들 정도로 떡 벌어져 있었다. 도성 하후식이라는 이름이 그의 사고를 마비시키고 있었던 것이다.
"그러게 제가 은거고인들이라 하지 않았습니까!"
역시나 두목에 뒤지지 않을 만큼 입을 떡 벌린 모경이 그것 보란 듯 외쳤다. 약간의 우월감마저 느껴지는 목소리였다.
의혹도 아무 때나 품을 수 있는 게 아닌 모양이다. 의혹도 고민도 사고의 여유가 있을 때나 가능한 행위다. 시야가 좁아지면 여유가 사라지고, 여유가 사라진 두뇌는 딱딱하게 경질된다. 돌처럼 굳어버린 머리로 제대로 된 사고 활동이 가능할 리가 없는 것이다.

모경의 밉살스런 말에 약간 열이 받고 울컥해지자 마비가 풀리며 조금 제정신으로 돌아왔다. 그러자 비로소 한 가지 의문이 생겨났다.

"야, 모가야?"

"왜 그러십니까, 두목님?"

"다 좋은데 저 녀석들 왜 우리한텐 공격을 하지 않는 거지?"

불청객들은 여인 하나와 노인 둘로 이루어진 일행만을 집중공격하고 있었다. 그들에게는 시선 한번 던져주지 않았다. 때문에 곤란한 일은 당하지 않게 되어 편했지만, 이건 또 이것대로 마음에 걸리는 것이다. 무시당한 듯한 느낌이었다.

"역시… 우리가 너무 약해 보여서가 아닐까요?"

"약해? 우리가? 아니, 내가? 이 녹림왕 임덕성이?"

이런 순간에 무슨 헛소리를 지껄이냐는 듯한 반문이었지만 모경은 이에 굴하지 않고 고개를 끄덕였다.

"믿기 힘든 그 마음은 이해합니다만… 한번 생각해보십쇼. 호랑이 세 마리가 동시에 날뛰는데 옆에 있는 늑대 나부랭이들까지 신경 쓸 여가가 있겠습니까? 호랑이 퇴치를 먼저 하는 게 순서겠죠."

늑대 나부랭이가 누굴 뜻하는지는 물어보지 않아도 뻔했다. 모경으로서는 늑대 대신 '개'라는 표현을 사용하려는 자신의 욕구를 자제하는 것만으로 벅찼다.

평소 같았으면 분노하며 길길이 날뛰었겠지만 지금은 전혀 그럴 기분이 아니었다. 자신이 이렇게 존재감 없는 존재였던가……. 그 사실을 납득해버린 자신에 대해 임덕성은 우울해지고 말았다.

"우리도… 끼어들까?"

녹림의 왕이 자신의 허리에 걸린 도를 투박한 손으로 툭툭 치며 말했다. 이렇게까지 무시당하고 있자니 속이 부글부글 끓고 손이 근질근질거려 참을 수 없는 것이다. 정말 알기 쉬운 사람이라는 생각이 들었다.

"방해나 되지 않을까요?"

모경이 냉정하게 말했다.

"저분들이 좋아하지 않을 수도 있잖습니까? 저분들에게 불쾌한 감정을 심어드렸다가는 나중에 감당하기 힘들지 않을까 합니다만……."

"역시 그럴까……."

그답지 않은 소심한 반문에 기다렸다는 듯 모경이 고개를 끄덕였다.

"뭐, 어쨌든 마음만 먹으면 녹림칠십이채를 깡그리 괴멸시킬 수도 있는 분들이니까요. 다행히 아직까지는 귀찮으셨는지 그런 마음을 품지도, 실행하지도 않고 계시지만 말입니다."

저걸 보고 있자니 자신들이 상대적으로 약함을 인정하지 않으려야 인정하지 않을 수 없다. 그 귀찮음이 녹림도로서는 얼마나 다행스러운 일인지 몰랐다.

이때 밥 잘 먹는 아줌마의 강함을 뼈저리게 느낀 멸성대는 전술을 변화시키고 있었다.

[세 사람은 포기한다. 역부족이다. 안명후만을 노려! 그의 말살을 최

우선으로 하라!]

사마흔은 전음을 이용해 진작 내렸어야 할 명령을 부하들에게 시달했다. 목격자의 말살을 포기하고 본래의 목적에 충실하기로 작정한 것이다. 그들에게 있어 가장 중요한 것은 안명후의 입을 막는 것이다. 그의 명령에 따라 복면인들이 집중적으로 안명후의 목숨을 노리며 집요하게 달려들었다.

하지만 전법을 바꾸어도 소용이 없었다. 전술 전환도 압도적인 전력차 아래에서는 아무런 의미가 없었던 것이다.

세 사람은 여전히 검지가락을 빙빙 돌리고, 나무막대기로 툭툭 때리고, 젓가락을 휙휙 저으며 복면인들을 장난감처럼 가지고 놀고 있었다.

"검성의 빼어난 검기는 여전하시군요. 아니, 오히려 더욱더 완벽해지셨군요! 심즉검(心卽劍) 검즉심(劍卽心)에 만류귀종(萬流歸終)이라……. 이제 전 따라가지 못하겠는 걸요? 호호호호."

중년여인은 휘두르던 젓가락을 멈추지 않은 채 웃으며 한담을 시작했다. 젓가락이 한번 휘둘러질 때마다 새하얀 서리 같은 기운이 그 끝을 통해 뿜어져나왔다. 서리의 위력은 절대적이었다.

"허허, 별 과찬의 말씀을! 검후께 그런 소리를 들으면 이 필부의 공부가 부끄러워지지 않소이까. 이건 그저 이번에 새로 구한 검인 이 '은하(銀河)'의 성능이 좋은 탓이겠지요."

어디서나 주울 수 있는 나뭇가지를 들고 그런 말을 해봤자 별 설득력이 없었다.

다시 몇 번 그 소문 '안' 난 명검 '은하'를 휘두르자 다시 몇 명의 흑의복면인들이 나자빠졌다.

피는 흐르지 않았다. 하지만 아무도 다시 일어나는 자는 없었다.

"이렇게 함께 싸우는 것도 오래간만이로군요! 그때가 참 그리워요. 당시에는 참으로 두려웠는데……."

여인의 입가에 아련한 미소가 떠오른다.

"참으로 그리우면서도 두려웠던 때였지요."

백의 노인도 그때를 생각하면 잔잔한 미소를 지었다. 정오의 차를 마시며 한담이라도 나누는 듯 느긋한 분위기였다.

하지만 이 두 사람의 정체를 알게 된 다른 곳은 신의 철퇴에 얻어맞은 듯 혼란의 도가니였다.

"이, 이보게 부조장! 지, 지금 내가 잘못 들은 건가?"

사마흔의 물음에 부조장 이개가 멍한 얼굴로 고개를 저었다.

"화, 확실히 그렇게 말했습니다. 검…성… 검…후…라고……."

마침내 사마흔은 자신의 일을 방해하고 있던 방해자 세 명의 정체를 알 수 있었다. 하지만 그런 정보를 알고 있다 해서 무엇이 개선된단 말인가? 그것은 그들에게 있어 재앙 중에 재앙을 뜻하는 말이었다.

"이, 이건… 말도 안 돼! 저들이 어떻게 한 자리에 모여 있단 말인가……?"

그는 당장이라도 실핏줄이 튀어나올 듯한 눈으로 이 괴물 셋의 면모를 찬찬히 뜯어보았다. 도성 하후식뿐만이 아니었던 것이다. 여전히 나무막대기를 장난처럼 휘두르며 자신의 부하들을 못 쓰게 만들고 있는 검성 모용정천에, 젓가락을 먹는 데 이용하지 않고 사람 잡는 데 이용하는 검후 이옥상까지…….

 한 사람 한 사람이 무림 전체를 움직일 수 있는 그런 힘을 지닌 존재들인, 현 강호에 군림하는 세 명의 절대자 천무삼성. 살아 있는 전설이 셋이 지금 한 자리에 모여 있는 것이다.

 그렇다면 멸성대 스물두 개 대대를 모두 끌고 오지 않으면 승산이 없었다. 삼성을 상대하기 위해서 이들 스물두 개 대대가 전원 투입될 예정으로 그들은 단련받아왔던 것이다.

 '설마 그렇게까지 필요할까?'라고 생각했던 적도 있었다. 하지만 이제는 확실히 알 수 있었다.

 '부족해……. 스물두 개 대대로도 턱없이 부족해! 이런 괴물들을 상대로…….'

 "이건 반칙이야!"

 사마혼의 마음은 항의의 외침이 되어 터져나왔다. 그 말대로였다. 하지만 그런 만큼 그 다음에 취할 행동은 간단했다. 선택은 단 하나밖에 주어지지 않았다.

 "퇴각, 퇴각이다! 이대로는 전멸할 뿐이다."

 즉시 퇴거명령이 떨어졌다.

 "임무 불이행입니다만?"

 부조장 이개가 무뚝뚝한 목소리로 반문했다.

 "책임은 내가 지겠네. 자네는 이런 최악의 상황에서 작전을 계속한다 해서 이 임무를 성공하리라 보는가?"

 이 남자에게도 직위에 걸맞은 상황 판단력과 분별력은 있었다.

 "없겠죠!"

잠시도 고민하지 않고 이개가 대답했다. 평소 자신의 상사에게 불만이 많았던 모양이다.

안명후가 위치하고 있는 곳은 검성과 도성과 검후가 각각 세 변의 꼭짓점 끝을 점하고 있는 삼각형의 정중앙이었다. 현재 정신을 잃고 있는 그에게 그곳은 지금 세상에서 가장 안전한 장소라고 할 수 있었다.

"그렇다면 일일이 결정에 반대하지 말게!"

사마혼이 분개하며 소리쳤다.

"하지만 그게 제 일이니까요."

부조장 이개는 한치의 망설임도 없이 대답했다. 대대로 부조장이란 직위는 조장을 견제하기 위해 만들어놓은 것이라는 건 알겠지만 괜히 사람 열 받게 하는 어조였다.

돌아가면(이쪽도 돌아갈 수 있다면) 두고 보자는 상냥한 눈빛을 부조장에게 보내고는 즉시 퇴각명령을 내렸다. 세 사람의 정체를 안 이후 투기가 눈에 띄게 줄어들고 있었기에 그들은 기다렸다는 듯 당장 명령에 복종했다.

"어마, 어마! 도망치게 둘 수는 없지요."

검후 이옥상이 자리에 앉은 채(그녀는 자리에 앉아 음식을 대한 이후 그 자리에 일어선 적이 한번도 없었다) 가볍게 사방을 향해 젓가락을 휘둘렀다. 그러자 복면인들이 도망갈 통로가 단숨에 봉쇄되어버렸다.

"자, 그럼 못 다한 이야기를 마저 나눠볼까요? 우선 집이 어딘가부터!"

면사의 밑으로 드러난 검후의 입에 가느다란 미소가 어렸다. 관음보살의 미소라 불리는 자비로운 미소였다. 하지만 이들 멸성대에게는 지옥 나찰녀의 그것보다도 더 무섭고 소름끼치는 미소였다.

'더 이상 길은 없는가…….'

눈을 질끈 감으며 사마흔은 생각했다. 여기서 그가 택해야 할 길은 오직 하나뿐이었다.

그들은 기계였다. 붙잡힌 기계는 쓸모가 없다. 그리고 불필요해진 기계는 즉시 폐기하지 않으면 안 된다. 그것은 그들의 심령 깊숙한 곳에 새겨진 절대적인 명령이었다. 이 명령을 수행하는 데 망설임 같은 불필요한 감정은 주입되어 있지 않았다.

"천겁혈세 혈신재림!"

구호를 주문처럼 외침과 동시에 사마흔은 어금니에 깨물고 있던 독약을 깨물었다. 한치의 망설임도 없는 행동이었다. 그러고는 그 독이 맹수도 단숨에 즉사시킬 수 있는 맹독임에도 모자라다고 생각했는지 스스로 확인사살을 했다.

"이, 이런!"

이변을 눈치 챈 도성 하후식이 기함을 토하며 중지시켜려 했지만 이미 사마흔은 검을 자신의 심장에 찔러넣고 있었다.

푸확!

그의 등을 통해 피가 분수처럼 뿜어져나왔다.

"이놈이고 저놈이고! 목숨을, 생명을 뭐라고 생각하는 거야! 목숨을 헌신짝처럼 가볍게 버리다니! 바보 같은 것들!"

도성 하후식은 정말로 화내고 있었다. 그는 참을 수가 없는 것이다. 생명의 가장 근원적인 본질인 '살아간다는 것'을 이렇게 쉽게 내

팽개치고 포기한다는 사실 그 자체를 그는 용서할 수 없는 것이다.

　주위를 빙 둘러봐도 살아 있는 복면인은 보이지 않았다. 자신이 직접 손을 쓰든 동료의 손을 빌리든 그들은 광적으로 죽음에 집착했다. 대규모의 집단 자살이 벌어진 것이다.

　"진정하게. 자네도 잘 알지 않나. 그들은 그렇게 교육받고 그렇게 세뇌된 살인기계일세! 다른 어둠의 종속자들과 마찬가지로 말이야. 지속적인 반복교육과 최면에 의해 그들의 심층의식 속에 뿌리박혀 있는 이 명령을 제거하는 것은 어려운 일일세. 그걸 제일 잘 아는 사람이 바로 우리들 아닌가?"

　조용하고 깊이 있는 목소리로 검성은 도성을 진정시켰다. 경전을 낭송하는 듯한 고요한 목소리였다.

　"미안하군! 잠시 흥분해버렸네! 아직도 나의 수행은 멀었군. 천겁일당인 줄 알았으면 미리 방비했을 텐데……. 그들이 하는 짓거리를 누구보다도 잘 알고 있으면서 막지 못하다니……."

　자책의 기운이 역력한 목소리였다.

　"그게 바로 가장 도성다운 모습인 거지요. 전 그런 면이 너무 좋은 걸요!"

　황혼녘의 노을처럼 아늑한 미소를 머금으며 검후가 말했다. 그 효과는 절대적이었다.

　"헤헤, 그런가? 이 누이가 그렇게 말해준다면야……."

　백세를 초월한 지 오래인 노인이 소년처럼 얼굴을 붉히며 뒤통수를 긁적였다. 이옥상의 그 말이 무척 기뻤던 모양이다.

　도성은 다시 날카로운 눈빛으로 죽음이 감도는 정경을 바라보며 나직이 뇌까렸다.
"천겁의 그림자가 다시 강호에 드리워지려 하는가……."
그의 주름진 눈가가 약간 어두워졌다.
"'그분'의 예감이 아무래도 적중한 것 같네."
검성이 심원한 눈빛을 한 채 말했다. 그 역시 이 사건이 근심되지 않을 수 없었다.
"하지만 또다시 실마리가 끊겨버리고 말았군요."
검후가 아쉽다는 듯 말했다. 증거인멸을 막지 못한 탓이었다.
"반혼술을 쓸 수 없는 이상 죽은 자에게 증언을 듣는 것은 포기해야겠지."
도성은 무척 아쉬운 모양이었다.
"하지만 아직 살아 있는 사람이 있잖아요?"
검후의 말에 세 사람의 시선이 한곳을 향했다. 그곳에는 여전히 거지복장을 한 채 넋이 나간 표정으로 주저앉아 있는 안명후가 있었다.
얄궂게도 그를 주저앉히고 이렇게 넋 나간 표정을 짓게 만든 원흉은 멸성대의 흉험한 도검이 아니라 이 세 사람의 정체였다.

"두목, 어떡하죠? 가서 인사라도 드려야 하지 않을까요?"
임덕성 역시 녹림왕이란 별호로 강호에서 명성을 날리고 있기는 했지만 천무삼성에 비하면 그 이름의 휘도(輝度)는 명월 앞의 반딧불에 불과했다. 그렇다고 해도 시기나 질투의 감정은 전혀 느껴지지 않았다. 아니, 오히려 그 반대였다.
무림인치고 천겁혈세의 구세주인 천무삼성을 존경하지 않는 이는 드물었다. 임덕성 역시도 무인인 이상 직업과 출신을 초월해 경외하고 있었다.

"음…, 역시 인사라도 드려야 할까? 유명하지만 쉽게 만날 수 있는 분들은 아니지."

헤벌쭉한 얼굴로 임덕성이 뒤통수를 긁적이며 말했다. 기쁜 것이다. 존경하는 무인을 만나게 되어서.

그 어디에도 녹림의 절대자 녹림왕의 모습은 보이지 않는다. 주위에 다른 부하들이 없어서 그나마 위엄이 땅에 떨어지는 일이 예방된 것은 무척이나 다행스런 일이었다.

"음음, 역시 아무리 몰랐다고는 하지만 '노망난 노친네들'이라고 망발한 것에 대해서는 세 분께…, 읍, 으읍!"

팔짱을 낀 채 고개를 주억거리는 모경의 입은 임덕성의 전광석화 같은 손놀림에 의해 급히 틀어막혔다. 그는 도깨비처럼 부리부리한 눈에 살기를 담아 자신의 매부를 노려보았다.

"그 일을 내뱉었다가는 목숨을 부지하지 못할 줄 알아!"

창백한 얼굴로 임덕성이 속삭였다. 식은땀이 줄줄 흐르는 그의 백짓장 같은 얼굴은 긴장으로 인해 잔뜩 굳어 있었다. 그 두 개의 호목에 서린 의지는 매우 명쾌했다.

"읍읍읍……."

모경은 열심히 고개를 끄덕였다. 그로서도 증거인멸의 희생물이 되고 싶지는 않았던 것이다.

털썩!

안명후가 땅바닥에 무릎을 꿇고는 넙죽 엎드렸다.

"무림맹 소속 섬서지부 특별감찰관 안명후가 천무삼성(天武三聖) 세 분의 존안을 뵙습니다."

"이런, 이런… 역시 들켰나…….'

이 정도로 소란을 떨어놨는데 정체가 들키지 않을 리가 없었다. 조용하게 화산으로 향한다는 계획은 아무래도 물거품이 된 듯했다.

"일이 일인지라 개입하지 않을 수는 없었지. 게다가 천겁이 연루된 일이 아닌가!"

검성은 그 일이 계속해서 마음에 걸리는 모양이었다.

"무사해서 다행이에요."

검후가 만면에 웃음을 띠며 말했다. 달콤한 미주의 향기처럼 마음에 스며드는 목소리였다. 그리고 그 미소는 보는 자의 마음까지도 편하게 만들어주는 그런 힘이 깃들어 있었다.

"구해주신 이 은혜, 백골난망입니다."

진심을 담아 안명후가 말했다. 그는 죽음의 우물 밑바닥에서 건져 올려진 것이다. 그 두레박의 줄을 끌어올려준 것은 황송하게도 무림에서 가장 명망 높은 세 명의 기인이었다.

"어려울 때는 서로서로 도우며 살아야죠."

"자넨 무슨 일로 저런 악도들에게 쫓기고 있었나? 자네의 지위가 평범하지 않은 것을 보아 필시 곡절이 있겠군그래."

도성의 말에 안명후가 고개를 끄덕였다.

"정말 큰일날 뻔했습니다. 저희 감찰조 일행들 중에는 아무래도 저밖에 살아남지 못한 것 같습니다. 저도 세 분께서 계시지 않았더라면 어찌 되었을지……."

개코처럼 수급만 바닥에 쓸쓸히 나뒹굴고 있을 것이다. 섬뜩했다.
"자네는 대체 무슨 일로 쫓기고 있었나? 저 추적자들 또한 모두가 하나같이 놀라운 실력자들이던데?"
그 놀라운 실력자들을 어린애 데리고 놀듯 논 사람이 할말은 아닌 듯했다. 감격에 들떠 있던 안명후의 눈빛이 다시 진지해졌다.
"그렇습니다. 큰일이 났습니다."
"큰일이라니?"
도성이 반문했다.
"지금 천무봉에서 화산규약지회가 열리고 있는 것은 알고 계시겠지요?"
"물론일세, 우리도 지금 그걸 구경하러 가는 길이라네. 그러다 여기서 자네를 만난 거고."
"아, 참 그렇군요. 제가 깜박 잊고 있었습니다. 천무삼성의 참관은 화산지회의 매회 정해진 공식일정이었지요."
그것은 참가자들에게 있어서 매우 명예스러운 일이었다.
"그런데 그 화산지회가 왜?"
도성은 다른 두 사람에 비해 성질이 좀 급한 성격인 듯했다.
"그것은 바로······."
그러나 안명후는 그 말을 끝내지 못한 채 눈을 까뒤집으며 쓰러졌다.
털썩!
무너지는 그의 몸을 도성이 급히 잡아 부축했다.
"이보게, 안 감찰! 정신 차리게! 안 감찰!"

그러나 그것만으로는 안명후의 의식이 돌아오지 않고 있었다. 뺨을 찰싹찰싹 때려봐도 소용이 없었다.

"무슨 일이죠?"

"이걸 보게!"

검성이 기절한 안명후의 오른손을 들어 보였다. 조금 전 비수가 스치고 지나갔던 상처 부분이 검게 변색되어 있었다.

"독인가!"

이 반응에서는 그 외의 것을 생각할 수 없었다.

"아무래도 지효성 독인 듯하네. 서서히 몸 안을 침식해 들어가는 독이지."

"당했나……."

도성이 침음성을 흘리며 뇌까렸다. 좀더 주의를 쏟았으면 좋았을 것을……. 애초에 온몸을 검은색으로 칭칭 휘감고 얼굴에 신선한 인상을 주도록 복면까지 한 놈들이 정당한 수단만을 쓸 리가 없는 것이다. 그런 희박한 경우는 기대하지 않는 쪽이 현명했다. 그런데 너무 방심했던 것이다.

그들이 아무리 대단한 존재라 해도 과거에 발생한 일에까지 간섭하는 것은 불가능했다.

"혼자서는 가지 않겠다는 건가……. 그들은 꼭 이 사람을 저승행 길동무로 데려갈 작정인가?"

"방심했군! 크윽, 천무삼성이란 이름이 부끄럽구먼."

"아직 독이 완전히 퍼진 것은 아니에요. 맥이 약하기는 하지만 죽지는 않았어요."

"지효성 독이니깐 그나마 효과가 천천히 발휘되는 것이지."
"할 수 없지! 다시 살리는 수밖에!"

천무삼성이 일제히 장심을 가져다대고 진기를 주입하기 시작했다. 몸 안을 잠식하고 있는 독소를 내공의 힘으로 밖으로 분출시키기 위해서였다.

아직 들어야 할 이야기가 있었다. 그 이야기를 마저 하지 못하면 안명후 자신도 죽어서 제대로 눈을 감을 수 없을 것이다. 그런 원통함을 이 세상에 남겨서는 안 된다.

"천무삼성 셋이 힘을 합하면… 죽어가는 혼도 되돌릴 수 있다고. 얕보지 말란 말이야!"

주변 사방에 기의 폭풍이 몰아칠 정도의 거대한 진기를 불어넣으면서도 말을 지껄이다니……. 그러고도 내공이 흐트러지지 않는 것을 보면 괴물은 괴물이었다.

세 사람의 대해 같은 내공이 안명후의 몸 안에 거미줄처럼 뻗어 있는 기맥을 종횡무진 누비기 시작했다. 점점 더 세맥 안으로 스며들어 가는 독기들의 진행을 막고 밖으로 밀어내기 시작했다.

부정한 것을 태우는 신성한 불처럼 세 사람의 내공이 안명후의 몸을 정화하기 시작했다.

두 번 다시 떠질 것 같지 않던 안명후의 눈이 다시 한번 떠졌다. 하지만 아직 완전히 정신을 차린 것은 아니었다. 아직 눈의 초점이 맞지 않았다.

"위… 위험……. 위… 위험……."

그 말만을 마치고 안명후는 다시 정신을 잃었다.

"이보게, 일어나게! 무슨 일인가? 무엇이 위험하다는 건가?"

도성 하후식이 영혼이라도 뒤흔들 듯한 큰소리로 외쳤다.

"자넨 아직 끝내지 못한 말이 있을 걸세! 속시원하게 그 말을 끝내고 죽게! 그래야 여한이 없을 것 아닌가!"

도성이 간절한 목소리로 외쳤다. 그 목소리가 안명후의 영혼에 닿았는지 다시 그가 눈을 떴다. 세 사람은 더욱 강하게 내공을 불어넣었다.

"으… 음모… 화…화산… 위… 위험……. 요…용…여……."

마지막 말을 최후까지 잇지 못하고 안명후의 고개가 떨어졌다. 탈진한 것이다. 하지만 기력과 원정이 극심하게 손상된 듯 당분간 깨어날 기미는 보이지 않았다.

"잘 가게!"

도성 하후식이 조용히 눈을 감으며 말했다. 감겨진 두 눈에서 비통한 눈물이라도 흐를 듯했다.

"아직 죽지 않았어요."

옆에서 검후가 정정했다.

"일단 이 자리에서 옮겨야겠군요. 응급조치를 취했지만 이대로는 안심할 수 없겠어요. 아무래도 독뿐만 아니라 단전도 꽤나 심각하게 손상되어 있더군요. 아까 이야기를 듣자 하니 기폭환을 복용했다고 하던데……"

"기폭환을……."

검성이 낮게 신음성을 터뜨렸다. 그들도 그게 어떤 효과와 어떤 부작용을 발생시키는지 누구보다 잘 알고 있었다.

"그런 무지막지한 물건까지 써가며 여기까지 필사적으로 도주해왔다는 것이군."
"아무래도 사태는 상상 이상으로 심각한 것인지도 모르겠군."
"어떡하죠?"
"일단 의원에게 보이도록 합시다. 기력을 회복시키는 게 우선인 것 같소. 신체에 잔여하고 있는 찌꺼기도 완전히 해독해야 할 필요가 있고……."

우선은 그가 정신을 차려야 사건의 자초지종을 알아낼 수 있는 것이다.

"그런데 누가 옮기죠?"

바로 그때였다. 옆에서 굵은 사내의 목소리가 들려온 것은…….

"저… 그 일 저희에게 맡겨주시면 안 될까요?"

세 사람의 고개가 그쪽을 향해 돌아갔다.

"자넨 또 누군가?"

의아한 얼굴로 도성이 물었다. 본 적이 있는 얼굴이었다. 방금 전까지 그들과 조금 떨어진 곳에서 식사를 하고 있던 인상이 더러운 놈들이었다.

"헤헤헤헤……."

옆에 멀뚱히 서 있던 임덕성과 모경이 쑥스러운 듯 뒤통수를 긁적이며 헤프게 웃었다.

"힘이라면 누구에게도 뒤지지 않습니다. 보시다시피 체력도 튼튼하고 말도 아주 잘 듣습니다. 그러니 부디 꼭 이 친구를 짐꾼으로 삼아주십시오."

쟁반 위에 수급을 진상하는 듯한 태도로 한 손으로 모경을 가리키면서 임덕성이 정중한 목소리로 말했다.

"예? 제, 제가요?"

모경이 뜨악한 표정으로 반문했다.

"그럼 이 나이에 내가 하랴?"

임덕성의 비딱한 시선을 받고 있자니 힘이 빠져서 어깨가 축 늘어졌다.

"제, 제가 하겠습니다."

고개를 푹 숙이며 대답한다.

쫄따구는 이래서 항상 고생인 것이다.

검성은 고개를 돌려 화산이 서 있는 쪽을 바라보았다. 직접 눈에 보이는 것은 아니지만 그의 마음은 이미 화산에 도착해 있었다.

"도대체 화산에서 지금 무슨 일이 일어나고 있는 거지……."

한 번 싹을 틔운 불안은 아무리 떨쳐버리려 해도 좀처럼 가시지 않았다.

"별일 없으면 좋으련만……."

직감이긴 했지만 이번 화산지회는 왠지 평범하게 끝날 것 같지 않다는 느낌이 강하게 들었다. 하지만 지금은 그렇게 기원하는 것 외에는 다른 방도가 없었다.

금요관(金曜關)
-추락(墜落)

사내는 거지였다.
명색이 걸식자인 관계로 꼬락서니는 추레했지만 이래 뵈도 구파일방의 하나인 개방의 용두방주 '걸협 우경'의 직전 제자였다. 그리고 안타깝게도 아주 성질 사나운 대사형을 한 명 모시고 있었다. 다른 건 다 좋은데 그것만큼은 마음에 들지 않는 그였다.

그 거지, 노학은 거친 지면 위를 기어가고 있었다. 지금 그가 기어가고 있는 지면은 특이하게도 흙이라고는 먼지 부스러기밖에 찾아볼 수 없는 거대한 암괴의 들판이었다. 여기저기에 돌부리가 튀어나와 있거나 금이 가 있는 등 무척이나 울퉁불퉁해, 평탄하고는 거리가 멀었다.

노학은 있는 힘껏 암반 위를 기어갔다. 지면을 기어가는 그의 얼굴에는 방심을 용납지 않는 신중함이 넘쳤고, 진중함이 깃든 이마에는 땀이 송골송골 맺히고 있었다.

땅바닥 하나 기어가는 데 이렇게까지 신중해야 할 필요가 있을까 어리둥절할 정도다. 그래도 그는 여전히 주의 깊었고 평소의 가벼움은 찾아볼 수 없었다.

퍼석!

"응?"

노학의 눈이 휘둥그레졌다.

신중하게 짚었던 돌부리가 '파삭' 하는 단말마를 지르며 그의 오른손 아귀 안에서 먼지가 되어 바스러졌던 것이다. 믿을 수 없었다. 그리고 있을 수 없는 일이기도 했다. 분명 앞사람이 이 돌부리를 짚는 것을 자신의 두 눈으로 확인했던 것이다.

그러나 어찌된 영문이냐고 앞에 가던 사람을 붙잡고 물어볼 여가는 그에게 주어지지 않았다.

퍼석!

이번에는 왼발로 힘 있게 딛고 있던 돌부리가 모래성처럼 무너졌다.

"어어어?"

'어라, 이게 뭔 놈의 잡일이여!'

찰나의 순간 동안 반짝였던 사고의 단편 속에서도 그는 지금 자신에게 무슨 일이 벌어졌는지 인식하지 못했다. 그것은 거짓말 같은 일이라 현실성이 없었다.

"어이, 이… 이봐, 지(地)가(家)야!"

지면이 점점 더 자신하고 멀어지고 있었다. 아니, 멀어지고 있는 쪽은 자신이었다. 땅이 인력을 잃어버리기라도 한 듯 그의 몸이 바닥으로부터 붕 뜨고 있었다. 분명 자신은 능공허도나 허공답보, 공중부양 같은 오묘한 재주를 배운 적이 없었다. 그렇다면 이것은 자력(自力)에 의해 자발(自發)적으로 체험하고 있는 현상이 아닌 게 명백했다. 타력에 의해 자의(自意)를 거슬러 체험되고 있는 것이었다. 이것은 불가항력적인 일이었다.

　그가 고개를 들어 힐끔 앞을 바라보았다. 그러자 거기에 시리도록 푸른 하늘이 있었다. 이번에는 힐끔 시선을 아래로 깔았다. 까마득한 저 뒤편으로 지면이 보였다.

　그제야 노학은 자신이 지금 있는 장소가 어떤 곳인지 기억을 되살려냈다.

　'아, 그렇지!'

　기억이 났다. 자신은 기어가는 중이 아니라 올라가는 도중이었다. 그리고 눈앞에 보이는 이것은 바닥이 아니라 벽이었다. 그것도 기러기도 한 번에 넘지 못할 만큼 높은 깎아지른 듯한 단애(斷崖). 그것이 지금까지 그가 기어가고 있던 곳의 정체였다.

　그렇다면 그곳에서 떨어진 자신의 현재 상황은? 그리고 앞으로 그가 겪어야만 하는 일은?

　아마도 그것은 그가 태어나서 처음 겪는 일일 것이며, 또한 마지막으로 겪는 일이기도 할 것이다. 그리고 그것은 예상하건대 그의 수명을 50년 정도는 가뿐하게 앞당길 정도로 매우 충격적이고 자극적인 일이 분명할 터였다.

　이 절망의 끝자락에서도 노학은 포기하지 않았다. 하늘이 무너져도 솟아날 구멍은 있는 법. 이럴 때를 대비해 모두들 허리에 생명줄을 묶어놨던 터였다.

　그의 눈앞에 줄 하나가 어른거렸다. 아홉 명의 생명을 하나로 묶어놓은 바로 그 줄이었다. 이 절벽을 9인이 함께 오르는 것이 바로 '금요관(金曜關)'의 내용이었다.

"명심하십시오. 이 줄을 절대 자르면 안 됩니다. 이 줄이 여러분들의 생명을 지켜주기 때문만이 아닙니다. 이유 여하를 막론하고 이 생명선이 끊어지는 즉시 그 조는 자동으로 탈락 처리됩니다. 그러니 부디 명심하시길!"

'그래, 이 줄만 있으면…….'

그러나 그 마지막 희망의 끝은 어찌된 일인지 보란 듯이 매끄럽게 잘라져 있었다.

'빌어먹을!'

한순간에 벌어진 일임에도 그에게는 시간이 제 속도를 어기고 늑장을 부리기라도 하는지 모든 일이 느릿느릿하게 느껴졌다.

그는 천천히(순전히 자신의 감각에서만) 시선을 들어 바로 앞 사람, 아니 윗사람을 바라보았다.

'저 녀석은 분명…….'

네 번째였든가 다섯 번째였든가……. 분명히 낫을 쓰는 놈이었다. 사슬 달린…….

얼굴도 무척 재수없게 생긴 놈이었다. 입도 시궁창처럼 험할 게 분명했다. 그리고 지금 그 자의 손에는 그 얼굴만큼이나, 아니 조금 더 많이 재수없는 단도 하나가 햇빛을 받아 반짝이고 있었다.

'마천칠걸……!'

욕과 저주를 한데 묶어 냅다 퍼부어주려 했지만 그럴 시간이 없었다. 저놈이 일곱 중 몇 번째인지 파악할 시간조차 부족했던 것이다.

하지만 지금 그것은 전혀 중요한 문제가 아니었다.

'젠장, 처음부터 마음에 들지 않는 낯짝이었어!'
 그리고 노학은 보았다.
 그자의 위에서 겨울의 눈보라처럼 차가운 눈동자가 무심한 눈빛으로 자신을 바라보고 있는 것을……
 잃어버린 시간의 속도가 점점 더 본래의 빠르기로 돌아오고 있었다.
 훗날 '중력' 이라 불리게 될 사신의 힘이 그의 몸을 잡고 힘껏 아래로 잡아당겼다. 물귀신도 울고갈 만한 악력이었다.
 "으아아아아아악!"
 그리고 엄청난 상실감을 느끼며 그의 몸이 추락하기 시작했다.
 동시에 빈대떡이 되는 순간을 맨 정신으로 경험하고 싶지는 않은지 정신이 아득해졌다. 바닥과의 뜨거운 입맞춤으로 피떡이 되기 전에 정신을 잃을 수 있으면 운이 좋다고 말할 수 있었다.

 "어? 저건?"
 비류연은 지금 저 위에서 추락하는 것은 날개가 없다는 것을 증명이라도 하듯 떨어지고 있는 물건이 무엇인지 한눈에 알아보았다. 종종 보던 것이다. 저걸 이용해 여러가지 잔일들을 처리한 적도 있었다. 때때로 반항적이기도 했지만 나름의 쓸모라는 것도 있었다. 현재도 뭔가 맡겨놓은 일이 있었다.
 '노학!'
 '저 녀석… 왜 저기서 떨어져?' 라고 투덜거릴 틈도 없었다.
 비류연의 행동은 재빨랐다. 없는 것보다는 확실히 편했기 때문에 망설이지 않았다. 그는 선택의 기로에서 방황하다가 결국 후회만 하는 그런 유형의 인간이 아니었다.

생명줄, 이 관문의 규칙상 줄이 끊어지면 실격이다. 아무리 이런 쪽에 무신경해 보이는 그였지만 필요한 건 모두 숙지하고 있었다. 실격하면 최하의 점수밖에는 받지 못한다. 그것 역시 알고 있었다. 그러나 비류연은 망설임 없이 줄을 끊었다.

"류연!"

나예린이 그 모습을 보고 경악하며 외쳤다. 그러나 이미 생명줄은 잘려나간 이후였다. 그리고 그녀는 더욱 놀라운 광경을 보게 되었다.

비뢰문(飛雷門) 독문운신보법(獨門運身步法)
봉황무(鳳凰舞) 오의(奧義)
직지질주(直地疾走)

비류연은 절벽을 타고 우측 하단 방향으로 마치 평지처럼 달려가기 시작했다. 일말의 망설임도 없이 과감하게. 그 모습이 마치 쏘아진 화살처럼 빨라 보는 이의 감탄을 자아냈다. 엄청난 규모로 펼쳐진 '비담주벽(飛簷走壁)'의 수법이었다(직지(直地)란 '직각으로 곧게 서 있는 땅'을 의미했다).

그의 쾌속한 전진 아래에서 절벽은 확실히 그 의미를 철저히 무시당하고 있었다. 먹이를 노리는 매처럼 날카롭게 빛나는 그의 눈은 추락하는 노학의 몸에서 결코 떨어지지 않고 있었다.

9장… 8장… 7장… 6장… 5장… 4장… 3장…….

3장… 3장… 3장…….

대지의 손이 끌어당기는 속도가 너무 빨라 더 이상 거리가 좁혀지지 않았다. 이것이 그가 발휘할 수 있는 속도는 아니었지만 이 이상 속도를 내면 안정상에 문제가 있었다. 여기는 맨땅이 아니라 깎아지른 절벽이었다. 하지만 이대로는 그냥 두 눈 멀뚱히 뜬 채 노학이 지면과 격렬하게 입맞춤하는 것을 막을 수 없었다. 고작 제자가 피떡이 되는 걸 보려고 이런 미친 짓을 벌인 것은 아니었다.

"류연!"

저 위에서 나예린이 자신을 부르는 목소리가 들려왔다. 이와 비슷한 일이 전에도 있었던 듯해 아련한 그리움마저 느껴졌다. 이런 절박한 순간에 잘도 그런 여유를 부릴 수 있었다.

하지만 왠지 그녀의 목소리가 무척이나 멀게만 느껴졌다.

〈『비뢰도』 16권에 계속〉

비류연과 그 일당들의 좌담회

劍　　　: 안녕하세요. 여러분, 오랜만에 뵙습니다. 저는…….

비 류 연 : 앗, 당신 누구야? 누군데 감히 남의 고정역할을 빼앗는 거야? 시간과 공간이 생겨난 이래로 첫 인사는 주인공의 몫이라고 정해져 있었다고! 정체가 뭐야?

劍　　　: 나?

비 류 연 : 그래, 당신!

劍　　　: 'The 作家'!

비 류 연 : 뭐야? 그 'The' 라는 것은……?

劍　　　: 음…, 뭐 일종의 개체특정을 위한 표식이라고 할 수 있지. 고대에는 'M' 이라 불린 적도 있었지.

비 류 연 : 여긴 당신의 무대가 아니라고. 남의 '나와바리(왜국어입니

장　　홍 : 옳소. 안 그래도 비중이 자꾸만 줄어드는 것 같아서 찝찝하구먼. 이제는 유일한 안식처인 이곳까지 침략해? 난 인정할 수 없어!

효　　룡 : 맞아 맞아! 배후인물이면 족해!

비 류 연 : 이거 혹시 음모 아냐? 이번 권은 특히 나까지도 비중이 작았다고.

劍　　　 : 그래서 몰래 욕한 건가?

비 류 연 : 욕이라니? 무슨 이야기인지……. 통 모를 소리를…….

劍　　　 : 휘파람 불며 유야무야 넘어가려 해도 소용없어! 다 알고 있어! 망할 '존재'라고 덧붙인 게 설마 날 노리고 그런 건 아니었다고 발뺌하진 않겠지? 몇 페이지 몇째 줄인지도 말해줄까? 음…….

(파라라라락!)

184페이지 15째 줄이로군! 자, 눈이 있으면 보라고!

비 류 연 : 칫, 들킨 건가!

劍　　　 : 당연하지. 그런 적나라한 표현을 쓰고도 들키지 않을 거라 여겼단 말이야? 날 너무 만만하게 봤군.

비 류 연 : 다음번엔 좀더 꼬고 좀더 각색해야겠군. 좀더 은밀하게 말이야. 장막도 여러 번 겹치고…….

劍　　　 : 또 할 생각이냐…, 너…….

비 류 연 : 아무리 그래도 그렇지 이번 권은 독고령의 독무대나 다름없었잖아! 너무한 거 아냐?

劍　　　：그런 걸 보고 작가의 편애라고 하는 걸세. 게다가 꼭 필요하기도 했고. 나로선 어떻게든 그 부분을 다루고 넘어가야 했다고. 그렇지 않으면 이야기가 허술해져버리는걸. 일층 놔두고 이층부터 지을 수는 없는 노릇 아니겠냐? 부실공사를 작정한 게 아니면.

장　홍 : 음…, 작가가 그걸 쓰고 싶어 10권에 낌새만 띄워놓고 호시탐탐 노리고 있었다고 하더군. 설마설마 했지만…….

효　룡 : 10권?

장　홍 : 왜 있잖아? 그 환마동 사건! 그게 이번 권을 위한 포석이었던 게지. 독고령을 띄워주기 위한. 이건 주도면밀하게 계획된 음모야. 우리는 점차 우리의 영역을 잠식당하고 있어.

효　룡 : 그, 그랬던 건가……. 이건 음모였던 건가…….

劍　　　: 어허, 아무리 중국 우주개발 관련 과학자가 벽돌에 맞아 죽었다고는 하지만… 음모론에 몸을 맡기는 건 좋지 않아! 건전하게 살아야지.

비 류 연 : 그럼 아니라고 부인할 텐가?

劍　　　: 왜, 왜 이래? 나, 난 안 죽였어!!!

비 류 연 : 그거 말고, 이거!

劍　　　: 아니! 난 그저 해야 할 일을 했을 뿐이야. 이건 중요한 에피소드였다고. 그럼 젊은 처자가 아무런 이유도 없이 애꾸가 되었을 것 같아? 우주해적도 아니고 말이야.

장　홍 : 큭! 왠지 설득력이 있군. 설득력이 있어.

비 류 연 : 하고 싶은 이야기가 뭔데?

劍 　　: 뭐, 자표이리(自表而裏), 모든 사물의 표면(겉)에는 그 이면이 존재한다는 것이지. 그리고 그것을 관통하는 원인과 결과의 상호 감응(感應) 법칙인 인과율(因果律)이 존재하고…….

비 류 연 : 하긴 편애도 원인은 원인이지. 그 논증이 타당하다 해서 꼭 그 결과가 참이 되어야 하는 법은 아니니깐 말이야.

劍 　　: 그렇게 비뚤어진 시선으로 세상을 바라보는 건 매우 좋지 않아.

비 류 연 : 현상의 한 단면밖에 보지 못하는, 지식은 주입해주는 것만이 진짜인 줄 아는 바보들보다는 낫잖아? 무뇌아도 아니고 말이야. 뇌는 쓰라고 있는 거지 두개골과 몸체의 무게 중심 잡으라고 넣어놓은 게 아니라고.

劍 　　: 뭐…, 확실히 그렇긴 하지만…….

장　　홍 : 그럼 혐의를 인정한다는 거군.

劍 　　: 험악하게 혐의씩이나……. 자, 자, 넘어가자고. 넘어가! 자, 그럼 여러분…….

비 류 연 : 잠깐! Just wait a moment!

劍 　　: 또 왜? Why?

비 류 연 : 지금 방금 마지막 인사를 하려 했지?

劍 　　: 물론이지! 무슨 문제라도?

비 류 연 : 그건 뻔뻔하다고 생각하지 않아?

장홍 & 효룡 : 암, 뻔뻔하고 말고!

劍　　　：이번엔 또 뭐지……?

비류연：첫 시작 인사를 주인공의 허락도 없이 탈취한 주제에 끝마무리 인사까지 하려 든단 말이야? 시작과 끝을 모두 차지하려 하다니……. 신이라도 되고 싶은 건가! '나는 알파(α)며 오메가(Ω)다' 라면서 말이야.

劍　　　：그건 과장이라고, 과장! 오버야 오버!

비류연：어쨌든 그 의도가 무엇이든 간에 절대 인정할 수 없어. 하나를 얻으려면 하나를 버려야 하지. 일반적으로 말이야. 공평하고 분쟁 없는 사회를 만들려면 자신이 얻은 이익에 대한 대가를 사회에 환원하지 않으면 안 돼. 욕망이 과잉된 사회는 혼란이 오기 마련이지.

劍　　　：겨우 인사 하나 가지고 그 정도 '씩' 이나…….

비류연：겨우라니! 만류귀종(萬流歸終)도 모르나? 세상은 모두 하나로 연결되어 있어! 궁극에 가서는 하나로 귀결되기 마련이지. 그것은 곧 모든 것이 연결되어 있다는 증거! 완전한 분리 따위는 이 세상에 존재하지 않아. 때문에 사소한 것을 무시하는 녀석은 큰일도 제대로 하지 못해. 아니, 할 수 없어!

劍　　　：중시와 집착은 다르다고 생각하지만…….

비류연：(찌릿!) 뭔가 불만이라도?

劍　　　：아냐, 아냐! 알았어, 알았어! 항복! 내가 포기하지. 그러니 그런 무서운 눈으로 보지 말게. 내가 양보하지. 마무리 인사는 너희들이 하라고. 더 이상 버텼다가는 무슨 험한 꼴

을 당할지 겁나는구먼.
효　　룡 : 현명한 판단이로군.
장　　홍 : 하지만 양보라는 표현은 마음에 들지 않는군. 우리는 우리의 당연한 권리를 행사하는 건데 왜 저 사람에게서 '양보'라는 말을 들어야 하는 거지?
비 류 연 : 뭐 사소한 건 넘어가자고!
劍　　 : 이… 이봐! 아까랑 이야기가 틀리잖아!
비 류 연 : 도와줬으면 고마워해야지, 원망할 처지인가? 은혜도 모르는 놈이라는 소리는 듣고 싶지 않겠지?
劍　　 : (얌전한 목소리로) 네…….
비류연 & 장홍 & 효룡 : 독자 여러분, 기뻐하십시오. 마침내 저희들은 저희들의 권리를 지켜냈습니다. 역시 지킬 것은 지키고 살아야 하는 게 아닌가 하는 생각이 듭니다.
劍　　 : (그런 소리 하라고 양보한 건 아닌데…)…….
비류연 & 장홍 & 효룡 : 다음 권에서 뵙겠습니다. 그럼 안녕히 계십시오. 꾸벅!

…………….

………….

…….

…

劍　　 : 야, 겨우 그 짧은 말 하나 하려고 그 난리를 친 거냐?
비 류 연 : 길다고 다 좋은 건 아니지. 가끔은 좋잖아? 심플한 것도!

劍　　　 : 그거 혹시… 14권 권말을 겨냥한 말 아니냐?

비 류 연 : 응! 당연하지!

劍　　　 : …….

찰나(刹那)를 영원(永遠)처럼 기다려주신 분들께 진심으로 감사드립니다.

대공자 비

일러스트_ 사과마녀

비류연과 나예린

일러스트_ 체리자두